U0943829

天启

异类战争

周波◇著

天津出版传媒集团

天津人民出版社

图书在版编目（C I P）数据

天启：异类战争 / 周波著 . -- 天津：天津人民出版社，2017.9
ISBN 978-7-201-12353-0

Ⅰ . ①天… Ⅱ . ①周… Ⅲ . ①科学幻想小说 – 中国 – 当代 Ⅳ . ① I247.5

中国版本图书馆 CIP 数据核字 (2017) 第 212186 号

天启　异类战争

TIAN QI　YI LEI ZHAN ZHENG

周波 著

出　　版　天津人民出版社
出 版 人　黄　沛
地　　址　天津市和平区西康路 35 号康岳大厦
邮政编码　300051
邮购电话　（022）2332469
网　　址　http://www.tjrmcbs.com
电子信箱　tjrmcbs@123.com

责任编辑　章　赪
封面设计　王　鑫

制版印刷　北京慧美印刷有限公司
经　　销　新华书店
开　　本　787 × 1092 毫米　1/16
印　　张　17
字　　数　175 千字
版次印次　2017 年 9 月第 1 版　2017 年 9 月第 1 次印刷
定　　价　39.80 元

目　录

引　子　/001

第一章　挖金 /005

第二章　天穴 /013

第三章　对弈 /022

第四章　3U 信息 /027

第五章　战争狂想 /032

第六章　万里赴戎机 /039

第七章　黎明踏浪 /045

第八章　莫比乌斯环 /056

第九章　机械骆驼 /062

第十章　少壮派 /070

第十一章　第二类战争 /079

第十二章　星际占卜 /090

第十三章　闭关 /096

第十四章　狙魔人 /106

第十五章　战神 /114

第十六章　第二次战役 /120

第十七章　战争迷雾 /133

第十八章　极光出鞘 /138

第十九章　警卫连出击 /143

第二十章　初冬的河滩 /149

第二十一章　七连 /154

第二十二章　双雄争锋 /159

第二十三章　关于生命 /170

第二十四章　无名高地 /187

第二十五章　夹生饭 /198

第二十六章　扎哈姆山口 /206

第二十七章　老兵 /218

第二十八章　黎明星使 /231

第二十九章　扎澜江畔 /243

第三十章　军魂 /253

尾　声 /266

引　子

没有人会记得那颗探测器。

它就像一块冰冷的彗星残骸，飘浮在空空荡荡的木星轨道上。

在气态行星巨大的阴影中，世界黑暗寂寥。偶尔掠过的岩石和冰块，如亡灵一般消逝在陨落的尽头。那些惊艳夺目的太空快照，那些令人惊叹的新闻头条，遥远得就像来自另一个世界，遥远得似乎与它完全无关。

“寒月”号的外形实在寒酸，它怀里抱着一只硕大的“旧铁碗”，怎么看都像一架遭人遗弃的老式留声机，让观众实在提不起兴趣。这颗木星轨道探测器从项目命名开始，就注定要备受世人的冷落。

这一太空题材的失败案例告诉我们，人生下来取个好名字，真的特别重要。

你看早于“寒月”十几年发射的姐姐“朱诺”号，就是人如其名，天生丽质。朱诺是罗马神话中天神朱庇特的妻子，不光是白富美，眼神还特别犀利，甭管你木星朱庇特那点花花心思云山雾罩，裹得有多厚藏得有多深，都逃不过她的法眼。同为U国航空航天局的木星探测器，“朱诺”号从头到脚都光彩照人，她那华丽优美的三臂太阳能天翼，还有丰满圆润的抛物天线，不管飞到哪儿，都雍容高贵到能亮瞎人眼。

常言道：“观众看颜值，专家看气质。”

不管“寒月”号看上去再怎么低调，总归还是有美国国家航空航天局的嫡亲血统。相较于“朱诺”号的高调张扬，“寒月”号更像是个卧底，不是不能，而是不屑。U国航天局让它在木星轨道上流浪了四年多，它还能时不时地上下翻飞，做变轨机动。作为“普罗米修斯”计划的核心成员，“寒月”号其实有一颗滚烫的心。

咱们不用说别的，只看“寒月”号“放射性同位素发电机”与“离子推进器”的黄金组合，就足以让“朱诺”羡慕嫉妒恨到抓狂！这两项高配相当于在卡宾车里面，装上了法拉利的机芯。

现在，咱们言归正传。

因为就在这天晚上，“寒月”号的表现，将注定改变我们每个人的命运。

午夜，航天飞控中心。

几个守夜班的“键盘鸟”凑在一处，所有人都屏住呼吸不说话，两眼直勾勾地盯着一块屏幕。

从遥远外太空传送来的画面被层层叠选放大，远程光谱成像系统渐渐解析出一个怪异的轮廓。在木星浓密的气旋下面，隐隐显出一圈金属光泽。

“那是什么？”

“……不清楚。”

“定焦微调。”

那人改用手动对焦。

“看，它又来了。”

“别慌，沉住气。”

“要去叫醒他吗？”

“先等等……”

“看，又有反应了！”

“把他叫醒！快！”

那人一边盯着屏幕，一边去摸索电话。

片刻工夫，防御执行官一边扣着衣扣，一边快步跑进来。他厌烦地把桌上的零食杂物“哗”地一扫。值守人员见状，立刻奔向各自的岗位。

“激活光子对。”

“链路稳定。”

“注入指令。”

操控员交换密钥，迅速完成地面解锁，星际远动系统开启。两边量子纠缠对激活，一道指令穿越遥远太空，天·地实时操控瞬间建立。

“开启磁重联探测。”

气势磅礴的“大红斑”开始缓缓出现在大气的边缘，气旋中心在慢慢扩散，放射状金属云层层叠叠地向外旋开，木星每一次磁重联现象都伴随着巨大的能量释放，这种景象惊得人胸口“怦怦”直跳！

“遥测舱加电。”

“加电正常。”

“启动多谱成像仪。”

“启动正常。”

“启动‘回音’系统。”

“系统正常。”

防御执行官俯下身，两眼紧盯着那圈金属轮廓，紧张得手心里全是汗。紧接着，他又闭上眼睛，攥紧拳头抵住额头，低声祈祷了一会儿，终于咬牙定下了决心。

“触发应答！”

他发出这道关键指令，准备唤醒那个未知世界。

此时，事态再也无法逆转。大厅里一下子便安静了下来，所有人都屏息静气，两眼紧紧锁定显示屏。

“那东西真的存在？”

“很难说……”

“这太邪恶了。”

“嘘……”

两名操控员小声嘀咕了几句，交换第二道密钥，一道量子纠缠指令瞬间到位。

遥远的木星轨道上，“寒月”号离子推进器启动，探测器喷出幽蓝的光晕，缓缓调整飞行姿态，实施变轨机动。

“出现应答！”一名操控员颤抖着大声喊。

“信号越来越强……”

“回音确认吗？”

“完全确认！”

他把信号切换到中央大屏，大厅里顿时回荡起恐怖的脉冲信号，那种单调的“呼呼”声一遍一遍震撼着耳膜，在场所有人都惊得毛骨悚然！

“……这不可能。”

有人大张着嘴，在胸前画着十字。

“它来自哪里？”

突然，那种声音戛然而止，紧接着便又是死一般的寂静。

有人下意识地、“咯咯吱吱”地咬着铅笔，有人双膝跪地，泪流满面低声祈祷。

“安静……听！有动静！”防御执行官低声喝道。

事实上，大家什么都看不见，也不知道发生了什么，但都吓得不敢出声了，大厅里突然响起一种“咯咯”的怪声，那种声音，就像是有一把利刃在割刮软骨。

“它进来了……”有人失声痛哭，“主啊，请您宽恕我们……”

行星防御执行官浑身抖得仿佛就像个桑巴舞女演员，呆了半晌终于恍然神醒。他哆哆嗦嗦地敲碎玻璃，一把抓起里面的红色电话。

三十秒钟后，警报声响彻航天中心。

红色警报一经发出，整幢建筑立刻进入危机管控程序，飞控大厅所有出口都“哐！哐！哐！哐！”依次闭锁，头顶的喷头迅疾喷出呛人的浓雾，关在里面的人一下明白了这意味着什么。

这些年，他们对美国国家航空航天局的各种离奇怪事都听了不少，现在整个飞控大厅已成了生化隔离区，任何情况都可能发生。对于不请自来的危险生物，最高管理层什么灭绝人性的事都干得出来。

同不明异物关在一起的“键盘鸟”们魂都给吓飞了，他们尖叫着乱跳乱跑。这东西既然是隐形的，那十有八九抱有恶意。现在，这群人当中的某些个体可能已被同化，从外形上真假难辨，甚至已经沦为太空异物的宿主。

“键盘鸟”们捂住口鼻，钻出气味辛辣的浓雾，一齐拥挤到大厅出口，狠命捶打防弹玻璃门，有人还抡起灭火钢瓶，狂暴地冲砸玻璃幕墙。

在隔离区门外，头戴防毒面具身着生化服的军警联队，早已荷枪实弹围成一道警戒人墙，他们是隔离区最后一道保险，对任何突破警戒的生物体格杀勿论。这些军警摆开随时准备开火的姿势，眼睁睁地看着玻璃幕墙里面的人，纷纷倒在地上痛苦痉挛，随后被越来越厚的白色浓雾渐渐吞没。

几分钟后，垂死挣扎停止了，隔离区内一片阴森死寂。半小时过后，飞控大厅内的红外感应系统，已经完全探测不到生命的迹象。警戒区内看上去没发生任何生化泄漏，不明入侵生物被成功隔离在飞控大厅内，等待后续人员做进一步的生化检测。

航天中心的空气过滤系统再次启动，将里面的神经毒剂抽取干净。白雾渐渐散去，眼前的场景令人头皮发麻，胃里面一股股地翻腾。

只见里面的尸首浑身上下湿淋淋的，全都僵直地站立在那里，它们眼神阴毒地注视着外面的军警。这种恐怖的对峙仅仅持续了十秒钟，入侵生物就渗透隔离，当即便开始了反击，只见门外的一名军警“哗啦”一声推弹上膛。他眼神呆茫地慢慢转回身，向自己的同伴开枪扫射。

第一章 挖 金

杨华刚放下雪婷的电话，“资情处”就送了一大摞报纸过来。

一眼看过去，满版都是体育赛事，花里胡哨的明星八卦让人看得心烦，检索这类境外报纸是每天的例行公事，可他现在真是没心思碰这些东西。这一阵儿，大家都在为军队转业的事情四处跑门路托关系，可他竟然啥想法都没有。

雪婷在电话里总会有意无意地跟他聊聊身边战友的未来规划，这其实是在小心暗示他要留意身边的机会。

杨华望着桌上的照片出神，那是他在“战区大比武”的时候照的，这张照片还上过军报的专栏。他就是在那个时候认识了雪婷，她那时是医疗站的一名军医。

当年的自己刚从军校毕业，风华正茂、斗志昂扬，一心要在部队的大熔炉里干一番大事业，谁承想光阴如梭岁月磨人，多少青春年华一晃也就这么过去了。当初的远大志向如今碎成了一地鸡毛，现在的自己阴差阳错，成了在“外情处”坐班的一个少校参谋，眼下还正面临着向地方转业的现实问题。

窗户“哐当”一响，把杨华从恍惚中拉了回来。

一阵穿堂风把桌上报纸吹得稀里哗啦，翻页卷边地落了一地。杨华愣了一下，赶紧弯下腰收拾地上的残局。无意间，一个副版专栏跳了出来：《美国国家航空航天局承认木星探测计划失败》。此时的杨华根本没心思细看，他把报纸重新叠在桌上，绕过去关窗。

冷不防又一阵风“呼啦”一下吹进来，风鼓着窗帘猛地一扫，又把那沓报纸掀得只剩了半沓，而有关美国国家航空航天局的那条新闻，就像个任性的孩子，又不依不饶地蹦了出来。

杨华有些奇怪，他慢慢蹲下身，仔细研究了起来。

那篇报道称："寒月"号是U国航空航天局耗资三十三亿美元，历经十六年研制的木星探测器，"寒月"号主要使命是环绕"木卫二、三、四"飞行，搜寻在那些月亮的冰冻外壳下面是否有海洋生命的存在。探测器是在进入木星转移轨道的变轨机动中，因动力系统失控而导致坠毁的。

所谓外行看热闹，内行看门道。干"境外科技情报分析"的人都具备一双透视眼，杨华只是扫了一遍美国国家航空航天局的八股文，就感觉里面有蹊跷。

推算起来，"寒月"要比"朱诺"晚一轮发射，几乎是前后脚的关系，这在深空探测中叫应急补射，这么匆匆忙忙急着走，到底出了什么事？是不是"朱诺"号突然看到了什么？

杨华把报纸翻了个面，继续细细研读。

独家新闻毕竟是靠博眼球吃饭的，官方的规定动作刚刚走完过场，就马上进入专访问答环节，这才是这篇报道的最大看点。报社派来挖料的"老鸡"绝对是个人才，问答分寸拿捏得极其微妙，感觉上他只是随便聊聊，其实是在四处设套打埋伏。那位不愿署名的美国国家航空航天局女官员，则显得矜持有余而圆滑不足。动不动就像街上被风撩了裙摆的良家妇女，手忙脚乱欲盖弥彰，她在窘迫中脱口而出的"普罗米修斯"计划，反倒一下吊足了看客的胃口。

这是怎么回事？

杨华记得该计划因重返月球早被搁置了，难道这个"盗天火的普罗米修斯"不但没胎死腹中，反倒狸猫换太子活得滋润着呢？

杨华把报纸捧在手上，一边琢磨一边慢慢回到座位上。他打开内网，迅速调取了相关资料，从我方"天眼"截获的情报来分析，"寒月"号在坠毁的前后，曾爆发性地向地球传送了大批数据，而且使用的是双向加密信道。

杨华突然有一种强烈预感——这里面肯定大有名堂，绝对值得一挖！

如果说"朱诺"号撑着四百瓦的太阳能电池板，袅袅娜娜地飞过去捅人家的窗户纸，还是属于偷窥的话，那么"寒月"号扛着十五吨的核燃料电池冲上去，那就等于架上摄像机准备现场直播了！

想到这里，杨华心头阵阵发紧。针对木星系的深空探索，目前正是各国政界和军界的敏感话题，但凡有点眼光的决策层都在暗中运作，因为这种游戏的规则极其直白：先到者为王，后来者遭殃。

杨华一把抓起电话，按了几下按键，但又慢慢放了回去。

像他这样的“外情参谋”手头可动用的资源实在少得可怜，走正常程序时间上肯定耽误不起。因为情报这东西不像别的，万一被别人抢先破了门，藏家有了警觉，那就什么都拿不到了。

杨华此刻也非常渴望能建功立业，有了这东西既是身份的象征，又有含金量。他对自己转业后的生活也没啥奢望，能在N环内有间房安个窝，然后娶妻生子，做个快乐小市民也就非常知足了。

他在房间里来回踱了几圈，脑袋里罗列出种种可行方案，又很快一一否决。

“实在不行……就找人‘挖金’？”

这个念头如电光一闪！

“挖金”是网道上的行话，其实就是比网络菜鸟们常干的“拖库”那种勾当，更高级的一种黑客行为。当然，这活可不是谁都能接的，只有“黑键”级别的黑客才有资格充当挖金人。

要想“挖金”，首先得知道金子埋哪儿，在大数据时代到处乱刨乱挖撞大运，一是精力耗不起，二是实在太危险。这种当炮灰的体力活，真正的高手是不接的。

所以这时候就得有人“点金”。

“点金”倒也不用路子通天，但凡掌握点内部消息的操盘手都有点金的潜力。他们瞄上哪个有价值的情报资料，就会找挖金人想办法，把情报给“黑”出来。东西一旦到手，“点金”的拿货走人，“挖金”的人也有自己的地方销赃，双方各取所需互不亏欠。

杨华想到的那个人叫作“水客”，此人身份不详、国籍不明，是个“黑三段”，这在网道上已经是神一样的人物了。杨华与他相识纯属偶然，当年“水客”还是只菜鸟，懵懵懂懂撞到杨华手上，杨华于心不忍，犹豫间放他一条生路。

点金是万不得已时候的野路子，轻易不敢用。这事说起来简单，可真要操作起来却极其麻烦，摸到地方惊心动魄的一通折腾后，能不能拿到东西还得另说。你既要有本事“黑”进去，又得把“挖”的痕迹全都抹干净了，万一被对方察觉，逆向追踪起来，那事情可就大得没谱了。

“To be or not to be？”杨华反复纠结着这个问题。

从大的方面讲，万一U国真的凭一己之私，不负责任地贸然接触太空异物，这对于全人类来讲，都是极度危险的行为。这东西如果是良性的，则可能激发他们的战争狂想，万一这东西怀有恶意，那地球上谁都别想好好活着。所以，即使你无力阻止，也必须及早做好防范。

杨华越想越激动，越想越感觉身上的责任重大。人就是这样，一旦有了道义上的制高点，脑袋就会发热，底气也会变得充足。再者说了，好东西不管放在哪儿，就算你不动心，也总会有的是人惦记着，机会永远失去不再来，这是有过深刻教训的。想到这些，即使要冒违反规定的风险，也顾不了那么多了。他决定最后赌一把，然后金盆洗手！

这天晚上，杨华按照他们原先的约定，很快搜到了水客的踪迹。他闭着眼睛，坐在屏幕前权衡再三，最后还是把牙一咬、心一横，抬手把字敲了上去：“在干吗呢？”

没等多大工夫，水客便有了回应：“嘿嘿，泡游艇呢。”

杨华一笑，看来这家伙手头又紧了。

“收不收门牌？”

“收啊！这阵儿骨头都闲散了。”

水客来了兴致，很快通了链接过来。

“泡游艇”就是接活的意思，这话里面倒没什么炫富的成分，像水客这样的“黑三段”，包养个把条游艇自然不在话下，更重要的，那是他的救命装备。

上了段位的黑客平时根本看不到人影，想出手捞票的时候才把自己的游艇泊在某国的小港口里，然后用无线系统接驳当地的互联网，以构建物理隔离墙。

不要小看这种小儿科的把戏，物理隔绝其实只是个幌子，有经验的黑客一有风吹草动就立刻开船往公海上跑，不给对手任何顺藤摸瓜的机会。只有那些自以为是的菜鸟才会迷信“肉鸡”的把戏，以为操控别人的电脑发动攻击，找个“僵尸盾”做替身就万事大吉了，不嫌麻烦的还会“肉鸡”套“肉鸡”。这最终会害死他们自己的。

杨华把“门牌”发了过去。

“挖得动否？”

水客甩了个屏，表示不屑。

“就美国国家航空航天局那道破墙？上个‘黑初’就能把它给踹塌了！”

“你还是两手准备吧。”

“真没事儿。”水客满不在乎，“网上大凡只有两类人，一类是被扒光了的，另一类是被扒光了还在那儿傻乐的。”

杨华眉头一紧，问：“你属于哪类？”

水客自讨失语，赶紧岔开话题：“哟，啥东西，这么上心？”

“你就别问了。”

“保密？”

“对，你别拆封印。”

“您放心，干我们这行的有‘三不挖’。”

“哪三不挖？”

“衣食父母的不挖，患难兄弟的不挖，身家性命的不挖。”

“你那儿保险吗？”

水客一下明白了杨华的心思。

“一万个保险！”水客信心满满，“您想啊，就算哪个傻瓜费劲巴拉的，把我这儿挖开了，咱手上的货也早脱手了。情报这东西就讲究个新鲜劲儿，过了气就卖不上价了，现在谁还那么傻！”

沉默片刻，水客又想打听：“到底什么宝贝，这么要紧？”

“这事是挺特别。”

“怎么讲？”

“这情报，你不能卖。”

“为啥，不就几只‘键盘鸟’吗？”

杨华心里“咯噔”一下！

这家伙就趁这点工夫，明着拉你聊天，暗地里早把目标的底给摸清了。

“真的不能卖？”

“真的不行。”

“一点没商量？”

“能答应吗？”杨华问。

水客沉默片刻。

“行啊，就当还您的人情。”

他说完就断了线。

不知为什么，杨华对他随口而出的那句话，有种不祥的预感。

“键盘鸟”这个词儿，原本是舰载机飞行员给无人机操控员起的外号，讥讽他们是不长翅膀的鸸鹋，因为无人机在演习的时候，动不动就能把有人驾驶的舰载机打得满地找牙。后来，“键盘鸟”在U国航空航天局美国国家航空航天局内部也成了热词儿，那些地面飞控人员也被戏谑成了键盘鸟，这是不是因为美国国家航空航天局削减预算，无人探测器抢了载人航天器的饭碗就不得而知了。

杨华不知道“水客”是早就了解这些，还是这家伙刚刚拖的库。

一直等到三天后的一个晚上，水客才再次现身，这种情况极不寻常。

“到手了吗？”杨华立刻招呼他。

“还没有。”

“地方不对？”

“不是……”

“怎么了？”

“这东西真邪乎。”

“到底怎么了？”

“撞上‘网狗’了！”

杨华脑袋一激灵，浑身起了层鸡皮疙瘩。“网狗”现身，意味着军方进入戒备，说明这条情报的等级为红色绝密。

杨华愣了半天。

他怎么也想不明白，就问问“寒月”号有没有坠毁，去了什么地方，看到了什么天文现象。为这点破事就能丧心病狂地出动军队？美国国家航空航天局到底在隐瞒什么！

“交过手吗？”杨华问。

“躲都来不及，哪还敢往上撞，要被那邪物缠上，九条命也不够死的！”

“说得跟鬼上身似的。”

“那是您没亲眼见过。”

“防护罩炒来炒去也就那几个套路，说白了就是串恶意代码。”

杨华故意装糊涂。

“嘿嘿，您太天真了。”水客冷笑道，“我赶了具‘僵尸’上去试了几个回合，我老是觉着‘网狗’不是普通程序，那东西的智商绝不在你我之下。”

“越说越玄乎了。”

“真不骗您，那东西真不干净，简直不像是人间该有的东西。”

几天不见，水客忽然变得如此胆怯，这让杨华吃惊不小。

关于“网狗”的传闻，内参中早有通报，那是一种巡视性网络安全防卫系统，具有高度生物性智能特征。起初，大家都以为是对方故意吓唬人的心理战术，世上不可能有那种超自然的玩意儿。可现在这东西却真被水客撞到了，这真太奇怪了！

俗话说：“民不与官斗、匪不与兵斗。”对方网络正规军既然亮了“白帽”的身份，你再在人家面前耍花拳绣腿，那简直就是找死，弄不好还会出大事！他实在不忍让水客蹚这浑水。

“撤了吧。”杨华下了决心。

……

水客半天没回复。

他像变了个人似的，一直沉默不语。

“您先别急。”水客琢磨了很久才回复道，“我看那‘网狗’就是个好东西，那里面宝贝肯定不少！嘿嘿，你不进去捞一票，那是瞧不起人家。”

“撤了吧，人家怕是来真的了。”

“咱也很认真啊！”

“这不是逞能的时候。”

“没事，您再多给我几天，咱不出手可就便宜别人了。”

这句话一下找准了杨华的心穴，其实他也不想就这么撤。

现在，他几乎可以断定，“寒月”号根本就没坠毁，美国国家航空航天局这么藏着掖着，一定是在那边看到了什么东西。现在的问题是，那东西究竟是何方神物？

“别被人盯上了。”他叮嘱道。

“怕啥，打不过就跑，咱这艇可是条‘大飞’！”

经他这么一鼓动，杨华也觉着心里痒痒的。

要知道水客这个“黑帽”可不是吃素的，他砸过三家网络安全公司的招牌，踢过的场子更是不计其数，有几家网络大V直到现在还定期给水客交保护费。像水客这样的江湖高手，即便遭遇了网军也不至于冒太大危险，因为是闪是战，主动权都掌握在他自己手上。况且杨华点的“金”都是些富矿，成色绝对错不了。水客就是靠着上次挖的那块“金”一直快活到现在，基本上是挖一手够吃三年。就冲这一点，水客也不肯轻易松口。

“咱保证不动您那份。”水客再三请战。

杨华明白，水客已打定主意，现在你说什么都拦不住他了。

“千万小心。”

“嘿嘿。”

水客笑了。

第二章 天　穴

水客这回可真失联了，生死不明。

时间一天天地过去，杨华心急如焚，他真后悔出了这么个馊主意！

就在这段寝食难安的日子里，杨华又逐渐感觉到，自从美国国家航空航天局宣布“寒月”号探测器失踪以后，就一直怪事不断，特别邪门儿。其中两件事还引发了全球轰动，时至今日仍一直霸占着新闻头条，令无数“炒V、网红”欲哭无泪。

第一件事属于天灾。

这跟时下热门的星象学还扯上了点关系。位于夏威夷“冒纳开亚”火山上的三十米TMT天文望远镜，忽然在某天晚上观测到，包括木星伽利略卫星在内的七颗卫星正在悄然变轨，在短短一星期内，它们竟排列成了一条弧线。这个天文奇观立刻震惊了国际天文学界，此次七星连珠现象被命名为“朱庇特之链”。

这一星座门事件，很快又被娱乐界包装成了嘉年华，木星时代的俊男美女又把奢侈品牌穿戴整齐，情绪一上来就准备上场开撕。韩国都教授也伙同太阳后裔从木星杀回来了，喜得恐龙猪八戒的口水淌了一地。各路星象大师就像鱼塘里的泡泡，咕嘟咕嘟地一下全冒了出来。就在大叔们捏着叉叉后MM的手渐入佳境，商量着晚上去哪儿看流星雨的时候，转眼间，“星座门事件”又被另一件爆炸性新闻给抢了头条——

这第二件事属于人祸。

这事讲起来实在太复杂，咱们还得从头说起。

沙鲁克汗领导的“民族阵线”党，在Y国大选中以百分之百压倒性优势获胜，这朵政治奇葩令人大跌眼镜，没想到民主这只母鸡，竟然也能下出霸王龙的蛋。

什么叫百分之百地压倒？这当然不是指日本相扑。这就是说，全体国民爱你爱到昏天黑地，强烈要求你推行独裁统治，心甘情愿集体当孙子。

沙鲁克汗虽然没有黑风山的白胖血统，小的时候也不懂打手枪开坦克，可也真伤不起这份群情泛滥的孝心，嘴上说不要不要，身上半推半就地成了全体国民的伟大父亲。

要说沙鲁克汗敢当全民干爹，那本事可不是一般二般的厉害。不用说别的，你光看他的广场演讲，那跟别人可真不太一样。

现场除了人山人海、山呼海啸这些规定性动作之外，您再留心看讲台下那十几万信徒，那可不是喊喊口号热烈欢呼这点传销小儿科，或者脑门儿上勒根小布条过家家似的街头抗争所能同日而语的。不明真相的群众要真被人煽动起来，集体犯糊涂的时候，那种火爆场面，就像整个国家都成了疯人院。

从现场的新闻画面看，沙鲁克汗整个像超级大师的带功授课，那些信徒就像邪魔附体一般，撕心裂肺地时而幸福呐喊时而号啕大哭。感情表达丰富一点的，还会同时伴以磕头血拜、捶打胸脯、撕扯头发等极端肢体语言。现场十几万民众就如迎接救世主那样，颤颤巍巍地把双手高高举起，冲着教主沙鲁克汗乱抓乱摸隔空吃豆腐。

您可以想象一下，在场的十几万人加上电视机前的几亿人，都同时痛哭流涕、咬牙瞪眼挥拳头，如恶狼一般嗥叫，那是怎样一个恐怖场面！

要说“星座门事件”除了能抢个娱乐头条，顶天了也就能引发个学术争论，那些个小鲜肉、小萝莉，外加恐龙猪八戒什么的再怎么折腾，也掀不起什么大浪。

可沙鲁克汗成了全民干爹这事就严重多了，弄不好会死很多人。

Y国的老冤家T联邦第一个就被吓傻了，这个派别林立、动乱不堪的国度，在生死存亡之际，国会竟然奇迹般地暂停了扔皮鞋的政治现场秀，大家迅速系好鞋带统一了意志。内阁成员全体出动，走马灯似的在全球乱转，不是搞穿梭外交就是蹲守在联合国，四处打点托关系，哭着喊着央求邦交国出面斡旋。

国境线上的“著名景点”也都变了风向，别看这些大兵平时在升降旗仪式上，又是吹胡子瞪眼，又是拉跨高踢腿，抢着跟对方飙劲儿。现在全都偃旗息鼓当场吓趴了窝。一个个哆哆嗦嗦两腿发软，能伸直了腿走路的就算是纯爷们儿了。

这也不能怪人家心理素质差，谁每天看着Y国军人两眼充血，跟嗑了药似的，平端着枪，高吼着口号，像群杀人机器似的来回高抬腿，一趟一趟、反复不停地折磨人，这搁谁都得精神崩溃！

联合国这下可热闹了，天天开会，天天休会，吵得跟个菜市场似的。

然而就在几天前，那个语不惊人死不休的全民干爹沙鲁克汗，突然话锋一转——他向另一个邻国提出了领土要求！

话音刚落，联合国的“菜市场”顿时安静了，这是什么情况？

这种场面就像俩小孩子打架，大伙在旁边嘻嘻哈哈。讲道德的、评教养的、推太极耍猴拳的、递砖头送水枪的，干啥的都有。

可真要是两个壮汉抄起了家伙怒目而视，谁都躲得远远的，不敢吱声了。

此时正值年末，世界各大报纸的头版头条全被雪片般飞来的现场报道占据，整个世界都因一场剑拔弩张的边境紧张局势，而屏住了呼吸。

各大门派占星学家的水晶球中，开始疯传各种版本的末日预言。各路风水大师也没闲着，他们根据阴阳八卦的古老经典推算出：五行犯太岁，年内必有战祸。

就在人们把那些自然天象，归结成某种不祥的征兆，去寻求冥冥之中的超自然力量做灵魂救赎的时候，这场天灾人祸，还真被那帮江湖术士，不幸言中了。

外边尽管闹翻了天，可身处风暴眼里，反倒是最平静的。

杨华还是抱着“不抛弃，不放弃”的信念，每天定时定点寻找水客的下落。这种状况持续了半个月之后，水客总算现身了，可是信号却总是飘忽不定。

“你这是在哪儿？”杨华上来就急着问。

“……在公海上。”

水客过好一阵儿才回复。

“出事了？”

“这回算是撞鬼了！”他仍然心有余悸，“这会儿风头正紧，哪儿都不保险，还是在海上漂着心里踏实。”

“不说了，人没事就好。”

杨华不清楚水客这些天遭遇了什么，到现在还是战战兢兢。好在人安然无恙，这已经是万幸。

“这把认栽！”水客似乎又在叹气。

“算了，挖不动就不挖了。”

杨华担心了这么久，也觉得该收手了，因为现在撤还来得及。

“先不忙。”水客说。

“怎么？”

“我给您看样东西。”

“什么东西？”

“您先等会儿……行了，都弄干净了。”又过了一阵儿，水客才把一张加了壳的图样发过来，说，“我顺了张图出来，您给瞧瞧。”

杨华犹豫再三，还是忍不住心头发痒。他用水客提供的密钥卸了壳，又给那张图剥离了伪装图层，然后用显隐喷墨打印机打出来一看，他脸色马上变了。

“能卖上价吗？”水客见他一直不回复，又急着问，“这图上画的是什么？”

杨华没搭腔，他皱着眉头琢磨这张由几十个同心圆、质点和连线编成的网格，又拿起放大镜来细细研读着。突然，他的手开始冒汗、发抖，胸口“怦怦”乱跳——可以这么说，这张图上标注的每一个字符，都是以百吨黄金起价的！

图中标注的中心，正是木星系的射电虫洞，又称“天穴”。

关于“天穴”的存在，联合国的“五大常任理事国”，一直对此讳莫如深。天上的星星虽然不会说话，可并不代表它们不懂暗箱操作的潜规则。有关外星文明的真实存在，早被宇航员们亲眼证实过。那些绝密档案，在五大国的高层已经达成默契。有关外星女优的不雅视频，你自己在家里关门拉窗帘自娱自乐没人管，可你要向外传播教小朋友们学坏，那就是你的不对了。

所以至少表面上，地球村里还是歌舞升平其乐融融。天文学界前些年也是好事不断：“新地平线”先是从太阳系边缘发回冥王星的爱心照片，然后偷窥狂找到了个名叫开普勒452b的地球表兄，再然后，世界人民淌着口水邂逅身家5.4万亿美元的纯金白富美小行星……当然啦，科学探索谈钱就庸俗了。

其实，不光只有好莱坞编剧和科幻小说作家们，整天抱着很傻很天真的创作激情以及娱乐至死的无畏精神乐此不疲。各国政要在私人晚宴后坐在后花园里，一边剔着牙，一边也有交流外星AV的不良嗜好。

现在的问题只剩下三个W，也就是大家常说的“是谁？在哪儿？何时？”

木星数得上的卫星有六十四颗，外加四道光环，要计算如此复杂的引力扭曲本身就是无解。而且，寻找“天穴”还有另一个难题，就是它很可能并不是一个静止的点，而是在不停运动和变化中的，一段不连续、不光滑的曲线。“天穴”划过的轨迹其实就是整个木星系的一段“回音壁”。如果能在这条轨迹上，同步一颗中继卫星，它就能将来自另一个世界的“回音”传到地球。

突然看到这张图，杨华简直兴奋得两眼放光。

如果U国真的定位了“天穴”，那么“寒月”号的真实身份，说不定就是一颗信号中继卫星！

杨华二话不说，马上调取了相关内参资料。

“机要处”的内部报告分析，关于“天外回音”的具体内容是什么，各大国的决策层也早有算计：“凶”则灾难分摊，“福”则先到先得。

现在，杨华急于想弄明白的是，美国国家航空航天局究竟想向地球传送什么？

“这图是怎么搞到的？”杨华问他。

“您要这东西做什么？”水客反问。

——这显然破了规矩，挖金人一般是不允许向点金人打听意图的。水客现在明知故犯，估计他现在急于验证货物的成色。

这张图实在太敏感，杨华绝不能对他透露半点消息。

“这图对谁都不要讲，此事到此为止。”杨华准备断链。

“哎，您别急啊！”水客还想打听点什么。

杨华明白这里水太深，水客现在还没完全搅进来，也算是件好事。

“你没挖透也好，否则会有麻烦。”杨华警告他，“断了吧，此事不要再提。”

水客一听就急了：“不是，我说了没挖透吗？”

杨华陡然一惊，心怦怦直跳！

“你还有东西？”

“您指的那道‘门’，咱确实进不去。”

“说下去。”

“可他们不是还有制冷设备的供应商吗，那家公司总得有人剪草送比萨吧？咱先黑了那哥们儿手机的串号，又顺着通信管理网，进了制冷系统的主控电脑，然后翻了美国国家航空航天局的第一道防火墙……咳，废话就不多说了，总之是黑进去了！”

“你拿到啦？”杨华眼前一亮。

水客又把一份加壳文件发了过来。

“就抓了您要的那份，别的都没来得及拿，网狗咬上来了，可惜了……”

杨华这时候没空判断水客的话是真是假，他急忙问：“你被盯上没有？”

“没有，等他们摸上码头，咱早跑了。”

“你明白这有多危险嘛！”

“嘿嘿，不当事儿。”水客笑道，“看得这么紧，证明这东西不是耗子药。”

“什么耗子药？”

“这其实跟‘蜜罐’差不多意思，是故意晒假情报用的，圈里叫‘卖耗子药’。装得像的，还假模假式地立个‘稻草人’守着，就等谁嗑了药进他们的套。”

“有这事？”杨华随口应道。

“商场如战场嘛，现在哪家公司不知道给对手下套。”

“不是说，警察跟小偷都是一个人吗？”

“也没那么不堪啦，您得这么看‘收保护费’这事儿，咱没事去折腾他们两下，试试他们防火墙够不够结实，还能顺便弄点零花钱，那也是为他们好！您想啊，谁家的网络漏洞要被他们的老对头先找到，那不是死得更惨？”

杨华笑了笑。

“这么乱，就没人立个规矩？”

“段位有人评，规矩自然也有人立，要不随便来几个菜鸟就能把市场搞乱。”

“谁有这本事？”

“都说是‘冥王’。”

杨华以前听说过这个名字，是传说中的网神，被尊为国宝级的人物，常言道：“得冥王者，得天下。”此人在网上如“开挂幽灵”一般，随心所欲、无孔不入、来去无踪。此人无段位、无身价，因为他完全没有金钱的概念，更没有段位能为他限定，杨华一直都认为这些全是网络上的谣传。

“没听说过。”

此时的杨华心里惦记着那份文件，所以他想尽快结束谈话。可水客这会儿就像只刚下了蛋的母鸡，正吆喝到兴头上，根本停不下来。

“这也难怪，您没在这圈儿里混，自然不清楚。”

“那你比他如何？”杨华顺嘴一问。

没想到这句话，又把水客的兴致给点着了。

“怎么说呢，咱就先讲祖师爷的好吧。”

“怎么说？”

“这么说吧，咱跟祖师爷比，就像……萤光比皓月。”

杨华倒吸了口凉气！

“你见过他？”

“没有没有，咱也是听师兄说起过。”

“不好的呢？”

“不好的嘛……祖师爷性情刁蛮，一般都受不了他。”

“刁蛮到什么程度？”

“圈儿里有个段子。”

“说来听听。”

“冥王有天给他家狗写了封信……”

“后来呢？”

“后来，那狗至少保持了冷静。”

“这笑话太冷。”

“我知道您在琢磨啥。”水客说，“甭想了，那人根本就瞧不上钱。”

“这笑话更冷。”

“哈哈，那就先聊到这儿吧。”

“OK。”

“外面好像有动静……我去看看。”

水客急急忙忙断了链接。

杨华忽然想起，水客跟他东拉西扯的聊了这么久，没准儿又在暗中动什么脑筋。要是被他看到了“天穴”的背景资料，他没准儿又会捅出什么大麻烦。

不知不觉已经是后半夜了，困倦一阵阵袭来。

水客发来的那份机密文件就摆在眼前，不知怎么了，杨华忽然困得睁不开眼睛，他坐在电脑前闭目养了会儿神，然后载入那份文件包，上面的密码锁已经被水客给解了。

水客果然有职业操守，文件条目原封未动。

杨华卸了程序封印，就在他点开文件的一瞬间，里面突然蹿出一条网犬！

杨华第一个反应竟是电脑中招了！他没料到病毒代码会以图像的形式出现。

关键时候没了帮手，这可怎么办才好？杨华一下头皮发麻，喉咙发干，两边腋窝已是冷汗直淌。

那恶犬隔着屏幕直盯着他，面目狰狞，沉重的鼻息好像能喷到杨华的脸上，那阴森的眼神似能洞悉猎物的灵魂。

网犬瞬间分析完杨华的面部特征，判定为非法网络入侵者，它突然掉头张嘴，准备销毁文件。

杨华这才反应过来，大呼上当！

就在它想要吞噬文件包的一刹那，文件包突然“刓”的一声变得炽晃晃的，就像一块烧红的烙铁，网犬哀嚎一声松开文件包，疼得四处乱滚。

这番较量，惊得杨华眼珠都要蹦出来了。

莫非是水客出手相助？不对，不可能。这样的功力绝对远超水客的黑三段。杨华咬了咬拳头，稍稍平静了片刻，便开始梳理头绪：这家伙是从哪里蹦出来的？他想起水客描述的特征，这好像……只是条守护犬吧？应该不是太难缠的那种。它要干吗来着……刚才又是怎么回事？是谁出手保护的文件？

难道……这里还有第三个人？杨华一下手脚冰凉，身上阵阵发毛。

他正这么胡思乱想着，那条恶犬突然一骨碌又爬了起来，它绕着文件包转了几圈，似乎无计可施。它突然又转过脸来，狠狠盯着杨华。

杨华已经完全镇定下来，他忽然咧嘴乐了：干什么，还想杀人灭口不成？他脸上浮起一丝坏笑，心中暗想：你在虚拟我在现实，咫尺天涯两个世界，就算咱们脸对着脸，中间还隔了层玻璃呢！我倒要看看你能把我怎样？

杨华嘴里“啧啧”有声，竟饶有兴致地挑逗网犬。

那恶犬盯了杨华一会儿，忽然，它眼珠一转，似乎想到了什么。

“看什么看，您还出来咬我啊。”

杨华心里渐渐有了底，心里也在琢磨怎么对付它。

“怎么着？您还跟咱相面哪？哎，您到底还有辙没有，要不您这儿先琢磨着，我去睡会儿？”

杨华嘴上不停地闲言碎语，心想先稳住它，然后伸手暗暗去摸鼠标。

突然，桌上那个亮晶晶的摄像头悄悄动了动。

杨华猛地一惊——网犬在扫描他的视网膜！

这相当于发了网络通缉令，今后不管你在何处上网，对方只要比对出视网膜的特征吻合，电脑就立刻会招致对方的报复性攻击，这可是非常麻烦的事情！

杨华想都没想，一把抓住摄像头就往下按。

突然，一道高压电击震得他骨软筋麻！身体不由自主地往前一扑，一下瘫伏在办公桌上。持续的交流脉冲，恰好令杨华五指痉挛不听使唤，那个金属摄像头被他越握越紧，怎么使劲都松不开！

就在这时，耳边忽然传来振荡回路“吱——”的充电声，第二次高压电击已蓄势待发。

大意了，低估那东西了……杨华迷迷糊糊地暗暗叫苦。

文件销毁不成就转而攻击阅读者，真厉害！没想到一条守护犬就如此厉害。他挣扎着想坐起来，手脚却早已麻木，他脑袋刚抬起来，又重重砸回桌面。电流还在逐渐加强，心脏在连续电击的痉挛下几近停摆。

杨华明白，这样的电击还有第三次、第四次……会一直持续下去，直至目标被击毙为止。难道自己就这么完了？人生就这样结束了？真是荒唐！太不值了，整件事太可笑了……

一道强电击来，杨华脑袋“轰”的一声失去了知觉。

第三章 对 弈

眼前那道白光亮得刺眼，杨华迷迷糊糊地醒了。他抬起头，感觉脑袋疼得像要爆裂一般。外面天已经大亮，阳光透过玻璃窗洒在脸上。

原来是场噩梦。

手指头无意识地碰了下鼠标，屏幕一下亮了，桌面上风平浪静什么都没有。可自己手里干吗紧紧攥着摄像头？昨晚……昨晚自己干什么来着？干吗要趴在桌上睡觉？他迷迷糊糊地回忆了半天，可脑袋里一片混沌，什么都想不起来。

杨华出去洗了把脸，回来又看到桌上那张打印好的“天穴”图，他终于想起了昨晚的一些片段。杨华坐下来，又把那张图仔仔细细推敲了一遍，又翻出各方数据进行比对验证，等他确认此图准确无误时，太阳已经升上屋顶了。

这时，一条加密信息发了过来：

“老院子，黑白两手。”

这是从军属大院发过来的，是陆参谋长约他下棋。

陆闻天参谋长是杨华的分管上级。杨华所在的“境外科技情报分析处”就是在陆参谋长的提议下，从部队各处抽调精兵强将组建起来的。周边不断恶化的安全形势证明，“外情处”对外军事科技发展的准确预测，以及制定出来的针对性策略，对于应对各个战略方向的威胁，具有不可估量的重要价值。

这条短信来得正是时候，杨华正好有要紧事想向首长汇报，他此刻心潮澎湃感慨万千，人往高处走，水往低处流，他想象自己就像当年的杨子荣一样，那张“天穴图”就是进山的见面礼。

天空高远，连一片流云都没有。深秋的红枫亭落叶铺地，光秃秃的枝条在风中摇曳，四周一片肃穆，给人一种萧瑟零落的感觉。

杨华和老首长相向而坐，红枫亭外西风徐徐，亭内气氛凝重。两个人都默然看着棋盘，好像心思都不在棋盘上。

“美国国家航空航天局的木星探测器坠毁了，您听说了吗？”

杨华首先打破了沉默，他执白子向棋盘中腹试探着小飞了一手。

“听说了。”陆参谋长笑了笑。

“他们遭了这么大挫折，反应倒挺平淡。”

“是啊。”陆参谋长点点头，“那篇独家专访写得挺煽情，你看了没有。”

“看了，上面透露了不少东西。”

“哦？那你说说看，上面透露了些什么？”

杨华话到了嘴边，又咽了回去，因为他想先听听老首长对这件事的判断。

“上面提到了‘普罗米修斯’计划。”他避重就轻地说。

“哦，那只是个研究倡议。”陆参谋长说，“美国国家航空航天局希望将核能离子推进技术，运用到深空探索中去。”

“可我总觉得，这个计划不是孤立的，他们还有更深层的考虑。”

“什么考虑？”

“根据咱们天眼截获的数据分析，‘寒月’号在遥控变轨机动中，向地面传送了大量数据。”

“地面遥控变轨？”陆参谋长问，“木星距离遥远，无线电波要跑几十分钟，他们是怎么建立的实时遥控？”

“我判断，U 国启用了量子纠缠链。”

“嗯，形势逼人哪。”陆参谋长点点头。

杨华所说量子纠缠链，是一种量子隐形传态的通信技术。

在量子力学里，两个粒子在经过彼此耦合之后，单独搅扰其中任意一个粒子，就会立刻影响到另外一个粒子的性质，不论两个粒子之间距离有多遥远，同样能利用这种纠缠现象建立起量子通信。量子纠缠态是一种物理资源，它在量子隐形传态、量子密钥分配、量子计算等信息应用中起着重要作用。

更为诡异的是，这种被爱因斯坦称为“遥远的鬼魅行为”的量子纠缠现象，竟然远超光速，在量子信道建立起来之后，指令完全能够瞬间抵达。

杨华想了想，又补充道：“在‘寒月’号坠毁前后的那段时间，天地之间的双向数据交换，呈爆发增长，您不觉得奇怪吗？”

“这当然不正常。”陆参谋长笑了笑，“这只能说明一个问题。”

“……什么问题？”杨华紧张得透不过气来。

“这说明，探测器的坠毁不是什么操作失误，而是美国国家航空航天局为达到某种目的，不择手段的结果。”

杨华松了口气，他抬头望了陆参谋长一眼，决定继续试探下去。

“‘寒月’号的主要任务，不是造访三颗木卫星，探寻地外生命迹象吗？”

“那只是个幌子。”陆参谋长摆摆手，“据我所知， 美国国家航空航天局是另有企图。”

“另有企图？”

“醉翁之意不在酒嘛。”陆参谋长两眼直视杨华，“说明他们确定的这个目标，是值得用‘寒月’号去冒险的。”

他看准杨华大龙的一处破绽，断了一步。

杨华心头一紧，陆参谋长判断得没错，这正是他从那张图中得出的结论。

“您觉得，‘寒月’号真坠毁了吗？”

“这很难说，现在，所有的说法都是美国国家航空航天局的一面之词。”

“如果‘寒月’号根本没坠毁呢？”

“这就要靠你们‘外情处’去印证了。”陆参谋长笑道。

杨华考虑了一下，准备切入正题了。

“您认为‘天穴’真的存在吗？”

“你觉得呢？”陆参谋长不动声色地看他一眼。

一阵风忽然吹进院子，周围的树叶“沙沙”地簌响，犹如一阵阵静谧的耳语。杨华仔细琢磨着陆参谋长的神色，他隐隐觉察出了老首长的弦外之音。

“我认为，‘寒月’号在某个木星轨道定位了。”

杨华终于沉不住气，准备掀底牌了。

“哦？”陆参谋长头也不抬地笑了笑，问，“那是什么样的轨道？”

“射电虫洞。”

“这么说，‘寒月’号更改了使命？”

“他们找到了‘天穴’！”

杨华信心满满地盯着陆参谋长，他等着老首长愕然站起来，然后让他做详细汇报，接着大声给什么人打电话，最后用力捶他的肩膀。

然而，陆参谋长眼睛依然盯着棋盘，脸上没有丝毫的变化。

“是吗。”他只是淡淡地应了一声。

老首长的这个回应，让杨华的心情一下失落到了极点。这份情报是他拼了老命才得来的，而在陆参谋长眼里，它竟然轻如鸿毛，好像根本不值一提。

“据我分析，美国国家航空航天局正向地球传送什么东西。”

杨华不甘心，又进一步补充道。

陆参谋长又好像没听见，他凝神注视着纵横交错的黑白棋局，陷入了长考。

杨华仰起脸，深深吸了一口气。

此刻，他的心情跌落到谷底。他忽然意识到自己真的很傻很天真，既然自己能搞到这份情报，那么凭借陆参谋长的渠道和手段，肯定会比自己要多得多，在老首长面前，自己耍的那点小聪明简直是班门弄斧。

杨华不再说话，他苦苦思考着棋局的下一步应手。

“山雨欲来风满楼啊。”陆参谋长忽然抬起头，微笑望着他。

杨华隐隐觉得首长话里似有所指，难道陆参谋长知道美国国家航空航天局传了什么东西？他手腕一扬，执子锐利地冲了一手，干脆直言不讳地问道：“首长，您对木星系的‘朱庇特之链’现象怎么看？”

陆参谋长笑着摇了摇头，又低头琢磨开了棋局。

他棋锋一转，执子挡了一手。杨华见状不敢多问，他胡乱跳了一手。

两人再次陷入沉默。

头顶的枝叶轻轻摇曳，棋盘上细碎的光影之间，透着一股不易察觉的肃杀。

“太岁冲宫，古人以之为凶兆，主战乱啊。”陆参谋长就像是在自言自语。

“您是指，边境那边的局势？”

“一言难尽。”

“您觉得，真会打起来吗？”

“你觉得呢？”

“好像……到现在还没有缓和的趋势。”

陆参谋长忽然叹了口气。

“你回去准备一下。”

“准备什么？”

杨华忽然有种不祥的预感，他衔着棋子的手指开始不停颤抖。杨华低着头，心中暗暗祈祷陆参谋长千万不要说出那句话。

“我看这场仗，咱们是躲不过去了。”

杨华的脸白了。

他打心底里厌恶战争，因为无论对国家还是个人，那都是一场生死劫难。

陆参谋长看了他一眼。

“你要有心理准备。”他笑了笑，“我是说，这恐怕还不是最麻烦的。”

“怎么，还有比战争更糟糕的事？”

杨华诧异地看着他。

“我觉得有。”

陆参谋长点点头，他探身在棋盘的中腹点了一手。

“什么样的事？”

“今年，不是犯太岁嘛……”

“您是指木星系的‘七星连珠’？”

“你刚才是不是问我，对这个天文现象怎么看吗？”

杨华点点头：“我是怀疑，美国国家航空航天局恰好在这时候宣布‘寒月’号坠毁的消息，这两件事……会不会存在某种联系。”

陆参谋长没吱声，他端起茶杯，慢慢品了一口，两眼依然专注着棋局。

“你读过金庸的武侠小说吗？”又过了许久，他才忽然问道。

杨华一愣。

“读过，以前读过《射雕英雄传》。”

陆参谋长慢慢靠在椅背上，捧着两手。

“我看这七星连珠……”他仰起脸，久久凝望着天际，“倒更像是全真七子遭遇强敌时，摆出的天罡北斗七星阵。”

杨华手一哆嗦。

指尖的棋子“当”的一声，跌落在檀香木的棋盘中央。

第四章 3U信息

中控室内，“天河”三号巨型计算机正一如往常地高速运转着，指示灯带频频闪烁，如幽暗天宇中诡异的星光。

伴随着高速运算发出蜂鸣声，中心工作人员把一道修正指令注入系统，构建起一座新的数学模型。现场的所有人都屏息静气，等待“天河超算”的最终结论。

今天是一个值得纪念的日子，第一条“3U信息”正被逐字逐句地破译出来。

所谓3U，就是“三不明”的意思：不明来源，不明去向，不明内容。

其实每个航天大国都积压了不少3U信号，当中大部分疑似宇宙背景噪音，杂乱无章实在看不出正常思维逻辑。相比之下，有些天外信号就显得非常诡异，这让各国军方的想象空间被无限放大。但都苦于无法破译，只好全被标注为红色机密存档，暂时交由军方掌管。近些年，新概念超级计算机，以及新算法的理论模型都上来了，让折腾了几十年的3U烂尾工程又有了新的转机。

所谓知道的越多，烦恼就会越多。

在史前，地球上的恐龙整天就知道吃了睡、睡了吃。体重超标、血压升高、心血管阻塞了，还整天胡吃海喝地不思进取，结果都被流星砸死了。

因此，为了汲取侏罗纪公园的恐怖教训，U国于2016年成立了“行星防御协调办公室”，还正式任命了行星防御执行官，专门监视地球轨道内的那些个调皮捣蛋的小朋友。

可不管怎么看，这都像是美国国家航空航天局的障眼法，里边肯定没少夹带私货。

放眼全球，现在世界各国都在抢建加建“大型违章建筑”——也就是超级天文望远镜矩阵。这当然不是什么面子工程，这就像国家基础设施建设一样，是极具战略考量的长远投资。

可对老百姓来说，他们总是绕不过“同志们有钱不花留给谁花？”这个弯儿，对这些拿纳税人的钱不当回事，劳民伤财的败家子行为，他们向来都愤愤不平。各国政府也早为这些目光短浅、妄议国策的家伙准备好了科普教程——谁不服，就拖去恐龙博物馆瞻仰骷髅架。

咱们就随便数数：南部非洲的“平方公里射电望远镜 SKA”、智利荒漠中的“阿塔卡玛射电望远镜 ALMA”、美国新墨西哥州的“甚大阵射电望远镜 VLA”，还有中国贵州的“FAST500 巨型射电望远镜”。

有变形金刚情结的美国国家航空航天局还嫌玩得不过瘾，非让这些百眼巨人都加朋友圈，就像想让它们“稀里哗啦”地变形成为望远镜版的“偷窥狂·惊破天”。

说到天文望远镜，在一般人印象中，就是山顶小圆屋里架着的大炮筒，其实这并不全面。射电望远镜跟阳台上的卫星锅差不多意思，都是用来收集电磁波的。几十口特大号的天线锅排列在一起，再让电脑用点特殊算法就能虚拟出一座超大口径的射电望远镜，这跟咱们贵州山区里的那口 FAST500 有异曲同工之妙。

那些山顶蘑菇屋里的光学天文望远镜，还有太空中飞着的“哈勃”几兄弟，都是用来收集红外 / 可见 / 紫外光波的。要知道，光也是电磁波。

有点扯远了，咱们接着说三不明信号。

根据多方渠道证实，美国国家航空航天局对于木星系“七星连珠”的天文现象早有预知，这都拜 3U 破译工程所赐。夏威夷天文台之所以在第一时间把观测结果披露出来，一方面是验证 3U 信息的可信程度，另一方面也是怕别人抢了先，有损老大颜面。反正木星就挂在天上，大家都看得见。

不过，这份情报却对我方形成了巨大压力。

若干年前，科技人员通过某种渠道获得一些启发，也开始着手建立 3U 信息破译算法的数学模型。依照外来思路运行的初步仿真结果，令各家参研单位先是恍然大悟，紧接着又顿足捶胸！

原来问题的关键，出在计算机位存储体制上。

咱们正常的计算机的 bit 位存储体制都是基于（0 或 1），呈一条直线。而 3U 信号的 bit 位存储体制是基于 [(-1/1)，(-1/1)，(-1/1)]，呈三维立体空间分布。这样的位存储体制，是允许2D虚位和3D虚位的存在的，有些类似于量子叠加的概念，但又不完全一样。看起来，是3U信息的使用者，对那只不定性的薛定谔的猫进行了某些必要限制，这给破译工程数学模型的建立与程序解码，造成了极大的麻烦。

然而，这还不是最惨的。

最惨痛的损失还在于，早期存录的3U信息也存在位存储体制的问题，导致门电路自行进行了极化处理，因此失去了另外两个维度的极化向量，造成存储信息的不完整，使大批珍贵的3U档案数据严重缺位，因而永远失去了破译可能。而现存完整的3U信息，也只剩下几年前刚截获的一些片段。

事已至此，再后悔也于事无补了。3U破译工程只有不顾一切继续加快进度，与之配套的“天河三号”超级计算机倒是进展神速，比计划提前三年横空出世。

这总算让军方稍稍松了口气。

今天，“天河三号”将破译出第一条信息，这个起点此时显得尤为关键。

计算机将解码信息投影到整个大厅，全息成像出一个三维空间里不断闪烁的密密麻麻蓝色光点，这个场面如此蔚为壮观，它让人恍然置身于浩瀚的银河星系，仿佛随手就能采摘下一颗闪耀的星星。

就在大家为这个壮美的星空赞叹不已的时候，计算机又迅速把一颗颗悬浮在空中的星星摘下来，拼装在一个平面位图上，在屏幕上组成一粒粒像素。

像素拼版游戏很快结束，屏幕上呈现出的这样一句话：

第一类战争。

大家久久注视着大屏幕，集体发呆。

什么是第一类战争？

谁和谁的战争？

这是某种暗示，还是指那个可令斗转星移的神秘力量？这条信息的发射源在哪儿，接收方又在哪儿？

沉默了片刻，大家都有这样的感觉：这条信息应该与“天穴”没什么关系。

费了这么大劲，动用了那么多的人力物力，也不能说是白忙了吧。

尽管有些失望，但程昆程司令员还是带头报以热烈的掌声。他与地方科研单位的代表一一握手，还拥抱了工程总设计师。

“再接再厉，争取更大的胜利！”

他鼓励周围神情沮丧的工作人员。

“我们继续改进算法，争取尽快缩短破译的周期。”总设计师涨红着脸说。

陆参谋长看了看表，感觉3U信号的破译已经差不多了，就跟周围的人寒暄了几句，然后对程司令员递了个眼色。

目前形势严峻，谁先从“天穴”里下载到了东西，谁就占得巨大的技术优势。在未来国际关系层面，率先接触外星科技的霸权国家，就可以把自己的意志凌驾于整个国际社会之上，这条弱肉强食的丛林法则，人人心知肚明。

一路上，两人各自琢磨着心事，都沉默着不说话。车队快进城的时候，程司令员忽然想起了什么。

“贵州的那口大锅，目前有什么进展？”

“什么大锅，你是说FAST500射电望远镜？”

程司令员笑了：“你们那只大耳朵，听到人家背天书了没有？哪怕是小道消息。”

“小道消息倒是满天飞。”陆参谋长摇摇头，“信号是截获了不少，可都破不了。”

程司令员闭起眼睛琢磨了一会儿。

“信号破译看来的确是块硬骨头，有人形容那是在听鬼说话。”他说，“不过留给咱们的时间可不多了，再硬的骨头，咱们也得把它嚼碎了，生吞下去！否则就算一直叼在嘴里，吞不下又不舍得松口，我看，早晚会被它卡死。”

陆参谋长点点头：“现在局势紧迫，我们听不懂U国同外星文明在交流什么，又猜不透他们有什么企图，这就像被人蒙住了眼睛，确实非常被动。”

“是要找到个突破口才行。”

“3U信号这边已经有了好的开始，我们不妨先从这里入手，这是我们目前唯一的情报来源。”

“这是自然。”程司令员点点头，“可光靠这个情报来源还不够。”

“3U信息含量毕竟有限，而且它讲的东西，并不是我们急需的。”

“你认为这条3U信号……它究竟来自哪里？”

“从破译角度上看，3U信号并没经过加密，只是编码体制与我们有差异。”

陆参谋长皱着眉头，“不过，我感觉它不像是来自人类自身。”

“哦？”程司令员笑道，“你能琢磨出那句话的意思吗？”

“这得有上下文。”陆参谋长也笑了，“等天津站多算出几条信息再看吧。”

“那么，它是谁发的，发给谁的？”

“这还是得看上下文。”

程司令员点点头，不再追问了。过了半晌，他又说道：

“你刚才提到上下文，我倒想出个主意。”

“什么主意？”

“贵州那口大锅，只能听，不会说吗？”

“你想让它说什么？”

“咱们与其听不懂，不妨也跟着U国一起说。”

“你的意思，是想让FAST500主动向‘天穴’发射信号？”

“对嘛，是该让咱们那口大喇叭，亮亮嗓门儿了。”程司令员笑道，“我看‘天穴’那边的外星人总是扭扭捏捏，跟他们打交道得跟追姑娘一样，咱们不妨主动些，你问了，人家才好答嘛。”

陆参谋长琢磨了一会儿。

“问倒是可以问，但不保证人家能听懂。人家听懂了，也不保证会搭理你。人家回答了，讲的也未必是真话。”

“咱们还是要有个基本判断，这就是你们‘科技委’的事了。”

“‘科技委’可不负责搞外星统战工作。”陆参谋长笑道，“不过你出的这个主意，技术上不存在太大困难，倒也不妨一试，就算死马当作活马医吧！”

“这就对了，跟人家外星人联络一下感情，先混个脸熟，将来也好办事。”

“就怕人家不领你的情。”

“那就要搞清楚，它为什么要领别人的情！”程司令员正色道。

“这要看他们从‘天穴’听了些什么。”

“那你估计，他们从‘天穴’听了些什么？”

“这个很难猜。”陆参谋长抬起头，“不过，从U国近期的种种反常举动判断，他们听到的东西，恐怕十有八九是跟战争有关。”

程司令员点点头，他不再说话，把脸转向窗外，似乎在浏览车外的原野秋色。

天空阴沉沉的，翻滚的黑云中，不时有明晃晃的闪电划过。大地黯然无风，所有的一切似乎都在静静等待着，一场暴风雨的压境。

第五章 战争狂想

车队一直开进大院，陆参谋长和程司令员带着随从，径直穿过几道安检大门，然后乘坐电梯，进入地下掩蔽部的一间会议室。

西部战区的各主要军事主官早已等候在那里。

这么多位高级将领共聚一堂，这种情况是十分罕见的，除非是外面发生了什么重大事件。此刻，大家完全没有叙旧的心情，只是相互点头握手略微寒暄了几句。程司令员一进来，各位首长便纷纷入座。

会议正准备开始，“技侦处”的汪处长突然推门进来，他俯身对程司令员低声耳语了几句，程司令员听完点点头。他挨个盯着在座的诸位将军，脸色霍然一变。

程司令员示意会议暂停，然后快步走出会议室。

这时，门忽然又开了，四名荷枪实弹的宪兵鱼贯而入，神情肃穆地分列大门两旁。气氛顿时紧张起来，众人面面相觑，都疑惑地转向门口的汪处长。

“我们监测到电磁辐射，请大家配合检查。”

汪处长兀自立于门口，神情冷漠。

看到这副架势，几位战区首长纷纷站起身，集中到走廊上。唯有那位雷副军长瞪起眼睛，粗着嗓门儿吼道：“查什么查，裤衩都脱了还想怎的？老子不查！”

“例行公事嘛，请配合一下。”汪处长脸上似笑非笑。

雷副军长转过脸来瞪着他：“就凭你也来查我？我看你尖嘴猴腮一脸奴才相，没准儿倒真是个奸细！”

汪处长挺了挺胸，笑道：“你我素不相识，此话可有依据？”

“依据？你还好意思说依据，老子背上那三块弹片就是依据！”

汪处长沉吟片刻，说：“是两块。”他微微一笑，更加肯定地说，“是两块，雷副军长，您那第三块弹片上个月已经取出来了。”

此言一出，众皆愕然，这位汪处长还真是无孔不入啊！

雷副军长涨得满脸通红，他正要再争辩什么，猛一抬头，见程司令员正在门口眯眼看着自己，赶紧起身，低着头灰溜溜地出去了。

会议室里现在只剩汪处长，还有几名端着探测器的宪兵。

不一会儿，技侦处副处长从外面快步走进来，向汪处长汇报：“都检查过了，没发现信号源。”

汪处长的眉头拧在一处：“信号就在会议室里截获的，再仔细搜一遍！”

又是翻箱倒柜地一通折腾，还是一无所获。

先前的信号辐射早已消失，每名宪兵手中的“谐振式主动探测器”也没测到任何可疑电子器件的存在。

“去把勤务处的人叫来！”汪处长把手一挥。

“全叫来？”

“打开水的、扫地的、机要文书、打字员，凡是进过这间房的统统叫来！”

“这样做，动静是不是有点大了，人头一杂反倒越查越乱。”技侦处副处长进言道，“没准儿刚才只是探测器报了个虚警？”

“不可能！”汪处长又挺了挺胸脯，“这儿出了问题，勤务处负有直接责任。”

“勤务处的人也都是经咱严格筛选过的，有些还是部队首长的家属，要说真有问题，顶多也是工作态度上的吧。”技侦处副处长又避重就轻地和稀泥，他一仰下巴，“您瞧，这屋里还有蟑螂……”

“蟑螂？”汪处长一下跳起来，“哪儿有蟑螂？”他顺着技侦处副处长的视线看过去，叫道，“这季节哪有蟑螂！”他一把扯下桌布冲向通风口，“都愣着干吗！快关门，把所有的缝都给我堵上！”

众人愣了愣，一下明白了汪处长的意思，纷纷剥下衣服，把门缝和通风口都塞了个严严实实。

“要捉活的！”汪处长一边围捕蟑螂，一边大声指挥。

又有几名战士冲过来，一个个兴奋得两眼放光，又扑又赶，终于把“蟑螂”逼到了墙角。那只“蟑螂”一边四面试探着，想夺路逃窜，一边竟突然直立起来，张牙舞爪地恐吓大家。

就在汪处长抡着桌布扑上去的一刹那，“蟑螂”突然冒起一缕青烟，“噗”

地爆燃起来，把汪处长手上的桌布都烧出一个大洞。

“乖乖！还宁死不屈啊。”

周围拎着桌布、汗衫的战士们擦着汗。

“呸，真他妈晦气！”技侦处副处长啐了一口。

“唉，可惜了。”汪处长擦了擦手，把冒烟的桌布一扔，手又向门外一指，“通知警卫连、技侦处全体出动！对了，再把特情处、勤务处的人也都叫上！”

技侦处副处长在后面愣愣地问了句：“干啥？”

“都给我去找蟑螂！”汪处长把手一挥，“不对，是一切可疑物体！这家伙传输功率没那么大，一定有信号中继站！”

大家这才如梦方醒，都一窝蜂向门口拥去。

会议室很快恢复了平静，诸位将领再次一一落座。

“好嘛，已经来敲山震虎了，这明摆着是向咱们示威嘛！”程司令员扬了扬手中的烟斗，“看来这场仗，沙鲁克汗是王八吃秤砣，铁了心要打啊。”

“沙鲁克汗这时候挑事，是什么情况？”

“论规模、论装备、论兵员素质，Y 国哪方面都不占优嘛！”

“国力上差得就更远了，简直是自不量力。”

大家一肚子狐疑。

“旧时候上门寻仇的，最怕女人和娃娃。”程司令员缓缓吐了口烟，笑道，“人家既然敢打上门，必然是有备而来。”

“我看就是皮痒了！”雷副军长粗着嗓门儿嚷道，“还不是几十年前边境那场仗跟咱们结的梁子，您瞧 Y 国当初有多嚣张，还不是被咱们一顿老拳，揍得鼻青脸肿老实了几十年？”

“Y 国这次主动挑事，确实有转移国内矛盾的动机，但这不是主要原因。”陆参谋长说道，“从沙鲁克汗的行事风格来看，他既然敢于挑起事端，一定是受到了某种因素的怂恿，或者是诱惑。”

“为这点蝇头小利……沙鲁克汗就敢赌上国运？”

程司令员笑道：“我看，他这回八成是摸到了一手好牌。”

“莫非，背后有 U 国支持，打代理人的战争？”

“就算跟 U 国暗中勾结，Y 国也不会有什么胜算。”

“这要看 U 国介入到何种程度。”

“介入到什么程度都无所谓，这是在咱家门口打仗。”

“U 国现在正向整个国际社会推销它的‘和平路线图’，还主动下马了大批尖端武器的研制项目。”

“天底下，没有无故献殷勤，铸剑为犁的大好事。”陆参谋长冷笑道，“这些举动本身就非常可疑，所谓‘和平路线图’不过是明修栈道，暗度陈仓的小把戏。他们把钱全部投向深空探索，说明他们拿到了更好的东西。这样一来，那些开发项目就变得毫无价值。”

“这么说……U 国真看到了什么东西？”

“这正是我们吃不准的。”陆参谋长点点头，“美国国家航空航天局先前的‘普罗米修斯’计划据说是因为‘重返月球’无疾而终，这样的说法显然站不住脚，美国国家航空航天局很快秘密发射了‘寒月’号木星探测器就是个例证。”

“美国国家航空航天局几年前发射的‘朱诺’号探测木星既然是公开项目，那么秘密发射‘寒月’号是不是……在做任务跟进？”

“如此密集的发射，只能说明一件事。”陆参谋长答道，“他们在木星确实有了重大发现。其实，光是美国国家航空航天局对外公开的‘新疆界’计划就有两颗深空探测器先后造访了木星。这些探测器不光起到了‘踩点’作用，同时也是个障眼法。美国国家航空航天局千方百计利用‘重返月球’之类的空头项目来掩人耳目。其目的都是为了确保‘普罗米修斯’计划的秘密实施。”

“用这个‘普罗米修斯’去盗天火……这背后究竟隐藏了什么？”程司令员问。

“我们目前知道的不多。”

“你现在提这个问题出来，是不是在怀疑这个计划同沙鲁克汗的战争冒险，存在某种关联？”

“这种可能性非常大。”陆参谋长点点头。

他们两人的一问一答，把大家最忌惮的事情全摆出来了，会场一下安静下来。看来之前从“科技委”内部传出的，有关‘天穴’的小道消息并非是耸人听闻。

程司令员不再说话，他眯起眼睛，一口接着一口，不停地吸着烟斗。

“是不是继续加强外交努力，避免局势进一步恶化？”

“外交这扇门，早被沙鲁克汗给堵死了。”

“战争不是你想不打，就可以不打的，该出手时，就出手嘛！”程司令员笑了笑，“现在要搞清楚的是，他们从木星取了什么经回来，咱们也好照单抓药。”

陆参谋长沉吟不语。

“陆参谋长，我们是否也应该去木星看看？”有人直接提问。

“咱们哪有能飞那么远的探测器哟！再说，就算你现在放出去，也赶不上看戏了嘛。”程司令员接过话茬，他哈哈一笑，“咱们中国人做生意向来讲究和气发财，你看‘天穴’就那么大点的地方，你放一颗卫星，我也非塞一颗进去不可，大家这么一挤，不就都没财可发啦？”程司令员摆了摆手，说，“损人不利己的事情咱们不去做，你要发财，咱就把地方给你，让你发个够，可你不能吃独食，得让我搭个顺风车。”

“程司令员说得对。”陆参谋长点点头，“如果我们能破译‘寒月’号传回的数据，就相当于共享了情报资源，搭了别人的顺风车。”

众人互相看看，又是一阵窃窃私语。

又有人问：“有这种可能吗？”

“目前只能说，不排除有这种可能。”陆参谋长出言谨慎，“正如大家了解到的情况那样，量子通信破译起来难度相当大，我们现在还没有十足的把握。”

“万一，搭不上顺风车怎么办？”

“如果破译不成功，我们还有备选方案。”

“咱们留了后手？”

“嗯，就靠贵州山里的那口大锅喽。”程司令员用烟斗向东一指，“U国在美洲、非洲还有大洋洲四处圈地，造了上百口小锅搞大型团体操，咱们不搞那么复杂，要造就造它口大的，造它个口径五百米的！”

“FAST500射电望远镜？”

“对，就是那座抛物天线，在黔南平塘县。”有人接话。

“天文望远镜能帮咱们什么忙？”

“咱们这口大锅，能看，能听，能说，怎么帮不上忙？”程司令员笑道。

众人面面相觑，半信半疑。

“如果真能知彼知己，还有什么好担心的？”

“恐怕没那么简单。”陆参谋长摇摇头，“如果Y国非要逼着我们现在出手，我们就必须要有足够的心理准备，打一场有‘代差’的战争。”

此言一出，让会场上的将军们都吃了一惊。大家纷纷都把目光转向陆参谋长，可陆参谋长的脸上不像有开玩笑的意思。

“什么‘代差’？”

“不可能吧。”

“哪有这么严重。”

大家你看看我、我看看你，都不便表态，于是纷纷交头接耳。

“参谋长您就别拿我们开涮了。”会场上还是有人笑道，“咱们搞针对性实战演习这么多年了，对周边各国的军事实力心里还是有数的，西部战区无论在人员还是装备上，我们对Y国都保有较大的优势。”

其他人虽然没有表态，但都面露微笑，这表示默认和赞同。

“我本人当然希望是这样。”陆参谋长缓缓说道，“在U国的一份机密档案中，记载了外星一个作战单位消灭他们一个整连的记录，直到现在，我们还没有掌握这次战斗形态的详细资料。”

陆参谋长的这番话，甚至是更加耸人听闻的传言，大家其实通过不同的渠道都有所耳闻，不过今天陆参谋长肯当面证实，还是令在场的所有人都感到非常震惊。大家又把目光纷纷转向程司令员。

“这的确是场考验，我们即将面临的战争，可能是我们从没有见过，也从来没有想到过的，这些情况都需要我们引起重视，打仗就是要做到知彼知己嘛！”程司令员做了总结，然后他话锋一转，“不过要让一支军队彻底转换战争形态，可不是一朝一夕就能做到的事，我倒想看看沙鲁克汗有多大能耐，这么短的时间，他能鼓捣出什么名堂！”

程司令员的表态，让大伙一直憋着的劲有了释放，会场上再次活跃起来。

“我看，也没啥大不了的。”

“兵来将挡，水来土掩。”

“对，打仗先得赢气势。”

坐在近处的几位将军出言附和道。

“还是要做两手准备吧。”有人出言谨慎，“咱们不是常说，战略上藐视敌人，战术上要重视敌人吗？”

“我看一手准备就够！”雷副军长挥拳一擂桌子，“咱那三千铁甲往前一冲，管他沙鲁克能出什么汗，先碾成肉泥再说！”

众人听罢，脸都沉了下来。雷副军长莫名其妙地望着大家，愣了一会儿，突然狠狠捶了一下自己的脑袋。

雷副军长的这句看似威风八面的提气话，其实犯了个大忌。

它让人想起当年清朝骁将僧格林沁，在通州八里桥的著名战例：三千铁骑，只余七人逃回，那是近代军队与封建军队的一场经典战役。

当时的英法联军历经拿破仑战争的洗礼，又经受了新克里米亚战争的锤炼，装备前膛燧发枪和新式线膛炮，采用空心方阵和三排步兵阵列的新型战法，对以冷兵器为主的清八旗军形成了“代差”优势。僧格林沁率领的七千蒙古铁骑与一万绿营步兵为主力的近三万大军，在通州八里桥对抗八千英法联军。最终三万清军伤亡过半，而英法联军只有十二人阵亡。

尽管八里桥之战惨败的原因是多种因素造成的，但“大刀鸟铳对洋枪洋炮”所展现的“代差”惨烈场面，还是给后人留下了不小心理阴影。

程司令员吸了下烟斗，又缓缓喷出一口，他的脸隐在烟雾后面若隐若现。

“他打他的，咱打咱的嘛。”他摆了摆手，笑道，“Y 国来者不善，不过我们也有自己的撒手锏，所谓中原逐鹿，鹿死谁手，我看尚无从定论。”

程司令员的话让会场上的气氛松弛了一些，不过话虽这么说，但笼罩在众人心头上的阴霾却一直挥之不去。

我们将要面对的，究竟是怎样一场战争？

第六章 万里赴戎机

通往西南边陲的战备要道上，战旗猎猎，铁流滚滚。

满载战斗部队以及作战装备及后勤保障的列车千里机动，朝着指定地点快速集结，庞大的转场战机机群不时在空中呼啸而过。

入夜，杨华靠在窄窄的行军床上，钢轨与车轮的咔嗒声有节奏地响着，车窗外灰黑色的树影成行成片地飞速掠过，远处星星点点的灯火寂寥地闪着，像是瞌睡人的眼。

接上级敌情通报，为规避敌对势力卫星的过顶侦查，这趟军列在战备隧道内一直等到日落才继续上路，杨华所在的这节军官车厢紧随团卫生队，挂在军列靠后的位置。同包间的三位团级干部话都不多，晚饭后就早早躺下睡了。对于即将来临的战争，每个人似乎都需要些时间，细细梳理一下自己的人生。

隔壁隐约传来一些打牌起哄声，那是团里的几个“技术参谋”晚上兴奋得不想睡觉。其实严格说来，他们应隶属于预备役的编制，是战时加强到作战部队中来的。这些“技术参谋”现在已成为打赢现代信息化条件下局部战争的一支举足轻重的智囊团和生力军。

一阵报纸窸窸窣窣的响动过后，传来压低嗓门儿的神侃。

“……我真想不明白，Y 国还送上门跟咱们拼陆军，他们哪来的底气！”

“行了，出牌出牌……嗨嗨嗨嗨，都琢磨啥呢，钓主呢！”

“拼坦克、拼陆航、拼远程还是拼战备训练，咱们哪样不压他们一头？”

“没错，我也这么琢磨。”

“这叫 No Zuo No Die！”

“捅 A 尖。”

“杀！”

纸牌“啪”的一声响。

“现在讲究空地一体，体系对抗。”

“空军？空军就怵他们怎的！你就说咱们是玩制空，玩对地，玩预警，还是玩电子战吧！”

“呵，万国牌 Y 国。”

“全都提不上筷子。”

“一对。”

“也杀！”

……

这话听着挺提气。

这些从地方科研单位临时抽调上来的年轻骨干，除了自己从事的专业领域，他们对于战争的理解，其实比地方上的老百姓也好不了多少。

杨华笑了笑，饶有兴致地听下去。

“那个沙鲁克汗，人又不傻，干吗愣是往石头上撞？”

“怕是背后傍了大佬吧。”

“他能傍什么大佬？”

“U 国喽。”

“U 国？呵，在海上咱不好说，上了陆地照样杀它个稀里哗啦！”

“嗯，我看行。”

“人家隐形都玩透了，咱们的老 20，还不知猴年马月。”

“你是说‘爱抚娘娘’？”

“尝尝咱装甲雄狮的铁拳，对老 K！”

又是“啪”的一声。

“咱还杀！”

“你你你，你小子不是偷牌了吧！”

“偷牌，咱还稀得偷牌？这么着，咱这么着……总行了吧。”

又是一阵窸窸窣窣的响动。

“你盯着他点！”

“行，看着呢。”

“F22 是信息化体系支撑点。”

“这还用你说，空战不就是打感知？”

……

“得了，跟你们透个底吧，对付 F22，咱们有撒手锏！”
“不就是米波雷达？”
“还有别的手段？”
“你们就听他吹吧。”
“咱也是偶然看到的，你们可千万得保密……”
“保证！”
“必需的。”
“快点讲。”
那人压低了嗓门儿：“你们晚上都看过星星吧？”
“多新鲜。”
“你说呢？”
“这有联系吗？”
“当然有联系。”那人神神秘秘地继续说，“咱们晚上用肉眼能看到的星星有六千多颗，要是上了仪器呢？大约就要上三四万了。”
“嗯嗯。”
“现在，要是天上有隐形飞机飞过去，它这一路得遮挡多少星星？”
“这谁能注意到。”
“计算机能啊！图像一比对，那隐形飞机不就现形啦？”
“……说的也是哈。”
“这叫‘掩星法’！”
“那白天呢？白天哪来星星？”
“就是，你这不能全天候啊，要晚上赶上阴天下雨呢？”
“你们都傻啊！不是还有其他频谱波段嘛，你肉眼看不到，仪器能探测啊。”
几个人又七嘴八舌地研究了一阵儿。
“那要是在地平线附近呢？”
“那就多布置几台呗！”
“……我还是觉得这不太靠谱。”
“说的也是哈。”
“算了，跟你们说点别的。”
“还有招？”

“当然有啦！”

“必需的。”

那人又把嗓门儿压了压：“还有就是用卫星看，‘高光谱成像卫星’你们听说过没有？”

“好像……有那么点耳熟。”

“你听啥都耳熟！”

列车进了隧道，隔壁的声音变得断断续续。

“卫星用红外设备，能同时看到某个单一目标发出的几百种电磁波段，然后在不同电磁波长内打造出一种多层次的‘立方体’……现在微型计算机和高光谱传感器的体积越做越小……”

……

“有这种芯片嘛！”

“瞧你这老土……我们所都是几十层的板。”

“我们所搞的那个储能环……都是高温超导……”

“放什么上用？”

“……万能的！”

“怎么个万能？”

“……那东西一炸开，那方圆十几公里……”

“真的？”

“绝对震撼！我们所做现场演示的时候……”

几人压低嗓门儿嘀咕了半天，又“嘿嘿嘿”地窃笑了好一阵儿。

“你说这场战争，能打成啥样？”

“啥样，就照这样打呗！”

“那……对方还能剩活口吗？”

“哎哎哎！都别神吹了，出牌出牌……”

走廊上突然传来一阵拍门声。

“开门！”

隔壁报纸“稀里哗啦”地慌乱响了一通。

门“吱”的一声开了。

“把手电关了！”来人语气严厉，“灯火管制，不知道吗！”

……

“窗户挡上也不行！”那人压了压火，低声道，“明天都写份检查，交上来！”

“是……”

“稍息，立正，解散，睡觉！”

“是。”

门“嘭”的一声又关上了。

杨华笑了笑，又翻了个身。

这几个“技术参谋”说白了只是穿了身军装的老百姓，虽说骄兵之气不可长，但让部队保持高昂的士气，也是夺取战斗胜利的重要保障。杨华拉开被子，准备睡一会儿，可脑海里却一直翻腾着刚才从隔壁听到的那句话，挥之不去。

“你说这场战争，能打成啥样？”

部队出发前，面对自己的忘年棋友——西部战区参谋总长陆闻天，杨华也提出过同样的问题。

陆参谋长当时没有正面回答，也许是觉得这个问题过于宽泛了。

“现代国土的概念，已不仅仅是传统意义上的陆地、天空和海洋，还要涵盖网络空间的虚拟领土。人类战争的历史上，战斗空间的每一次延伸、国土概念的每一次拓展，那个新出现的维度，必将成为双方激烈争夺的制高点。”

“您指的是网络战争？”

“那是悬在我们头上的，另一把达摩克利斯剑。”

“您忧心的是，网络战争的全面失控？”

“现代社会已经进入网络化时代，国家管理、文教、交通、能源、金融等等社会生活体系的方方面面都离不开网络，全面的网络战争，对双方国家和社会来说都是承受不起的。联合国《日内瓦网络战争公约》还明确规定，任何针对民用目标的网络战争，都将等同于核开战，应当被全人类严令禁止。”

“那么对于军用目标，是否也能建立起类似于核战争的恐怖平衡？”

“军事领域的网络攻防情况不太一样，这里只有弱肉强食的丛林法则。”

“我们是否已经有所准备？”

“的确有所准备，但还远远不够。”陆参谋长说。

“我们应当怎么做？”

“可以借鉴一下机步三零四旅的做法。”

“赵一航？”

“难得的将才。”陆参谋长点头笑道，“程司令员非常看好他。”

赵一航个传奇人物，他是从基层连长开始，一步一个脚印硬是干成将军的，在集团军里几乎无人不知，无人不晓。他那个“机步三零四旅”更是威名赫赫，成为整个西部战区的战斗力标杆。在历次“朱日和”实兵对抗演练中，只有他们这个旅，能把占尽天时地利的蓝军打得心服口服。这支部队不但训练有素、作风勇猛泼辣，而且在战术、战法和指挥谋略上，更是无人可望其项背。无论电战对抗，还是网络攻防，他们都能调动对手疲于奔命，令敌方防不胜防！

更值得称道的是，这个旅极具超前思维，作为我军神秘的“三零三”部队的新战法合作试点单位，他们对战场网络对抗的功课做得很足，所有战车都已完成了电防加固，对未来复杂电磁环境下的攻防作战，都做好了充分的准备。

“有机会，我一定要去他们那里取取经，好好向人家讨教一下。”

“我就是这个意思。”陆参谋长点点头，“这也是你这个作战参谋的职责。”他伸出一根手指，在自己的额头上转了转，“你是战区的武状元，可你要记住，将以谋为先。”

“呜——呜——”

杨华从恍惚中，一下回过神来。

对面一趟列车呼啸而过，汽笛声在两车交会中变换了调门，又在黑暗中快速远去。

杨华翻了个身，沉沉进入梦乡。

此时，位于天津的“国家超级计算中心”，再次成功破译出一条“3U信息”。由于已经固化了破译流程，这次的破译速度提升了不少，内容也丰富了许多：

灾难深重的时代，血雨腥风的时代，才是伟大的时代。只有伟大的时代，才会出现伟大的骗子。

第七章　黎明踏浪

——凌晨三时三十分。

我前沿观察所、通信设施突然遭敌强烈电磁压制，信路断链，雷达显示设备上一片雪花。与此同时，沿实际控制线我方一侧巡航的无人侦察机，发现敌前沿部队开始集结，占领攻击阵地。

我方无人机随即遭敌地空导弹击落。

——凌晨三时三十五分。

“五时开饭！”

敌方第一道战令突然打破电子静默，紧接着，敌前沿部队就像突然从地底下冒出来一样，开始做频繁的电信交换。

——凌晨三时四十分。

我前沿观察哨报告，敌工兵已开始于己方一侧实施排雷作业。

种种迹象表明，Y 国的全面进攻已迫在眉睫。

战争大幕终于拉开了。

我方各级部队按照事先演练的应对预案，纷纷开通有线光缆备份系统，指挥通信系统迅速得以恢复。

——凌晨三时四十五分。

我方空警 2000 预警机到达指定空域。

预警机是移动空中雷达和空中指挥所，它是现代信息化战争的关键节点，它把空中力量和地面作战部队连成一体。空警 2000 的加入，使战场 C4ISR 数据链在空中有了一个强有力的感知与指挥的信息支点，保障实施‘空地一体战’的部队，对敌进行快速、猛烈和精准的打击。

——凌晨三时五十分。

程司令员快步走进战区指挥大厅，“前指”全体起立，立正，向他行注目礼。

“开始了。”陆参谋长向他点点头。

“该来的，终究会来。”

程司令员淡淡一笑，他稳稳坐在中央指挥战位上，发布早已拟好的战斗动员令：“我们比任何人都渴望和平，比任何人都厌恶战争。但和平与发展不是单相思，不是乞求，更不是恩赐，当开或不开第一枪，都无法阻止战争的时候，我们应当勇敢、果断地选择前者，夺取战场主动权，保证战斗的胜利，这是党和国家赋予人民军队的光荣使命！”

他拿着烟斗的手，在空中用力一挥：

“代号‘黎明踏浪’，战役第一阶段，开始！”

程司令员下达战区第一道战令。

“前指”大厅内，火力反准备的命令立刻分发到各部。

“电战注意，电磁反准备开始！”

“远火注意，弹炮反准备开始！”

“防化注意，前沿清障开始！”

“战术导弹注意，定点清除开始！”

……

——凌晨三时五十五分。

整个前沿阵地天崩地裂、地动山摇！

一片片、一批批、一波波、一群群拖着曳光的弹道轨迹，互相交织着、互相映衬着划破夜空。地平线的深处传来隆隆惊雷，天边此起彼伏的剧烈爆炸闪光，把远方的云层映得一片雪亮。

Y国暴露的炮兵阵地、战术地对地导弹还没来得及首轮开火，就被铺天盖地的炮火所覆盖。敌各前沿观察哨、指挥所、装甲部队集结地均遭到我方火力急袭。与此同时，敌各前线机场、雷达站、油弹补给基地遭到我方远程火箭、战区巡航导弹和战术地对地弹道导弹的远程精确打击。

敌前沿阵地上腾起紫红色的烟雾，目标的轮廓完全被笼罩在神秘的雾霾中，世界一片混沌。多批多架次的战场无人机飞抵目标区上空，实施火力校准以及目标毁伤效果的评估。

——凌晨四时整。

我电子战部队已完成对敌全频段的强电磁压制，敌指挥通信系统陷入静默。敌方发起攻击前，对敌全方位的先敌压制、先敌打击已初见成效，这场短暂凶狠的火力反准备，已将敌部队全部钉死在发起攻击的阵地上。

——凌晨四时十分。

敌方依然死寂一片，战术无人机通过数据链传送来的实时图像，敌前沿部队集结地还有各个炮兵阵地已被彻底抹去，到处车翻炮歪一片狼藉，几个前沿机场也是面目全非，被我方远程火箭弹炸得千疮百孔。

我攻击部队摩拳擦掌士气高昂，只待“前指”一声令下。

“前指”大厅内，程司令员听着各方传来的战报，他面无表情地不停吸着烟斗。

陆参谋长一遍又一遍，仔细巡视着由前沿各种侦察手段汇集来的情报反馈，所有战报都表明，战斗进行得非常顺利。

他转过头，冲程司令员点点头。

程司令员再次抬起烟斗，用力一挥。

“代号‘黎明踏浪’，战役第二阶段，开始！”

他下达了战区第二道战令。

乘坐直升机、滑翔翼和旋翼机的我特战队员，一批接一批地向大山深处飞去，按照制定的战斗预案，对敌隐秘的指挥机构、远程预警雷达和地下补给基地实施斩首破袭任务，以填补远程火力覆盖的死角。

——凌晨四时五十分。

战情链路传来了捷报，Y国纵深一座三坐标远程警戒雷达遭我特战大队破袭，彻底丧失功能。

分布在大厅四角的全息投影仪迅速开启，将整个“前指”大厅变成了一个巨大的三维电子沙盘。整个战场如立体缩微模型一般，逼真直观地显示出战区的平原、河流、山川与谷地的地形地貌，被我方侦测手段感知的地带呈现出明亮的绿色，而未被情侦感知照亮的地带则隐在一片昏暗中。浮动在沙盘上的一条条光带以及星星点点的光标，实时呈现着敌我双方的分界线和攻防态势。

预警机的全息影像就像一盏明亮的泛光灯，在沙盘的上空缓缓浮动，将侦测范围内的所有空中和地面的目标一一指示出来。在前沿战地上慢慢蠕动的无人机则像几只萤火虫，只把翼下的小片区域照亮。

——凌晨五时十分。

第一波火力急袭后，敌人依然一片静默。

整个战场就像是一口巨大的黑洞，将我方排山倒海般的猛烈攻势全数吞没，听不到任何回响。同时也将整支 Y 国彻底隐去，消失得无影无踪。

我方过顶侦察卫星开始变轨，对敌后目标实施多谱成像。长航程无人机深入敌防御纵深，对重点区域实施雷达合成孔径扫描。我方进一步强化对敌信息压制，查打一体无人机相继起飞，进入敌方纵深。

几名作战参谋沉不住气，开始小声嘀咕：

“打这么久了，怎么还没动静？”

“不好说……”

“估计真给打残了。”

“我看也是，谁架得住这通重拳。”

“真就没剩一个活口？”

“咱们的火力反准备是狠了点。”

“可总能还几下手吧。”

“大概都藏到地下了。”

“一声不吭忍着，还真让人发怵嘿！”

“没准儿，他们还有绝招？”

“什么绝招。”

“诈降呗！”

几个人一齐笑起来。

陆参谋长回头看了一眼，他们立刻恢复了严肃。

“前指”大厅内，程司令员浏览着前沿各部队传送来的战报。

“我这第三板斧就要砍出去了。”程司令员用烟斗指着面前的电子沙盘，“现在，就等对手如何接招了。”

“我们的套路很经典，也很老套。我想，这不会出乎 Y 国的预料。”

陆参谋长摸着下巴，凝视着闪烁不定的沙盘。

“说得没错。”程司令员笑道，“来而不往非礼也。否则，就太让我失望了。”

陆参谋长沉默不语。

“命令航空兵部队发起攻击！”

程司令员下达了战区第三道战令。

“丁零零！”

我前线某机场，战斗警报骤然响起。

机务官兵飞奔冲向战机，取下挡板，打开座舱盖，挂上悬梯。

飞行员迅速跨入座舱，穿伞、启动、通电检查，战机待命升空……

“两洞两一等好。”

“两洞两请求滑出。”

“两洞拐一等好。”

“两洞拐请求滑出。”

塔台上各种高亢激昂的求战心切的喊声令人血脉贲张。

“四机开车滑出！”

四架战机快速滑出，分成两组，一前一后鱼贯滑上跑道。

“三拐两请求起飞。”

“三拐洞请求起飞。”

“四机起飞！”

震撼的轰鸣一波波涌来，将整个机场彻底淹没。战机相继接通加力，一批紧接着一批，如出鞘之剑，直刺苍穹。

我方电子战飞机到达指定空域，与护航编队会合。

塔台的实时监控的飞参记录设备将空中展开的我方攻击机群化为点点箭镞，道道航迹如刀锋划过天际的寒光。

空气在颤抖，仿佛天空在燃烧。

在全景电子沙盘上，我方攻击机群的航迹向轮廓昏暗的敌方占区慢慢延伸，我方机群留下的一条条带状的明亮区域，将敌方纵深的细节渐渐显露出来。

——凌晨五时二十分。

高空无人侦察机传来第一批战场实况。

图像显示：敌各部队集结地、前线机场、炮兵阵地还有前沿指挥所，都呈现着一幅幅的末日景象：桥梁断折、阵地削平，一座座机场塔台残垣断壁冒着浓烟，大群坦克和飞机的残骸燃烧着大火，整个战场就像是座人间地狱，再无生命迹象。

——凌晨五时三十分。

我方停止地面火力打击，高空无人侦察机继续试探着，深入敌方纵深。

天地忽然黯淡下来，黑沉沉的，如死一般寂静。天上没有月光，几点孤星时隐时现，在升腾的雾霾中困惑地眨动。

——凌晨五时三十五分。

我方过顶侦察卫星再次刷新了双方态势。

巨大的电子沙盘上，Y 国被摧毁的目标上已被标记出红色圈叉图案，我方攻击机群拖出条条飘浮的红色航迹，在墨绿色的群峰山谷间做超低空穿行，向闪烁着的预定目标不断逼近。在高空盘旋的预警机奉命前出，如悬吊着的明灯俯瞰整个战场，将电子沙盘上的一大片未知区域照亮，敌我双方的各类目标在沙盘上不间断地实时显现出来。

三个橙黄色的光标代表三架高空无人机，悬浮在沙盘上方缓缓移动。

时间在“嘀嘀嗒嗒”地流逝，敌方仍旧一片死寂。

我方第二波火力打击已准备完毕，地面装甲集群进入攻击位置，所有人都在焦急地等待着“前指”的第四道战令。

“是不是命令部队……”陆参谋长在旁小声提醒。

“不，再等等。”程司令员摆摆手，“我看他沙鲁克汗，就快出招了。”

——凌晨五时四十分。

几名作战参谋忙着判读无人机传回的图像，另外几个人忙着将人工判明的敌情转换成实时战场显示，不断丰富着电子沙盘的成像细节。

“奇怪啊。”一名参谋把敌方机场图像放大，做局部细节研判，“总感觉……不太对劲儿。”他的眼睛紧紧贴在判读镜上，慢慢转动旋钮。

“哪不对劲儿？”

“烧得太彻底了，渣都没剩下一点。”

“切过来。”

“推送完毕。”

杨华接收信息。

“你看这辆被毁坦克，都底儿朝天了，看来分量很轻啊，不会是假的吧？”

“你再看这边，Y 国集结阵地也有问题。”

“什么问题？”

“……看不到尸体，连个伤兵都没发现。”

“图像切给我。”

“是啊，怎么一个人都没有。”

“会不会都报销了？”

“不像。”杨华又切换成热成像，把两张图像做叠加对比，“你看，地下掩体的门根本就没打开过。”

“我有种不祥的预感……”

“别说了，结论上报。”杨华迅速推送分析数据。

陆参谋长扫视着不断推送来的战况分析，一切似乎都在印证着一种判断。

“这个沙鲁克汗，看来是在跟咱们唱空城计。”

“他唱他的，我打我的，这至少表明我们一种态度。”程司令员说道。

“奇怪，沙鲁克汗究竟在等什么？”

“咱们抢了他的开场锣，他的戏不好唱了嘛。”

“我看问题就在这儿。”陆参谋长望着沙盘沉吟道，“我们抢了先手，留给他的攻击正面就剩这么宽，什么拳脚都施展不开啊。所以我在想，沙鲁克汗的反击的切入点，恐怕不在这儿。”

“不在这儿打……”程司令员叼起烟斗，“那么依你看，他还有什么套路？”

“不是这个空间，而是在某个维度上展开。”

“陆、海、空、天、电，五个维度我们都布有重兵。”程司令员的烟斗向前一指，“这是天罗地网啊，难道怕他借来阴兵不成！”

“阴兵他肯定是借不到。”陆参谋长笑了笑，“我看，他在找阿喀琉斯的脚后跟。”

“希腊那个荷马说的书咱没听过，还是骑驴看唱本吧。”

恰在此时，一段空中应答在系统中突然响起——

“发现不明空中目标！”

一颗醒目的红色光标在沙盘边缘跳进来，上面很快标记出敌机的方位、航向、高度和距离等信息。

“判明目标性质。”

“特征比对完毕，判定为EB52大型电子战机。”

“保持监视。”

“空指”下达命令。

派EB52来做什么？

程司令员暗暗一惊，他不再说话，两眼紧盯着系统推送来的战报。

EB52出现在战场，意味U国的深度介入。这既在预案当中，又出乎大家的意料。U国竟悍然出动战机助战Y国，可见其伸手之长、用心之险恶，这令所有人都感到简直不可理喻！

过了一会儿，空中又响起一段应答——

“拐八洞单发停车。”

“下降高度，尝试开车。”

……

“开车失败。”

“拐八洞立即返航。”

“明白。”

战机空中停车非常危险，失去动力的战机只能依靠高度滑行一段距离，如果不能及时排除险情，接下来就会像一只秤砣直接砸在地上。好在只是单发停车，靠另一台发动机返航，撑到降落应该问题不大。

就在大家刚松了口气的时候，空中又骤然响起一串呼叫——

“拐八两双发停车！”

“拐洞幺全机断电！”

“三两两操控失灵！”

“导航失灵！”

“四两幺掉高度……”

“无法保持航向！”

“拐八六双发停车！”

“拐八三双发停车！”

“三幺洞双发停车！”

……

仅仅过了两分钟，紧急呼叫声就喊成一片，整个“前指”顿时蒙了。

大面积突发故障表明，我方机群正在遭受“不明攻击”！

虽然不清楚这种异类攻击的杀伤机制，但远处那架可疑的 EB52 极可能是“不明攻击”的源头。程司令员面色严峻，他心里明白，如果这种状况再持续下去，整个攻击机群都将被点杀殆尽。

“我看，这个沙鲁克汗是有意把我军诱至前线，才发起不明攻击的。”他把手中的烟斗捏紧，“他是想让我们进退两难，把咱们一锅端啊！”

陆参谋长没吭声，两眼紧盯沙盘。

空中指挥部下达命令——

“地面机动站，立即对敌 EB52 实施全频段压制！”

伪装良好的地面坑道口应声开启，防空旅的定向干扰车迅速占领发射阵地，对远处的敌机释放高能定向射频，实施全频段电子压制。

程司令员又来回踱了几步，“霍”地站住。

“立刻召回攻击机群！”

他把烟斗向前一指。

突然，系统“嗡”的一声响， C4ISR 数据链解裂，通信瞬间被阻塞。“前指”的命令无法发出，只能被动接收前方的战报。

“发现不明隐身目标！”

地面多基被动雷达站发来战情通报。

预警机立刻调整相位波束指向，但“空指”空情显示屏上已是一片迷茫。

“持续跟踪！”“空指”向地面站发出指令。

“信号不稳定……目标消失。”

“排除干扰，持续侦测！”

突然，电子沙盘上空闪出大批红色光点，层层叠叠，以不同方向、不同高度向我攻击机群快速逼近。

敌方电子战机施放定向干扰，敌隐身战机转眼隐入电子迷雾。

“发现敌机大编队！”

“歼击机前出！”

“攻击机编队返航！”

“防空阵地做好抗击准备！”

空中指挥部传来的呼叫一声比一声紧迫。

在预警机的引导下，庞大的我方攻击机群在开始转向。

“敌 EB52 继续前出，我方压制无效……”

“遭受不明攻击！”

……

“加强压制！”

“二次拦截！”

敌 EB52 继续冷静点杀，电子沙盘上我方战机的绿色光标在迅速减少。

“敌隐身目标！”

“目标闪烁，速度快……跟踪困难……”

“目标消失！”

“预警机后撤！”

空警 2000 巨大的机体做大坡度转向，两架护航的歼 11D 向前扑去。

敌隐身战机加力冲刺，直取预警机。

“强回波！”

“敌机开仓……已发射导弹！”

“导弹逼近！”

“规避！规避！”

……

“空指”的最后一个声音在大厅久久回荡。

一团嫣红的火球在万米高空轰然炸开，燃烧的残片纷纷坠向大地。

两架空警 2000 预警机的光标相继消失，电子沙盘上悬浮着的“双灯”应声熄灭。原本被照亮的感知区域顿时变得黯淡无光，就像忽然被黑暗吞噬了一般。大片闪烁的空中光标点当即熄灭，敌空中目标全部隐入黑绿色山峦之间，再也看不到了。

指挥大厅内鸦雀无声，作战参谋们都呆立在原地，像突然被人清空了大脑。

沙盘上我方歼 16 机群拖着长长的尾迹开始返航，不断有光点坠落，不知是遭敌点杀还是被敌方战机击落，感知亮区越来越微弱，犹如雨夜里飘摇的烛火。

对我方来说，此时的战场已不再透明，黑暗中危机四伏。

突然，三架紧急升空的空警 500 的光标再度消失，电子沙盘顿时黑成一片。原本微弱烛光迅速缩小为星星萤火，整个敌方控制区域变得一片模糊，除了隐隐起伏的山川轮廓，敌方所有目标全数隐没。

我方四架电子战飞机的光标也相继消失，攻击不知来自何方。

失去预警机引导的护航歼击机群就像被蒙上了双眼，茫然不知所措。它们就像是被狼群围攻的牧羊犬一般，在我方残余攻击机群的上空往来盘旋着，轮流开启机载雷达，交替掩护着撤退。

突然，代表低空返航歼 16 机群的那片绿点“呼”地向四下散开！飞行编队一下被打乱了，导弹逼近，“嘟嘟嘟”报警声凛然响起，语音传送系统断续地传来前方飞行员紧张急迫的对话。

“在后下方，攻你！”

“掩护我。”

“锁定目标！”

“我攻击。”

“明白。”

……

“六点钟！”

“冲你来啦！”

“摆脱！快摆脱！”

……

压缩在这简短、明晰，极具穿透力对话中所展现的激烈空战场景，将所有人的想象还原放大——上百千米的天空，我方返航的攻击机群此刻正成为被追猎的目标。失去空中和地面引导的护航歼 11 机群，在极端不利的态势下正与敌机展开殊死搏斗。

战场上敌暗我明，编队中不断有战机燃烧着向下坠落，剩余的战机散开队形，机载雷达告警灯闪个不停，摆脱导弹攻击时，八九个 G 的载荷拉得飞行员脸都变了形，凶猛的攻击接踵而至，让他们无法判定导弹来自何方。

“极限迎角！极限迎角！”

一阵战机极限机动的自动报警声，让机场塔台上的空气沉得更加凝重。

一架护航战机用机载雷达终于咬住敌机，空中拦截从中距打到近距，从高空杀到低空。摆脱、缠斗、截击……空气被机翼撕裂，发出凄厉的尖啸。

电子沙盘上残余的绿点越来越少，那是我方的几名“金头盔”的王牌飞行员，正在与数倍于己的敌方苏 30MKI 战机做最后的拼杀。此时此刻，进入近距缠斗的双方均已无法脱离战场，战斗的结局只有杀死对方，或是被对方杀死。

敌 EB52 徘徊六百千米外的万米高空，以电战天线不断点杀着我方战机。在其身后，还跟进了一架 Y 国的“费尔康”预警机。

我方远程米波雷达启动，实施三坐标定位。

第八章 莫比乌斯环

这个“不明攻击”到底是什么东西？！

关键时刻，“电战保障处”这个智囊团却集体失声了，每个人都急得团团转，可谁都说不出个所以然来，更别说拿出一个战场应急方案。大家一致判定这是U国国防高级研究计划局（DARPA）秘密研发的特种电子战系统，它基于AI人工智能，根据目标性质实时编制配置文件，能够自主寻找敌方系统漏洞，是自动感知学习和适应的自编程攻击体系，其具体杀伤机制，目前无人知晓。

时间紧迫，部队每分每秒都在流血！经过短暂的权衡之后，程司令员定下决心，他一把抓起桌上的红色电话：

“‘清空’准备！”

陆参谋长一愣。

他走过来，低声提醒道：“‘清空’区域有我方战机。”

程司令员面色平静：“顾不上坛坛罐罐了，这是为胜利必须付出的代价！”

此言一出，军令如山。

作战参谋立即交换密钥，口令应答此起彼伏。

陆参谋长愕然望着他：“这把‘撒手锏’动静太大，不可轻易用来打阻击，是不是再斟酌一下？”

“斟酌一下？”程司令员问，“你还等什么时候放？”

“‘清空’是把双刃剑，我看不到万不得已……”

“咱们已经别无选择。”程司令员叹了口气，“这是明摆着逼咱亮底牌啊。”

“要么先脱离接触，缓缓再打？”

“你想不打就不打，哪有这种好事？”程司令员笑了笑，吐出一口烟，“我看，咱们这回是真被鬼缠上了，部队撤下来多少是多少吧。当然了，现在即使想跑，也得使点手段了，就算是条乌贼，临走前也要喷对方一脸黑！”

“主动权还在我们手里，还没到不可收拾的地步吧？”

“能打则打，打不过就跑嘛。现在这种情况，能撤下来就是胜利。”

“咱们不能一遇风吹草动就动摇决心，乃至前功尽弃。”陆参谋长有点急了，“越是初战，敌人越会极力隐蔽和伪装他们的真实企图，摸清敌情和我情的底，决心才越快、越硬、越坚定，不会被任何假象所迷惑，不会被任何困难吓住。”

“我已经嗅出这草里吹的是什么风了，凶险得很哩！”程司令员摆了摆手，“我要是没这点直觉，当年早埋进越南的林子里了。”

“下这个结论还为时尚早，我们还是要尽一切可能查清敌人的部署和动向，看它能集中多大兵力向我们进攻或者是阻挡我们的进攻……”

程司令员笑了笑，再次打断他：“人家接了咱们的‘三板斧’，而且不费吹灰之力，这说明留给你喘气的时间已经不多了。”

陆参谋长沉吟了一下，问：“那这 EB52 的‘不明攻击’，扮演的究竟是什么角色？是主角还是配角？是主力还是非主力？我们必须尽一切可能，做不间断地侦察，查明这种不明攻击的特性，制定出克制这种攻击的战法，然后根据它当前的企图判断敌人可能将采用什么样的战略措施。”

“老弟，你是从小就没在街上打过架？”程司令员摇头笑道：“你还没看出来嘛，这是要下毒手啊，哪有刚一照面，就被人家逼到墙角的？”

“兵者，国之大事，不可不察，岂同小孩子的儿戏？”陆参谋长有些上火了，“敌人来个突然袭击就自乱阵脚，三十六计走为上计，这是机会主义。”

“打不过，又跑不掉。”程司令员好像没留意他言语中的火药味，他吸了口烟，又自言自语，“大院里打架就怕这个，再打下去非吃大亏不可！现在你死我活，情况瞬息万变，一念之差就会断送整个部队。”

“如果情况不明，就会举棋不定，坐失良机。”陆参谋长缓了下语气，说，“任何一次战斗都不可能有百分之百的把握，一旦定下战役决心就要坚决地打，放手地打。不足的条件，要通过充分发挥指战员的智慧和英勇顽强的战斗作风来弥补，以主观努力来创造条件，化冒险性为创造性，坚决夺取战斗的胜利。”

“咱们不能打无把握之仗。”程司令员收了笑，面色冷峻，“人家先设个局，就等着把你一网打尽，现在的局势不但打不赢，就是想撤下来，你都得抓紧时间！”

陆参谋长冷笑道："你是不是又要讲，拳头收回来，打出去才更有力？"

"书生误国啊。"程司令员摇了摇头，笑道，"你是不是觉得，别说这堂堂大阵，就算是几万只鸭子，没个三天三夜他也抓不完？"

此时，我方紧急升空的一架空警 2000 已到达指定空域，执行"诱饵"任务，多基被动雷达再次探测到敌多批隐形战机。

与此同时，三辆车载东风 16 战术弹道导弹占领发射阵地，弹体迅速起竖。

"参数注入！"

"备便。"

"弹道校准。"

"备便。"

条件判据变为绿色。

"发射！"

指挥员一声令下。

我方祭起王牌，撒手锏出手。

三枚战术弹道导弹腾空而起，顷刻间冲出大气，向指定空中交会点呼啸而去。

片刻后，弹体中段分离，弹头再入大气，抛整流罩、展开弹翼、减速、接收弹道修正指令……

空警 2000 截获敌方编队的航迹，向导弹发出弹道修正。

在导弹下方的空域，敌一批两架 F22 隐身战机正向我方空警 2000 悄悄逼近，导弹向着航迹交会点俯冲而下，三枚母弹在广阔空域分散成"品"字形，在布满战机的天空"砰"地又释放出十八枚子弹。

顷刻间，这十八枚包裹着制冷液的超导聚能环，呈等边六边形四下散开。

这种超导聚能环是一型 EMP 电磁脉冲弹，能在瞬间烧毁所有的电子元器件。这些超导元件平时储存在弹头的制冷液中，以"莫比乌斯环"效应抵消强磁场，在同轴电容充电电流达到峰值时，瞬间换面起爆，以双倍电流剧烈压缩磁通量。

这十八枚超导聚能环在分别飞出十数千米后，突然断环爆裂！

只见强光一闪，剧烈的电流突变瞬间激发起强大的电磁脉冲，方圆上百千米的空域内，电磁风暴以排山倒海之势横扫一切电子器件。

一阵蓝光电花闪烁之后，“清空”区域内的所有战机都被笼罩在电磁狂暴中，全机断电、双发停车，操控失灵。双方正在混战的机群无一生还，它们像断了线的风筝一般，纷纷翻滚着坠向大地，地面上当即腾起大片大片的滚滚狼烟。

敌 EB52 电子战机，还有 Y 国的“费尔康”预警机首先遭到毁灭性打击，它们一前一后栽入皑皑雪山，剩余燃油把残骸燃爆成耀眼的火球。

与此同时，在我方纵深，携带电磁脉冲弹头的弹道导弹接二连三地腾空而起，Y 国暴露的纵深机场，遭到我方第二波次电磁脉冲弹的凶猛打击。

几道雪亮的闪光过后，原本灯火摇曳的机场，顿时变成黑漆漆的鬼城。一切看似完好无损，然而整个大地却突然断电，再没有一丝光亮。建筑物里黑影幢幢，惊慌失措的人群四下乱窜，连手电筒都在剧烈的电磁狂暴下损毁殆尽，有人摸出打火机擦出光亮，远远望去，犹如坟地中团团飘摇的鬼火。

然而这场突如其来的电磁打击，似乎并没有给对手带来太大的麻烦。

Y 国在短暂的沉寂过后，开始重新调整战役部署，继续有条不紊地发起攻击。他们首先以其人之道，还治其人之身。大批同样携带 EMP 弹头的“布拉莫斯 II”超音速空地导弹，超低空穿越山谷，飞向我方纵深，实施远程精确打击。

看来对于电磁脉冲弹的使用，双方竟然都留了一招后手。我方自认胜券在握，想留着这把“撒手锏”，以备与 U 国的军事介入。而 Y 国在初战得手的情况下，也想将电磁脉冲武器留作决战时的“大杀器”。我方基于“莫比乌斯环”效应的超导聚能 EMP 弹头，尽管在脉冲威力和杀伤半径上具备一定优势，但在两败俱伤的情况下，却不足以扭转战局。

最先返航的“拐八洞”蹒跚着单发进入“三转弯”，机身开始倾斜，蹬舵、侧压、放襟翼、放起落架，对正跑道……小航线着陆成功。

人是有感情的，亲手维护的战机送出去一大群，现在只回来了一架。

当我方这名唯一幸存的飞行员，孤身单影地爬下挂梯的时候，迎接他的竟是全体地勤战士的失声痛哭。

“代号‘黎明踏浪’，航空兵部队攻击失利。”

这条不祥的战报就像是一阵阴风，把地面装甲部队刮得不寒而栗。

黑暗的天空死一般的寂静，双方强大的电磁脉冲弹，把空地一体的三维战场活生生压扁成了两维。然而，这一结果却不是我方所期望的，我军历经多年体系调整和严酷训练，实际上“空地一体战”已成为我军熟练掌握的标准战法。现在，夺取战斗胜利的任务全都压给了陆军，在没有空中掩护的情况下，光凭装甲部队单打独斗，是福是祸，吉凶难料。

不久，东方的地平线开始变得发白发亮，太阳出来了。

突然间，大地震颤，战尘滚滚。

Y 国不给对手任何喘息的机会，把现代战争的高烈度、快节奏、连续打击的特征展现得淋漓尽致，双方体系对抗下的战斗变得更加激烈残酷。来不及做任何准备，敌方空中打击刚被遏制，地面攻击就接踵而至。

双方的“陆军航空兵”刚一露头，就立刻被 EMP 电磁脉冲弹震得溃不成军。武装直升机攻击群的先头几个攻击波，像秤砣一样直接砸到地面上。跟进的梯队见势不妙便一哄而散，纷纷就近找山体机库隐蔽起来，陆航只好变主攻为辅攻，以后再找机会放冷枪、打游击。

天空已不再是航空兵称霸的战场，携带 EMP 弹头的地空导弹只需粗略导引，就能造成大面积毁伤。飞行员们很快意识到，EMP 弹头的杀伤半径大得惊人，只要被这样一枚导弹盯上，就基本不存在成功摆脱的概念。只要电磁脉冲弹头在空中一炸，在半径几千米内的结果都是一样。不管战机如何行动，最后都难免被狂暴的电磁脉冲震得人仰马翻。高昂的战损实在承受不起，通常“地导”的一次攻击，天上就能被揍下来好几架。

几个回合下来，双方总算开始习惯，没有空中掩护的单纯地面战。

如此一来，战局完全逆转，坦克厚重的钢甲和防辐射衬层，还有两条宽大的接地履带，使战车对电磁辐射形成了良好的防御，我方电磁脉冲弹对敌装甲部队完全不起作用，战场主动权瞬间易手。

在宽大的攻击正面上，Y 国装甲部队在“不明攻击”的支援下，志在必得。装甲集群依次投入交战，攻击波一浪高过一浪！ Y 国依托地面远程打击的掩护，充分展现出了信息化作战体系的凶狠与狰狞。

“不明攻击”如影随形，恶鬼般死死缠住我方部队，看来那架“EB52”并非唯一的攻击源头。

我方装甲部队奉命发起反突击。

冲上去的坦克就像一群跌跌撞撞的醉汉，驾驶员拼命纠正不听使唤的转向盘，炮长惊恐万状地看着炮塔像中了邪似的摇来转去。不断有战车在行进当中抛锚，失去动力的坦克打不成又跑不掉，很快成为敌方轻易猎杀的目标。

战士们不愿离开抛锚的战车，他们决心用辅助动力源拼死一战！不料，战车的“抑爆系统”却莫名其妙突然启动，舱内一片狼藉。

如果说空军航空兵一枪未放，败得窝囊，败得莫名其妙。那么地面装甲部队败得更让人愤怒，让人憋了一肚子火。这就像你把冲上来的敌人稳稳套入准星，正准备迎头痛击的时候，一扣扳机，却发现枪根本打不响！

自行火炮直接面对这个恐怖的场面，操控屏上一片乱码，无法装定射击诸元。潜望镜中，眼睁睁地看着敌方坦克冲上来。

正如程司令员所料，战斗很快演变为一方攻击，一方拼命招架的一边倒态势。前沿很快陷入混乱，部队被敌分割成几段。我方数据链断链、通信联络时断时续。此时的“前指”实际上已经失去对部队的具体掌控，只能统一下达“交替掩护，相机突围”的命令。

强烈的电子压制令人窒息，我方装甲部队各自为战，且战且退。

就在部队在做殊死抗击的时候，前方又爆出一条惊人的消息：我方一支装甲旅在未经上级批准的情况下，擅自离开阵地，结果在进入敌占区后，竟然全员消失了。

一时间，整个前沿风声四起，“前指”内议论纷纷。

不管从哪方面看，这都是一起极恶劣、极严重的政治事件。

往好了想，这是部队自行向敌方发动反冲击，或是向敌攻击正面实施突围。可要是往坏了想，这支部队倒更像是整建制地向敌方……

大家实在是不敢再想下去了。

第九章 机械骆驼

王干事其实从没干过“干事”，他之所以被叫作“干事”是因为在部队点名时的误传误报。他真名叫作王甘仕，取功名仕途一帆风顺的意思。

自打出生以来，他就一直是全村的骄傲，村里的女孩们有事没事就喜欢在他面前晃悠，因为他是传说中的凤凰男。他读完县里最好的高中，又顺理成章地考入上海的一所理工大学。

离别的那天晚上，他入戏地与漂亮的小琴姑娘抱头痛哭一场，第二天便一身轻松地飞出大山，所谓怀揣着少年心灵鸡汤的保温瓶启航了。入学四年，他才发现自己不是上了大学，而是被大学上了。

要说现实是最高效的冷却剂，那么凤凰进城便脱毛成了鹌鹑，连只土鸡都排不上。脆弱的心灵就像保温瓶一样破碎了，鸡汤洒了一地。

毕业后，脱毛的鹌鹑顷刻间便淹没于茫茫蚁族，王甘仕与所有的“海漂”一样，漫无目标地在这座天朝魔都茫然游荡。他与周围的灯红酒绿的现代时尚格格不入，那种骨子里的土腥味儿，似乎永远都褪不干净。他生得干瘦，再加上四眼和木讷，无论打工还是租房，都惯看奚落和白眼。

繁花满眼，铅华褪尽，凤凰的人生不过如此，充其量是夹在极度自大与极度自卑中的一种心理扭曲。

终日投身于忙忙碌碌而碌碌无为之中，打游戏成了王甘仕生活中的唯一寄托。那片虚拟的数字世界，成为他唯一可以尽情发泄与放纵的精神鸦片。他很快地发现自己天生就是块打游戏的料，他修长的十指尤其擅长短兵相接的“微操”，他甚至在“WCG 国际电子竞技大赛”中还拿到过相当不错的名次。

然而正当他在数字世界里如沐春风时，命运之神微服私访了。

三个月前，他所供职的凯莫尔公司要选拔“优秀专业人才”随军保障。老实巴交的王甘仕竟“意外”拔得头筹，一夜间成为公司里众人推举的

“明星”。

事情就是这么奇怪，作为资深单身狗的四眼王甘仕，连平时都懒得瞧他一眼的漂亮女同事也突然对他恭维有加。他被象征着荣誉的大红花装裱着，被热烈的赞扬簇拥着“光荣入伍”。就这样，他在众人一致推举下稀里糊涂地上了战场，成为部队上的“王干事”。

深夜，寒风把王干事冻醒，他发现自己孤零零地躺在乱石堆中，是部队连夜转移时把自己给落下了，在这个狼群出没的荒山野岭，落了单可不是闹着玩的！黑暗中，又急又怕的王干事连枪都忘了找，就深一脚浅一脚地哭喊着，逃亡在遍布冰碴和乱石的荒漠之中。

不知什么时候，头顶的太阳忽然亮得刺眼，含盐的沙砾在阳光下时而呈耀眼的白色，时而又变得阴暗发蓝。傍晚时分，又冻又饿的王干事总算在一片缓坡前望到了一些草木，他找到一个被野狼废弃的土窝，打算就在这儿蜷缩过个夜。

天刚一黑，双方部队就如嗜血的猛兽纷纷出动。山坡后头，一大群坦克履带所发出的尖锐而沉重的“吱嘎”声席卷而来，震得大地都在发颤！王干事手脚并用地爬上面前的斜坡，眼前是漫山遍野黑压压的一大片坦克群，它们像一条浩浩荡荡的大河，在清冷的月色中向前涌动。那些钢铁巨兽泛着幽幽乌光，相互只间隔一小段距离，一队接一队疾驰而过。

王干事无法判明敌我，他惊恐地把脸埋进草里。车队一过，王干事便立即飞奔下坡收拾东西。刚准备上路时，他又听到一片隆隆滚雷般的装甲部队突击声席卷而来，这次距离比较远，因此，单单从发动机的轰鸣声中根本无法分辨是敌是友。

王干事一整夜都在四处逃亡，不管往哪个方向跑都会遭遇战斗。他刚刚奔上矮丘，旷野不远处就突然腾起一道冲天火柱，照亮了一群正在向前冲击的战车。双方部队显然在旷野上展开了遭遇战，只见展开攻击队形的坦克群从黑暗中冲向火光，又从火光中冲入黑暗。

突然，旷野蓦地亮了好几倍！战场全是炮口喷出火球，巨大的声浪几乎要把耳膜撞破，接踵而至的爆炸声更是地动山摇。数以百计的坦克战车沿着山坡自西向东，潮水般一波接一波地冲过去，骤然变得雪亮的半空中，反坦克导弹留下的亮晶晶的导线清晰可见。

王干事被这阵势完全吓蒙了，他捂住脑袋拼命往草丛里拱，一心想着如何脱离战场，可他却束手无策。周围亮如白昼，四面八方都在展开激战，成百上千的坦克战车疯狂地乱冲乱撞。

王干事拼命想躲进黑暗，他逃到哪里，哪里都是一片惨烈的战场。

不知过了多久，天空总算暗了下来。钢铁洪流渐渐远去，长杆弹芯撕裂空气的尖啸声仍能依稀传入耳中。目光所及之处，全都是横七竖八燃烧着的坦克残骸，地平线的尽头不断有爆炸的闪光和隆隆的炮声。

借着月光，王干事忽然望见一群驮着补给物资的“机械骆驼”，遥远而渺小地躲藏在半山腰中。王干事的眼泪一下出来了，这是他几天来遇到的唯一“亲人”，他一眼就认出那是自己公司的产品，而他之所以到部队，就是为这东西提供维护保障的。

“机械骆驼”的原始创意，来自U国波士顿动力公司的“大狗”四足机器人，不过U国的“大狗”因为动力和噪声等问题，无缘在军中服役。而我国在基于“莫比乌斯指环”强磁对消效应，实现超导聚能环的储能技术突破后，通过概念山寨而来的“机械骆驼”，却成为优秀的军民两用运载工具，曾大批量出口海外。

由于无法判明敌我，只好远远躲着它们。

当太阳高高升起的时候，又冷又饿、几近虚脱的王干事，忽然被一片沉重的脚步声惊醒，他惊恐地一下坐起来，原来是那队失去主人的“机械骆驼”正慢慢向他靠近。它们走到王干事身旁，竟理所当然地停了下来。其中两匹“机械骆驼”背上的弹孔还冒着烟，“噼噼啪啪”地打着电火花。

王干事突然抱着它们的脖子大哭起来，这群“机械骆驼”和它们背上的给养，现在是他活下去的唯一希望，他狼吞虎咽、大快朵颐，吃了这三天来唯一的一顿饱饭。恐惧和疲惫暂时被抛到一旁，王干事仿佛成了世界上最幸福的人。

第四天破晓，蓬头垢面衣衫褴褛的王干事终于望见了人烟。那是由几排装甲战车围出的一片军营，在营地的不远处，还趴着几辆冒烟的坦克残骸。

王干事眼圈一热，认出那是自己人。

他领着这群敌我混编的“机械骆驼”缓缓走向军营，“战车围墙”的炮口都威风凛凛地指向营外，炮塔后面全背着一只奇怪的铁盒子。不远处停着几辆炮塔低矮、具有隐形特征的坦克，王干事认出那是我军最新型的“百式坦克”，这种坦克在部队中十分稀罕，说明这是一支甲等“拳头部队”。

四周很安静，远远近近的哨兵都惊异地望着他们。相伴而来的“机械骆驼”一直忠实地跟在王干事身后，他清点了一下辎重的数量，命令它们原地待命。恍惚中，一群战士向他跑来。

王干事两腿一软，顿觉自己身体几乎散了架，他虚弱地晃了两晃，一头栽倒在地。等他醒过来的时候，他已经在床上整整躺了两天。

身旁的军医告诉他这里是远离战线的敌后，王干事掉队后完全走错了方向，跑到敌人这边来了。万幸的是他误打误撞，碰到了赵一航的装甲旅。

那个军医还告诉他，敌人的反击精准而凶狠，我军被迫全线后撤。唯有赵一航的装甲独立旅打出了威风！他们看准一个战机，硬是从Y国接合部杀入敌阵，一路猛打猛冲，端掉Y国纵深的一座隐秘的大型油库，外加三座前进油弹补给基地，大有百万军中取上将首级的气势。

我方独立装甲旅的果断出击，令整个战线发生震动。敌方阵线已被撕开一条大口子，预备队根本来不及填补。最致命的是，Y国几座补给基地被付之一炬，令其攻击前锋成了强弩之末，暂时无力发动新一轮的攻势。

王干事心里在琢磨自己路上碰到的那些激烈的战斗，是否正是这支装甲旅在打穿插的时候，先前的那位军医出去了一趟又回来了，他神神秘秘地卖着关子，说王干事这回可立了大功——他领来的那支“机械骆驼”简直是雪中送炭，由于装备制式上的问题，这支深入敌后的装甲部队，所携弹药和给养都已消耗殆尽，目前正处于弹尽粮绝的状态。军医让他在此稍候，旅首长赵一航会亲自来看望他。

夕阳开始西沉，晚霞将天边的云彩染成一片梦幻的金色。

一切都如梦境一般，时而清清爽爽时而朦朦胧胧。在王干事眼里，这位如雷贯耳的年轻将军显得威风凛凛，他三十岁左右，中等身材，不算魁梧，却透着一股摄人的威严，他的整个轮廓都融入了夕阳，就像是在燃烧一般。

整个过程王干事都非常紧张和激动，赵一航同他讲了些什么，他全都不记得了。

印象中，他只记得赵一航每次听完他的回答，都会报以一抹淡淡的微笑。那是一种温和的、深深沁入心田的微笑，赵一航的目光中有一股神奇的力量，可以让人不惜为他献出生命。

在谈话的最后，王干事表达了希望留在这支部队的强烈愿望。

在泪流满面地讲出这些话后，连他自己都不相信，自己大难不死回到部队后，路上发的那些毒誓，那些愤愤不平的私心杂念全都不见了。此时，他一心只想着能光荣地成为赵一航的战士，渴望为他冲锋陷阵、赴汤蹈火。更奇怪的是，自己是心甘情愿地这样做的，没有丝毫的抗拒。

不久，王干事最终如愿以偿，被分配到战功赫赫的七连。这个光荣的连队是赵一航亲手带出来的，论勇猛善战，没有哪支部队能出其右。

那支突然消失的部队又突然出现了，还成为我方深深插入敌后的一把尖刀。这个结果既在期待之中，又在意料之外，因为它超出了所有人的想象。

要把握这样的战机几乎是不可能的，他们必须在Y国"眨眼打喷嚏"的同时采取行动，而不是在看到了之后，就像预先知道对方的这些"生理反应"一样。更离奇的是部队如何保持的战斗力，难道这支装甲旅对"不明攻击"免疫不成？

战报传上来后，"前指"总算松了口气。

常言道"将在外，君命有所不受"，能抓住战机一举扭转战局，不管怎么说都是个英雄壮举。这场胜利对战局的影响也许有限，但对双方心理上的震撼却是无法估量的，全军上下为之振奋，一扫几天来连战连败的阴霾。

要说Y国也是点背，赵一航这把刀子早不扎晚不扎，偏偏挑人家"生理期"的时候下手，捅得是又准又狠！Y国就像一头冲得正嗨的怪兽，突然被点了穴，一下四脚朝天，嘴歪眼斜地乱蹬乱踹，再有劲也使不出来。只能喘着粗气，眼睁睁地看着到嘴的鸭子"噗噗啦啦"，飞的飞跑的跑，连根毛也没留下。

再有三小时时间，Y国就完全缓过劲来了。

他们开始收缩部队，不再急于扩大战果，反而一不做二不休，准备回头一口吃掉那支孤军深入的装甲旅，这一招同样十分阴毒。

我方前沿部队还在回撤，预备队上还是不上？

程司令员来回踱着步，一口接一口不停地吸着烟斗。

那支装甲旅虽然打了个漂亮仗，却也着实给"前指"出了个大难题，这就像不会水的人，眼看着孩子掉进河里，救则可能把自己也搭进去，不救则于己于人都无法被原谅。越是在理智就要被感情冲垮的时候，越是要保持头脑的冷静。

陆参谋长皱着眉头，再三权衡了各方利弊。

“把‘三零三’拉上来吧。”他在旁边建议道。

这是豁出老本的意思，“三零三”部队是我军“战略支援部队”的最后王牌。同火箭军的核威慑一样，在两国不幸陷入毁灭性的末日之战的时候，“三零三”部队将担负起“确保网络相互毁灭”的战略反击任务。其实大多数人对国家之间的“网络摊牌”与“核摊牌”的等价捆绑概念并不十分清楚，这么说吧，核大战能摧毁双方的城市，而网络全面开战，将毁灭两个国家。

程司令员眯起眼睛看着他。

“动用这支部队，会给民生网络留下一个大空当儿，会把咱们战略软肋完全暴露给敌人，甚至可能导致战争规模升级。而且，拉这支部队上来，到底能起多大作用现在还很难讲。”他像是在自言自语，“拆东墙补西墙，把筹码一下全压上去，要下这个决心，风险实在太大。”

“‘三零三’是我亲手拉起来的，我对他们有信心。”

程司令员放下烟斗，仰头望天。

“也罢，这杯毒酒由我来尝吧。”他笑了笑，“丢了那支装甲旅，士气就散了，我军将兵无斗志，万劫不复。现在，咱们只有狭路相逢，孤注一掷了！”

他抓起桌上的光纤电话。

在那宝贵的三小时里，我方把代号“三零三”的部队拉了上来。

全军上下都默默注视着这支年轻的部队，谁都明白，让“三零三”在这么短的时间内有所作为，破解“不明攻击”是不现实的，这是一场赔率极高的豪赌。

这支神秘部队到了前线，并没有祭出什么大杀器，反倒忙着拉网架线，跟远远近近的敌人玩起了网聊，言辞极其暧昧。时间一分一秒地流逝，到了最后关头，他们干脆兵分两路，一路驾车直奔前沿采样，另一路冒着遭敌精确打击的危险，敲着键盘跟敌人在网上展开对攻。

短短三小时内，“三零三”完整截获了Y国“不明攻击”的编码样本，逐条解码后，立刻开始逆向推导，然后很快向部队传送了反制方案。

部队在疑惑，这玩意儿到底灵不灵？

隐蔽集结的阵地上，即将发起反击的预备队都在观望着电战部队，心中没谱。“三零三”什么都不解释，只是给出了一串指令代码，并要求他们必须严格依照敌方的攻击次序，发出应答。如果这道电子“护身符”应对无效，所有冲上去的部队将有去无回。

三小时的大限刚过，我预备队向来犯之敌发起全线反突击！

铁流滚滚、炮声震天，我方坦克集群以排山倒海之势向敌压去。电战部队立即侦测到敌方的不明攻击，冲击路线上很快有战车抛锚，发动机舱冒出滚滚浓烟，它们马上又被后面的坦克推到路边，余下的战车前赴后继，继续冒死冲锋。

电战部队按照预案，对敌实施代码应答。

奇迹很快出现了，Y 国的“不明攻击”不再犀利，在那串神秘“护身符”的保护下，参战坦克集群竟大部分存活下来，还接二连三地冲上敌方阵地。

高手过招，火光电石、雷霆万钧都尽在笑谈之中，局外人不但摸不清门道，甚至还根本来不及看出什么热闹。

“前指电战处”的技术参谋们此时惊得目瞪口呆，这个奇迹绝非“偶然”，谁都领教过 U 国 DARPA 机构的厉害，外人觉得那地方出来的东西都极其难缠，好像都带着那么点魔法，而“三零三”这回竟化解得如此轻松，就像有夺天地造化之工，鬼神不测之术。

这个“三零三”的背后，必有高人指点。

防御缺口被迅速填补，正在后撤的部队也立即原地转入反击，死死拖住敌人。两军犬牙交错，双方猛烈的炮火彻底隔绝了后勤保障。这状况就像两个壮汉滚在地上厮打，拧胳膊掐大腿、蹬鼻子抠脸、龇牙咧嘴气喘吁吁，死活拧巴在一起，硬挺着这架势谁都苦不堪言，可谁都不想先松手。

场面实在太难看了，这要是打擂台赛，观众早就扔鸡蛋了！

反正这么耗下去也没个结果，骂也骂了，打也打了，也就是个平手，大家谁都没丢面子。再说把两军士兵都困死、饿死既不人道，又不符合双方的核心利益，还伤害了两国人民的感情。最重要的是，现在两边都已经打得精疲力竭，不管你是和平作秀还是缓兵之计，现在大家都不反对坐下来谈谈。

都说战争是政治的延续，政治是战争的周末。

反正闲着也是闲着，那就聊一会儿呗。哪怕谈谈隔壁老王、UFO 里的外星人，或者聊聊天气和哲学也好，大家也就是想喝个茶，喘口气，再抽空洗个澡、顺便上个厕所什么的。

按书中所表，是“各退三十里安营扎寨”。赶紧敲锣放广告，进入中场休息。现在，敌我战线已经稳定下来，双方部队脱离接触。该是袅娜的举牌美女，还有挥动着小白旗，西装领带道貌岸然的政客们上场表演了。

第十章　少壮派

超算中心再次传送来 3U 破译信息：

人类以亿万之众，却极其愚昧地拜倒在一个凡身肉胎的脚下，心甘情愿地把个人的一切希望和身家性命都交付给他，这一奇特行为深刻说明了，人类是多么心智不健全的一种生物。

程司令员对这种打打谈谈的战争形态早已经习以为常了，他倒也不担心，先派些人去聊天应付着，然后接下来该怎么打还怎么打，现在双方都在翻箱倒柜地找狠家伙。谈判人员倒是派去好几波了，争议焦点依旧僵持在那儿。明眼儿人都看得明白，两边都没有罢手的意思。

大战将近，可问题还是要一个个去解决，这东西急不来。

上午，陆参谋长接到电话，是程司令员告诉他，前方部队有人来汇报情况，要他一起去听听。

陆参谋长出了办公室，老远就看见程司令员在走廊里等他。

“觉都睡回来了吗？”

程司令员看上去满面春风。

“睡不着。”陆参谋长笑了笑。

“这可不行，现在不睡，过几天可就没得睡了。”

“有件事一直想不明白。”

“那正好，边走边聊吧。”

程司令员向前头指了指。

“你觉得，咱们把‘三零三’留在这儿，能不能瞒住对方？”

“当然瞒不住。”程司令员笑道，“不但瞒不住，他们会把自己的网络王牌也一样拉上来跟咱们斗，那时候可有好戏看喽。”

“我也这么想。”陆参谋长点点头，“那我们后方防御空虚时，他们怎么不乘机发动攻击，让我们首尾不能兼顾？哪怕只做局部牵制也好。”

“这个嘛，是不太正常。”程司令员沉吟道，“咱们来分析一下，这里有两种可能：一种是他们没动，毕竟他们也不想跟咱们网络摊牌，采取了战略忍耐。另外一种是他们动了，但是因为某种原因没动成，让咱们侥幸得逞。”

“会是什么原因？”

“这我哪知道，这是你们‘科技委’自己的事。”

“让你帮忙想问题，结果节外生枝，越搅和越乱！”陆参谋长摆摆手。

“那我就不瞎搅和了。”程司令员哈哈一笑，“这个问题先放一放，咱们先去见个人。”

“什么人这么有面子，百忙之中能劳您的大驾？”

“去了就知道了。”

“不去。”陆参谋长停住脚，“要去你去，我要忙的事还有很多。”

“好嘛，跟你卖个关子都不行。”程司令员一把扯住他，低声说，“是那支装甲旅的事。”

“装甲旅有什么事，不就是那个赵一航干的吗？”

“我看事情没那么简单。”程司令员左右看了看，又说，“这个赵一航确实有勇有谋，可凡事总有个度，此人能掐会算到了极点，难道你就不觉得这里面有蹊跷？”

“有什么蹊跷，这就是偶然中的必然。”

“不对，你仔细想想，这里面名堂大了。”程司令员正色道，“我琢磨着，这里面的门道要真讲出来很可怕，那个赵一航，说不好是事先知道敌方的部署。”

“这怎么可能？”陆参谋长笑了，“我看，是你想多了。”

“只有这种可能，否则，你就是把天说下来都说不过去。”程司令员把烟斗叼在嘴里，瞄了他一会儿，又说，“要么他自己是高人，要么是他背后站着高人。”

“既然如此，干吗不让那位‘高人’指挥作战？”陆参谋长笑道。

“嗯，先不忙。”程司令员点上烟斗，吸了一口，说，“现在，咱们要去会会的，说不定就是这位高人。”

“哦？”陆参谋长吓了一跳，“那这个面子，是得给足！”

程司令员看他一眼，笑道：“此人你以前见过。”

“在哪儿见过？”

“你还记得那个上官奋强吗？”

“哪个上官奋强？”

“就是以前在你楼下办公的那个瘦高个参谋。”

“哪个参谋？”

“喏，就是你说他一笑起来，让你浑身不自在的那个。”

“哦……”陆参谋长想起来了。

上官奋强，脸上永远笑容可掬，一看便知是出身良好城府极深的官宦子弟。此人晋升得很快，是第三梯队的重点培养干部。此人虽然谦卑世故，但另一方面，他也有纯粹执着的地方。每办成一件大事，他就会从眉眼和嘴角之处，流露出内心的欢悦，让人想起婴儿的纯真无邪。

“想起来啦？”

“有那么点印象吧。”陆参谋长笑笑，“咱们在一个楼里办公的时候，他那时大概是怕惊到您吧，每次经过你门口，都蹑手蹑脚踮着脚尖走路，仿佛就像是在跳芭蕾似的。”

“嗯，这孩子的确挺懂事，是一个谦虚谨慎、戒骄戒躁的年轻人。”

“是不错。可这么一个讨人喜欢的人，怎么打仗？”

“典型的经验主义。”程司令员笑道，“你这人就这点不好，爱憎分明非黑即白。”

“经验嘛，根本谈不上。”陆参谋长笑道，“这类干部我见多了，可我怎么看，这都跟‘高人’挨不上边。我看他那点聪明劲儿，根本没用在打仗上。”

“士别三日，当刮目相看。”程司令员一摆手，“人嘛，哪有十全十美的，咱们得用发展的眼光选拔干部。就说这个上官奋强吧，作为军事主官可能是差了点火候，可此人知人善用，他在用兵点将方面还是很有一套的。”

“人事上的事，我不了解。”

“那不就是了。”程司令员笑道，“我问你，你觉得上官奋强和赵一航相比，哪个更有统兵挂帅的潜质？”

“要说军事理论，上官奋强洋洋洒洒，坐谈立论无人能及。可要论带兵打仗，冲在一线的赵一航，倒是个真英雄。”

程司令员笑着摆了摆手。

“要这么说，这回你是真看走眼了。”他脸上收了笑，正色道，“那我告诉你，上官奋强同志，正是命令部队直捣敌补给基地的军事主官！”

陆参谋长张着嘴，冷不防突然呛了口凉气。

程司令员走着走着忽然不见了人影，回头一瞧，只见陆参谋长脚下差点绊个跟头，眼镜从他鼻梁上滑下来，“啪嗒”一声跌在地上。

总算到地方了。

程司令员和陆参谋长阔步走进会议室，上官奋强礼毕后，用唱花旦的一串小碎步抢身迎上来，两手忙不迭地做或搀或扶的姿态，服侍完程司令员稳当落座后，他才屁股蹭着沙发的边，有惊无险地坐下，然后弓起身子，脸上洋溢着幸福。

谈话内容陆参谋长没有太多记忆，留给他印象最深的是，上官奋强一直费劲巴拉地弓着身子坐在那儿，不停幸福地笑，殷勤地点头，还掏出个本子很认真地记着什么。

直到谈话结束，他都没有和上官奋强做眼神交流的机会。程司令员随便聊了一会儿，便很快结束了谈话，然后又拉上陆参谋长去别处开会了。

上官奋强殷勤送他们出去，然后一转身，很有成就感地合上笔记本。

杨华这两天一直忙得团团转，又是分析战报，又是查探敌方动向。

在这次战役中，地面部队打得很惨，人员、装备报上来的损失令人触目惊心。在接下来的战斗中，“首战用我，用我必胜”牛气冲天的航空兵是指望不上了，地面部队还得继续唱独角戏。现在，留给总结经验教训的时间真不多了。

这场窝囊仗打下来，部队上下都给急红了眼，发了狠地想知道“不明攻击”究竟是个什么东西。吃了亏不要紧，可总得明白是怎么被人暗算的。机场已被宪兵严密封锁起来，“三零三”部队的人一直都在那架幸存的歼16顶上爬上爬下，检测分析得没完没了，并且严禁闲杂人等靠近。“战情处”的人一时插不上手，只好先把精力全都放在琢磨装甲部队上。

此次战役，我方部队除投入了“96D”和“99G”等现役主战装备外，还把尚处于部队试用阶段的“百式坦克”也投入了实战检验。各路大军乏善可陈，唯有装备“最新型坦克”的装甲部队，才是让大伙解气又痛快的话题。

要说这“百式坦克”，还真值得多讲两句。单从这型新概念坦克的纸面参数来看，就足以用“变态”这类词汇来形容它。

“百式坦克”是世界首款入役，采用双人编制，具备完整C4I能力的四代半坦克。它由车长兼任炮长，与驾驶员在前舱并列。

这种高度自动化的战车采用无人炮塔，大幅缩小了被弹面积。炮塔右侧是个亮点，它以全新升级的“欺骗/干扰”激光系统，取代九九式上面的“致盲/压制”系统（这东西总归有点不太仗义的嫌疑）。这么一改，相当于将坦克投影到前方五十米处，既能欺骗敌方的激光测距仪，并使之编码失效，还可以干扰采用激光半主动制导/激光驾束制导的反坦克导弹。

最惊艳的，当属“百式坦克”新一代的火控系统，它使战车具备了“打一个、瞄一个、跟一个”的多目标连射能力。在必要时，坦克炮可以与车长周视镜同步随动。在多目标接战的情况下，坦克炮一般采用“三发急速射”模式，将“识别—瞄准—打击”的决策链，由“单链”升级为“环链”。再配合新型自动装弹机，将最高理论射速提升到惊人的十八发/每分。

也就是说“百式坦克”基本是看哪儿打哪儿，战场上挨个点名。

Y国当然也不傻，他们在领教了“百式恐怖”之后，就很快学乖了。Y国的对策是，尽量避免与之正面交战，一发现“百式坦克”集群，就集中各型反坦克火力实施间接打击。

在战术思想上，我军历来有“集中优势兵力，各个歼灭敌人”的传统。部队为加强突击效果，通常会将“百式坦克”这样的新型装备集中编制，组成所谓的“拳头部队”。而这样做，恰恰为敌方的“非接触式集火打击”战法提供了便利。

稍有常识的人都知道，顶装甲向来都是坦克的软肋，甭管号称防护有多强悍，都架不住各型“攻顶”武器的过顶重击。

在一个典型战例中，我方两个装备新型坦克的装甲连，在占领攻击阵地后，随即遭敌各型攻顶导弹的集火打击，造成重大伤亡。

不过，真正让“百式坦克”打出威风的，还是赵一航的那支装甲旅。

赵一航的经验是：把新坦克平均分配到各连队。尽管这种“撒胡椒面”做法是装甲部队的忌讳，但它符合战场上简单实用的残酷法则——它可以让那些优秀的炮长在牺牲前，尽可能多开几炮。

发明这种战术实属无奈，这还要从装甲兵对“铁麒麟”的崇拜说起。获得“铁麒麟”称号，一直以来都是历届装甲部队“大比武”的最高荣耀，每个坦克车组都把它当作一生的奋斗目标。在战斗中，令敌闻风丧胆的“铁麒麟”车组，才是部队最拿得出手的有生力量。

不过这些“铁麒麟”都是每支部队的宝贝，他们分布在各个连队。另外，“百式坦克”造价不菲，在有限经费向空军和海军倾斜的大趋势下，陆军根本负担不起新型战车的大面积装备。直到战争开始，全军的“百式坦克”加起来还不够装备三个营。在这种情况下，你只有把坦克化整为零分下去，才能实现“百式坦克”与“铁麒麟”车组的强强组合。

杨华是装甲兵指挥专业出身，他非常钦佩赵一航这种灵活机动的战术头脑。但那个令人抓狂的问题又绕回来了，赵一航究竟是用什么办法，让部队免疫敌方“不明攻击”的呢？如果知道了这个答案，也就明白所谓“不明攻击”到底是什么东西了。

杨华忽然想起自己在军校时的老同学上官奋强，这家伙到部队后就如鱼得水平步青云。他同赵一航两人年龄相仿、起步相近、履历相当，但却是截然不同的两类人，你有军事才华，我有政治智慧，两人孰优孰劣？看看他们肩膀上的将星就一目了然——他现在是赵一航的直属上级。

根据前线通报，这场漂亮仗就是在上官奋强的直接指挥下取得的。程司令员已将他从前沿召回，据说还有意提拔他担任战区主攻集团的军事主官。

杨华一边胡思乱想，一边下意识地随手在本子上画只大青蛙。突然，身后的门被人“嗵”地一脚给踹开了，把他吓了一跳。来人站在门口，热情招呼他。

“哈哈，干吗呢？”

杨华定睛一看，来人正是自己在军校时的死党——上官奋强。

他做梦也没想到会这么巧，真是说曹操，曹操到！多年未见，他看上去又瘦了一圈，可还是一脸的春风得意。

杨华喜出望外，他知道上官奋强要来，却没想到他来得这么快、这么巧。

还没等杨华站起身，上官奋强就已经翻到了各式家伙，他为自己沏了壶茶，然后如释重负地往沙发里一躺，还摆出个舒服的姿势。

“怎么样，这些年混得？”上官奋强随口问道。

“咳，瞎混呗。”

面对同窗好友，杨华觉得似有千言万语，却一时不知该从何说起。

“你还是老样子，脑袋里缺根弦儿，干啥都没想法，没目标。”上官奋强笑道。

“我哪能跟你比。”

杨华望着他肩上闪闪的将星，心中感慨万千。

人的自卑分为两种：一种是对神灵的自卑，这类人做事有底线，有敬畏和谦卑之心，在任何情况下都不会狂妄自大，更不会忘乎所以；另一种是面对他人的自卑，这类人崇拜强者，藐视弱者，因而这种自卑又很容易转变为自大。

前一种自卑者表面上谦和，骨子里却很淡定。因为他明白自己只是个凡人，因而也懂得对别的凡人欣赏和包容，既不会盲目崇拜什么人，也不会轻易鄙视谁。对任何人不迷信也不苛求，不卑也不亢。

上官奋强笑着一摆手。

“我知道，你想说啥。”

“我想说啥了？”杨华问，“你还会相面不成。”

“你又想拿我爹说事。”

“我可没那意思！”

这俩人一见面就会斗嘴。

“有跟没有，这都不重要。”上官奋强似有所指，“你毕业后的事，我在别人那儿都听说了，你的问题不在这儿。”

“在哪儿？”

“你还记得临别时，我给你的赠言吗？”

他这么一说，杨华立刻没词儿了。

当年毕业各奔前程的时候，还在流行“留言册”这东西。别人都为好同学、好战友祝福打气，唯独上官奋强给自己留了个意味深长的段子——

旧时马戏班里有个瘪三，品渣人懒。耍刀练不过师兄，顶碗比不上师妹，舞火棍又玩不过狗熊，在大伙眼里他就像个废物。可他只靠一招嘴甜心黑就能哄得领导开心，最后做了班主夺了师妹，当年瞧不起他的那些个师兄师弟，都得对他点头哈腰，连狗熊也要看他的脸色糊口。

小寓言往往蕴含着大道理，这就是上帝常跟人开的玩笑。人总是老得太快，却聪明得太迟。

“要说你当年，毕业刚一年就在‘战区大比武上’夺了武状元！”上官奋强感慨道，“这风头多有劲儿，我就是再有十个爹也拼不过你啊！”

“过去的事了，提它干吗。”

一席话，顿时让杨华回忆起当年的风华正茂，被夸得心里舒服，脸竟然都红了。

“可接下来呢，你没有眼力，又不懂运作，不被人家算计那才叫怪呢！”

“你……怎么知道？”

杨华又被他突然戳到痛处，一下没回过神来。

“还用怎么知道？”上官奋强笑道，“咱们先做个心理游戏，我来帮你分析分析。”他用手一指杨华的本子，“你就看看你画的这只青蛙，没有鼻孔，说明你不闻。嘴巴紧闭，说明你不问。你对那么重要的事情，竟然不闻不问，说明你有多放荡。有些人你都得罪了自己还不知道。那么多好机会，就让你这么给白白丢了。”

“不提这事了。”杨华心中顿感烦闷，他一摆手，“还是说说你自己吧，这回你可立大功了，听说程司令员有意提拔你呢。”

“咳，那老东西……”上官奋强厌烦地一摆手，忽然意识到自己此番话讲出来太欠考虑，于是干咳一声，低下头掩饰着喝起茶来。

杨华见状赶紧打圆场，岔开话题。

“听说赵一航，也是你发现的将才？”

“什么将才。”上官奋强笑着一摆手，“要不是我指点他，他哪能立那个功。”

“这倒也是，听说就连咱们程司令员，都佩服你会看人。”

杨华心中感慨，到底是两人地位不同了，连拍马屁都是潜移默化，此话说得连他自己都打了个寒战。

“老弟过奖了。”上官奋强似乎还很受用，“其实，你多往周围看看就明白了，凡夫俗子天生就知道为别人打工，聪明点的人就会去自己创业，可要做真英雄，你说说该怎么干？”

“怎么干？”

“要当真英雄，不是看自己有多大本事，而是遍选天下豪杰为我所用。”

“这道理太绕。”

杨华笑了笑。

“行，那我就不跟你兜圈子了。”上官奋强脸上收了笑，正色道，“我这次来，就是想请你这个‘武状元’出山。”

杨华心头一惊，忽然跳出一个念头——天赐良机啊！借这位老同学的威风，说不定自己还有机会向上运动运动。

上官奋强仿佛看透了他的心思，微微一笑。

“你看，我初来乍到。”他向门外一指，“在这地方，除了你我谁都信不过。”

杨华若有所思地点点头。他心中暗想，你在琢磨别人，人家其实也在试探你。

“怎么样？你要是看得起咱，就跟我去大干一场！”

他拍拍杨华的肩膀。

“这还用说，只要你用得上。”

杨华爽快答道。

“好兄弟，要的就是你这句话！”上官奋强又用力拍拍杨华的肩膀，笑道，“明天我要主持一个会，打算让‘前指电战处’的人都开开眼，让他们见识一下‘三零三’的高人，你到时也来听听，顺便也讲讲你的想法。”

“‘三零三’的高人？！”

杨华倒吸一口凉气，这家伙没准儿真能知道别人的心思，他心都要蹦出来了！

第十一章 第二类战争

第二天一大早，杨华提前半小时到了会议厅。他推门一瞧，只见会议厅里，早已黑压压地挤了一大屋子人。

“电战处”的参谋们早早就到了，一听说要见“三零三”的高人，他们亢奋得一晚上都没睡着觉。得知消息的十几位将军也到了会场，陆参谋长也在。看来除了程司令员，战区陆、空部队的主帅全体出席。

上官奋强乐不可支，他要的就是这种效果。

尽管有首长出席，会议室里所有人都挤在长条凳上。上首位空着九张沙发，那是各参战部队，对“三零三”表达的最高敬意！

杨华看人这么满，便挨着“电战处”的一群参谋，找了个角落坐下。

身边这群兵看上去就松松垮垮的，都说“电战处”是集团军的“公子营”，平时连出个操都拖拖拉拉，这要是拉出去搞个“五公里武装越野”什么的，估计得开上十几辆车，沿路去捡兵。

“电战处”本来还是气壮如牛，可一上阵就被拍得灰头土脸。对方可不给你“公子营”留什么面子，战场上遇到了照样往死了收拾。现在可倒好，士气一落千丈，甚至都有点破罐破摔的意思。

要请的贵客还得有一会儿才到，这些技术参谋早沉不住气了，自己先私底下七嘴八舌讨论起来。

“你说这‘不明攻击’到底是啥玩意儿？”

“我觉得就是强电磁干扰。”

“扯，啥干扰能把发动机都整停车？”

“信号耦合进去了呗。”

“更扯，你回家看教材。”

“咋不可能，耦合电压造成局部击穿。”

“这理论你小子发明的吧？”

小胖子不吱声了。

“我看像是网络攻击。”

“我也觉得。”有人附和道。

“那得先联上网啊。”

“用 WiFi 呗！”有人笑道。

“要不，是从数据链进来的？”

“不可能！”瘦眼镜晃晃脑袋，“数据链的加密锁，他们二十年也算不出来。”

“要不……走天线进来的？”

“那你也得先搞清楚通信协议啊！”

“不是有人把 SUV 都‘黑’进沟里了吗？”

“那是‘黑’他自己的车好吧！”小胖子大声嚷道，“你把我那辆保时捷‘黑’进沟里让我看看。”

瘦眼镜没词儿了。

“是啊，那玩意儿好像真是‘模拟’跟‘数字’通吃。”小胖子说。

“这有啥稀奇，有人不是号称能‘黑’心脏起搏器吗？”

几个人都不吱声了。

“你们几个都别开玩笑了。”

又有人加入进来。

“那你说是咋回事？”瘦眼镜问。

“算了，说了你们也不懂。”

那人欲言又止。

“说！”

几人异口同声。

“Y 国用了中微子射线。”

跨界科技，大家似懂非懂，面面相觑。

那人继续：“引力波穿过虫洞的时候，就会把反物质湮灭成暗能量……”

“滚！”

众人异口同声。

杨华笑了笑，估计这些养尊处优的兵，都是群没长大的孩子。

上官奋强也注意到了这边，他似乎对这场略显幼稚的争论很有兴趣，一边听，还一边赞许地微笑点头，看上去好像还特别专心。

“畅所欲言嘛。”他笑道，“今天请大家来，就是要把心里的想法都讲出来。海阔天空，无拘无束，什么不靠谱就讲什么，什么不搭调就说什么。”

杨华望着上官奋强，猜不透他在打什么主意。

这么一说，技术参谋们反倒沉默不语了。

“刚才讲到哪儿了？”上官奋强笑着问道，见大家都不吱声，他又掰着手指，“好吧，咱们先数数：强电磁干扰、网络攻击、黑客、中微子射线……”

“还有啥？”他忽然抬起头，鼓励道，“大家再想想，还可能是什么？”

他这一鼓励，“地方讨论会”彻底冷了场。

这时，门外却传来一个底气十足的声音——

“还可能是病毒。”

众人循声望去，只见门口站着一位身形矮壮、皮肤黝黑的中年将官。

“信息化战争嘛，不是比谁狠，是比谁毒。”那人又补充道。

上官奋强见了他，立刻眉开眼笑。

“来得正好！”他手一扬，“给大伙介绍一下，这是‘三零三’部队的古部长，古践同志。”

见到古部长，所有人都“呼啦”一下站起来，肃然敬礼。

古部长随手回了个礼，然后径直走进会议大厅，当仁不让地在上首位稳稳落座，紧随他进来的八位校官，也众星捧月地分列在两旁。

众人也纷纷坐了回去。

上官奋强冲他点点头，笑道：“‘三零三’部队想必大家早就如雷贯耳了。”他环视众人，顿了一下，又缓缓说道，“古践同志还有另一个头衔——冥王。”

会场顿时安静了。

每个人都定格了手上的动作，有人手中茶杯一下没来得及端稳，滚烫的开水泼了一裤子。

“谁？冥王？”

“什么冥王？”

“哪个冥王？”

大家脸上的惊愕凝固了几秒钟。

“您是网上传的那个……冥王？”有人忍不住发问了，急着证实自己的幻听。

古部长平静地说：“冥王嘛，只有一个。”

众人听得愣了一下，“呼啦”一下全体起立，狂热地鼓起掌来。

以前正规网军与江湖高手分属两个骇客门派，关系向来微妙，正所谓道高一尺，魔高一丈。就像是地方老百姓口口相传的一种说法：城里大型三甲医院的疗效，往往不及民间郎中的一剂偏方。信则有，不信则无。

大家万万没想到，“冥王”竟然也是穿军装的同道中人！

这位威名赫赫的“网神”突然降临，让“电战处”的参谋们激动得手足无措，眼泪几乎夺眶而出，要不是因为身上这身军装镇着，他们早尖叫着挤上去签名了。

古部长坐在那里，静等会场的气氛平息下来，似乎对大家的热烈反应无动于衷。他扭过头，同上官奋强交换了一下眼色。

“据说网上有人能黑翻汽车，有这回事吗？”

有人急着发问了。

“老皇历了，小孩子的恶作剧。” 古部长眼皮都没抬一下，“不过是远程接管了‘自动泊车系统’，连人带车弄进了水沟。”

“冥王。”有人开始亲热地喊出他的网号，“有人远程攻击‘心脏起搏器’，真有这种杀人手段吗？”

“下三烂的东西。”

“‘震网’能让发动机停车吗？”

“Stuxnet是条老蠕虫了。”古部长没正面回答，“不过‘震网’的确开了个恶劣先例，它向业界证明，‘数字化代码’完全有能力置‘模拟化系统’于死地。”

“能让飞机失控吗？”

又有人问。

“这个嘛，你们应该比我更清楚。”古部长慢慢环视一圈，“如果病毒攻击到位，战机升空即意味着坠毁。”

大家听后，脸刹那间都变白了。

现在大家好像有点明白，阴毒的“不明攻击”到底是怎么回事了。

“你们都问完了吗？”古部长面无表情地问。

大家见状，脸上收了笑容，都不敢吱声了。

“那好，现在由我来提问。”古部长沉下脸，说，“一直都说‘电战处’高手如林，在座网络段位高于黑键六段的，举手让我看看。”

众人面面相觑，没有一个人敢举手。

“不出所料，一个都没有。”古部长摇了摇头。

上官奋强见场上气氛有些尴尬，赶紧打了个圆场：“情况是这样，‘电战处’的战技评定机制不同，所以对战斗力的生成标准，可能有不一样的理解。”

古部长没有理会上官奋强，他冷笑一声继续说道：“黑键六段，这在‘三零三’连扫地都不配。”

当着这么多领导的面，“电战处”的人脸上挂不住了，打了败仗大家都有份儿，干吗老把帽子往“电战处”一家头上扣？孙处长的火气“腾”就上来了，想想又没有个抓手，于是指着古部长身旁的一位年轻秘书问道：“请问，她是几段？”

古部长眼皮都没抬一下：“她嘛，还是个新手，黑键九段。”

此话一出，大家都没脾气了。

古部长依旧不依不饶：“我看，要是‘电战处’把争强好胜的劲头用到战场上，也不至于输得这么难看。”

这下脸丢大了。

孙处长后悔得恨不能找个地缝钻进去，他真没想到，自己竟然会像个小孩子似的吵架，古部长可以在会上耍小儿科，可你要是掺和进去，就进他的套了。

杨华心中暗想，这位“冥王”果然言语刻薄，看来水客讲的那个段子，并非空穴来风。不过越是有孩子气的人，可能越是有超人的智慧。

雷副军长看不下去了。

“您现在怎么说都不过分，打了败仗，就是把天说下来都没用！要是没有‘三零三’兄弟的支援，咱现在还不知道在哪儿躺着呢。”他站起来，冲古部长一拱手，“不过，您得告诉咱，我们是怎么遭人暗算的，也算没白挨您训话。”

“知耻而后勇，善莫大焉。”古部长点点头，招手让他坐下。

雷副军长涨红着脸，昂然坐了回去。

“我们都得过感冒，那感冒到底是怎么回事呢？”古部长问，“对了，那是因为感染了感冒病毒。这些病毒就在空气中飘着，大家随时都能接触到，抵抗力稍微强一些的，就对它免疫，而抵抗力弱的，就会被感染，再感染严重一点的，人就会倒下。”

古部长停了一下。身后一名随从，把桌上的一台便携式“全息投影仪”打开。在会场半空中，马上立体成像出“电子沙盘”的三维录像回放。

“咱们再来看战场。”古部长将一架敌机高亮显示，“敌方 EB52 电子战飞机，一直在用电磁载波信号向空中释放病毒的载波体，我们把这种攻击性病毒叫作‘流感’。我们的战机一旦接收到这种信号，就会感染上它里面的病毒，从而对飞行安全造成严重威胁。”

“既然如此，为什么敌机会安然无恙？”一位空军少将问。

“这个问题提得好。”古部长说，“敌机提前在系统中注入了电子标记，我们把它叫作‘疫苗’，如果‘流感’病毒识别到这种电子标记，就会自动销毁。”

“那么，‘三零三’为装甲部队提供的那道‘护身符’就是这种‘疫苗’吗？”雷副军长问。

“不能算是，也不能算不是。”古部长笑了笑，“我们只有三个小时，不可能去为整个装甲部队注入‘疫苗’。所以，我们只能用‘疫苗应答’的方式，给敌方病毒的辐射源造成混乱，让他们的电子战系统真伪难辨、不知所措，进而无法正常输出病毒载波信号。”

“难怪，咱们的坦克有的冲上去了，有的还照样趴窝。”雷副军长想了想，忽然把眼睛一瞪，大声吼道：“你们‘三零三’这是犯罪啊！要是早点把‘疫苗’提供给部队，这仗不就打赢了嘛！”

场下众人一愣，开始交头接耳。

杨华心中暗想：这话的意思是要把责任推卸给别人？要是人家“三零三”见死不救，什么都不干，那岂不是事不关己了吗？再说“三零三”是来帮忙的，不是来替你打仗的，怎么能说打赢了是你的功劳，打败了都算别人的呢。

他刚想站起来，却见上官奋强拼命向自己使眼色。

杨华马上冷静下来：自己是什么身份？说这种胳膊肘向外拐的话，公道能不能主持得上暂且不论，引火烧身却是必然的。他向会场上望去，那些低头不语的人，估计也和自己一样的想法。

古部长微微一笑，看来他早有准备。

“那倒不见得。”他环视会场，“如果‘流感’不行，他们可能还有‘破伤风’，或者更厉害的东西。网络病毒本来就是广谱的，千变万化，防不胜防。”

“那么，如何抓住根本呢？”陆参谋长问道。

“这又是个好问题。”古部长笑了，“几年前，我们和地方院所有个合作研发协议，搞出一套‘固态逻辑电路’的免疫装置，由于它完全不需要软件系统支持，所以就很难让敌方的病毒钻空子，它能像防毒面具一样滤除有害电磁波，把敌方病毒载波挡在外面，这套装置至少足以应对当前世界主流强国的电子战水平，能起到广谱防范的效果。目前，这个产品还在不断完善中……”

古部长的话讲得很委婉，东西有没有是我的事，用不用就是你的判断了。

旁边“电战处”的小胖子笑了，低声对同伴说：“广告时间。”

“有这东西？”那位空军少将一下站起来，大声说，“快快快，赶快运来！有多少要多少！”看来他对空军竟沦落到“敲边鼓”的角色，早就受够了。

“先别急，您听我把话说完。”古部长笑了，招手让他坐下，“现在的问题是，这个经过‘抗电磁脉冲’加固的大铁盒，实在太大、太重了，飞机要拖上这么个东西，也就只能充当和平鸽了。我所说的‘在不断完善中’就是这个意思。”

那位空军少将狠狠捶了下桌子，小胖子没事人似的，又和同伴小声说笑起来。

“那装甲部队有戏吗？”雷副军长笑眼瞧瞧空军少将，明知故问地一挥手，“咱们坦克扛上个把大箱子，那绝对没有问题。”

“雷副军长说得对，这套装置在这次战役中，已经通过了实战检验。”

众人一愣，又纷纷点头称是，看来大家都猜到了，古部长指的是哪支部队。

“古部长同志讲得太好了！”上官奋强用力拍了下桌子，所有人的目光一下都集中到他脸上，他继续兴奋地说道，“我们早就预见了这场深刻的军事变革，高瞻远瞩、独具慧眼、力排众议地引进了这套硬件杀毒装置。我指挥的装甲部队，这次奋勇出击、威名远扬、披坚执锐、战功赫赫……当然，也有那套装置的助力。这些情况，我已经向程司令员做了详细汇报……”

杨华摇摇头，心中暗笑：这个上官奋强老毛病还是没改，一提功劳就激动，一激动就滔滔不绝，一滔滔不绝就“话都不会说”了。

古部长静静地听他讲完。

“好了，我想大家想知道的，我都说完了。”他站起身，“如果没有别的问题，我们几个就先走一步。”

说着他便站起身。

“请等等。”孙处长躬身站起来，说，“我还有个问题想讨教一下。”

“请说。”古部长坐了回去。

孙处长清了清嗓子。

“我们‘电战处’战前对世界主要军事大国的电子战水平是做过摸底工作的。别说是Y国，就算是面对U国，不说是把人家打垮吧，至少也能拼个两败俱伤。”他垂下头，缓缓摇着脑袋，“怎么可能一夜间，他们就长高了一大截……”

“两败俱伤，那只是弱势一方的一厢情愿。网络战争，不是西风压倒东风，就是东风压倒西风！”古部长毫不客气地打断他。

会场上顿时鸦雀无声。

古部长又冷冷一笑，说：“我还要恭喜在座的各位，你们赶上了人类有史以来，第一场‘第二类战争’。”

什么？第二类战争？众人面面相觑，不明白他在说什么。

孙处长彻底蒙了，他“咕”地咽了下口水，结结巴巴地问：“这么说，还有‘第一类战争’？”

他这话问得比较有策略，你刚才不说“做过摸底”了嘛，你连“第二类战争”都没听说过，你让领导怎么想，领导会想：你摸了底？你摸了谁的底！

“‘第一类战争’是指在此之前，人类发动过的所有战争。”古部长停了一下，又说，“笼统地讲，只要是以‘能量投送’的方式摧毁目标的战争行为，都属于‘第一类战争’。小到冷兵器时代的刀劈斧砍，大到星际战争时代驱动‘小行星撞击’的太空战法，都属于这个范畴。”

“那你讲讲‘第二类战争’。”陆参谋长说。

“所谓‘第二类战争’，就是以瘫痪敌方‘中枢神经’系统的方式迫使敌人放弃战斗。说得通俗一点，就是专门针对敌方C4ISR指挥控制系统，实施攻击的作战方式。这种战争模式，如果再上升到更高的层次，就是对敌方的生物大脑实施有效操控，具体来说，就是所谓的‘脑测’和‘脑控’的黑科技。这跟咱们老祖宗‘不战而屈人之兵’的战争思维，有异曲同工之妙。”

“那么，战机双发停车，坦克操控失灵，也都属于这个范畴吗？”上官问。

“那只是些皮毛。”古部长浅浅一笑，“这一次，U国只是把这种新型作战样式，拉到代理人战场上去小试牛刀，更狠的招数他们没使出来，或者尚未完全掌握。再说，像Y国军队这样的兵员素质，让他们在这么短的时间内，全面掌握这种新战法也不太现实，部队训练毕竟不是一朝一夕的事。这次只是给大家提个醒，等U国把这种新型战法全面铺开后，咱们恐怕就再没有这么好的运气了。你们‘电战处’一定要拿出‘首战用我，用我必胜’的勇气来……”

孙处长“扑通”一声跌坐在凳子上。

大家都同情地望着他。像他这样的处长，充其量就是给“公子营”看大门的，手下衙内如云，他能动得了谁。

当然了，古部长的话也没什么具体内容，这种“口号式讲话”多见于大领导，反正精神是传达下去了，怎么干是你的事。有想法的赶紧打报告要批示，理不出头绪的赶紧连夜加班拍脑袋。

现在能问的都问了，该答的人家也答了，不能再指望人家帮你做什么了。“三零三”虽然级别不低，但毕竟不是决策部门。

“我就是整不明白，U国怎么可能在一夜间，一晚上就……”

孙处长两手抱着脑袋，急得像个祥林嫂似的，喃喃自语。

“这是人家在网络环境下，‘主动保密’工作做得出色，可以说他们是连欺骗带诱导，什么歪招损招都用上了。虽然说网络上没有不透风的墙，现在的大趋势是攻大于防，别人瞒不了你，你的秘密也藏不住。但人家可以让你真假难辨，等你看明白、想明白了，什么也都晚了。”古部长喝了口茶，“另一方面，他们也很有可能是通过特殊途径，获得了某些超越现实的先进科技。”

“什么途径？哪方面的先进科技？”陆参谋长问。

“目前，这只是一种猜测，‘三零三’还需要做进一步调查。”古部长答道。

这种回答是一句场面上的套话，真假难分，大家不好再继续追问下去。毕竟“三零三”是保密单位，人家手上可是有禁言金牌的。

“古部长，我还是不明白，‘数字病毒’是怎么攻击模拟系统的。”一个声音忽然在会场的角落里响起，“前辈，您能跟我们说说吗？”

大家扭头一看，是“电战处”的瘦眼镜，这倒给古部长找了个脱身的台阶。

“这个嘛，解释起来有点啰唆。”古部长看了看表。

“求您了，冥王。”小胖子干脆放起了赖。

“也好，趁这个机会，干脆一次性把话说透。”古部长又喝了口茶，略微琢磨了一下，“大家都知道，在我们这个生物圈中，病毒这种东西和我们人类走了两个极端。在漫长的进化史中，当人类变得越来越复杂的时候，病毒却成功精简得只剩下几个必需的基因。究竟谁进化最成功，我看尚难定论。病毒实在太精简了，它只携带了最基本遗传基因，有些甚至要诱骗宿主细胞才能自我复制，比如说流感病毒，它只有十四种蛋白质编码基因。”

小胖子打了个哈欠，低声道：“得，生理卫生课。”

瘦眼镜白他一眼：“嘘！”

“但是，病毒这种东西对环境的适应能力，却是极其强悍的，简直无孔不入。它甚至能吸附在彗星碎片上，逃过强烈的宇宙射线，忍受大气摩擦的高温，直到它在地球上找到宿主。再根据寄宿的环境，马上开始基因重组和变异。”

“您说这些，跟打仗有什么关系？”小胖子终于忍不住了。

大家纷纷投去白眼，连孙处长都皱起眉，小胖子却一脸的满不在乎。

“现在，我们来看U国释放的‘载波病毒’。”古部长继续说道，“当这个病毒编码以感应耦合的方式，依附在某个导体表面，形成简单回路时，它就立刻开始‘自编程’变异，首先解决生存下去的问题。”

“自编程？难道它有AI智能？”瘦眼镜惊呼道。

“差不多是这回事吧。”古部长又端起茶杯，“病毒利用局部回路，成功依附在战机外壳上生存下来后，就开始向‘飞控系统’内部扩散，用指令切割、拟态、射流、占位和抹去等等方式，通过拼接‘飞控系统’程序库指令进行自我复制，这就像我拆了个大衣柜，再用这些木料打造无数个小板凳一样。”

“这简直……像是生命行为。”瘦眼镜自语道。

“说的对。”古部长点点头，“网络虚拟世界，本质上同我们的生物圈没有什么区别，所有木马或者是病毒，都是依附于这个虚拟世界里的数字生命。只不过，有的是活的，有的是死的，有的低等一点，有的高级一些，有的是本能，有的有自我意识，有的平和温存，有的邪恶狡诈。杨华参谋长，您说是吧？”

古部长目光如电，一眼扫了过来。

杨华冷不防吃了一惊，他抬起头，愣愣地望着古部长。

这时候，瘦眼镜彻底凌乱了，他呆了半晌，又喃喃地问：“那么，它又是怎么攻击模拟系统的？”

“那就简单多了，比如电子淤积，比如电位归零，再比如局部多次击穿等等，手段多得很。这些都能严重影响信号采集回路，和逻辑门电路的正常工作。”

“这听起来，怎么像说异形呢？”小胖子调侃道。

“你，给我出去！”孙处长大声吼道，“立刻！马上！”

他终于爆发了。

所有人都对小胖子怒目而视，恨不得过去抽他两下。

“好嘛，我这就出去。”古部长顺势笑道。

他临走又扭回头，对众人半真半假地说：“我可没说，这些都是地球科技。”

所有人的脸顿时都白了。

第十二章 星际占卜

回到住处，杨华又失眠了。

在昨天的会上，古部长显然话里有话，他好像知道自己很多事，可自己又与他素不相识，古部长怎么会在那么多人中看到自己，而且还准确喊出了自己的名字。

杨华思来想去，还是决定登门拜访一下这位“冥王”。

第二天晚上，杨华找到了古部长住的地方。

门半掩着，他正要敲门的时候，里面传来古部长的声音。

“进来吧。”

杨华愣了一下，推门进去，只见古部长侧着身，手里捧着一双红色的舞鞋。

“坐。”

古部长头也不抬地说。

“你再不来，我可要去登门拜访了。”他又把那双漂亮的红舞鞋端详了一番，才把它们轻轻放入一只精美的木匣中，仔细盖好。

“是女人。”古部长笑了笑，走过来坐下，说：“女人这东西最麻烦，一旦沾上，就会得寸进尺爬到你头上，这我太明白了，到时候她让你做什么，你就得做什么。她外表是女人，骨子里却不是。”他抬头看着杨华，又问，“你有女人吗？”

他这么一问，杨华忽然觉得一阵恍惚。

他想起雪婷。

是啊，开战这么久了，他俩还没机会见上一面。

古部长微笑看着他，然后欠起身，把杨华面前的茶杯倒满。

“我说的不是她。”他肯定地说。然后仰身靠在沙发背上，双臂往上一搭，摆出个大鸟展翅的姿势，“那是个公主，她从很远的地方来，这是宿命还是缘分，我也说不好。不过她留下了，一直等在那个地方，等你去找她。”

杨华心中厌烦这种自以为是。

“您是不是觉得，察言观色是件很有乐趣的事？”他平静地问。

古部长哈哈一笑，说：“这是个专业问题，您指的是哪个层次的察言观色？”

杨华猜不出他是真没听出他话里的刺，还是在装糊涂，于是顺水推舟地答道：“那当然是……您讲的那个层次。”

“我哪有那个本事。”古部长又笑了笑，说，“从‘第二类战争’的概念来讲，这部分有‘脑测’和‘脑控’两个层次，你刚才说的是‘脑测’。至于‘脑控’，那是战争的最高境界，能达到那个层次的，目前只可能是外星科技。”

杨华无言以对，实在听不明白他是在开玩笑，还是在认真说话。

“那么‘三零三’，到了哪个层次？”杨华也半真半假地问。

“我们正在研究‘脑测’，目前还不太灵光。”

“我能见识一下吗？”

“这个嘛，有点困难。”古部长两手一摊，“就算是那两个外星生物，也做不到随心所欲，实施‘脑测’是有条件限制的，而且只能扫描大脑的特定区域。”

杨华见他回答得很认真，而且逻辑清晰，不像是在讲笑话。况且古部长公务这么繁忙，这样的人是没时间跟自己打哈哈的。

“您为什么要对我讲这些？”杨华问。

古部长惊讶地抬起头，说：“这都是‘三零三’的机密，我以为你想知道。”

“我？想知道？”这下轮到杨华惊愕了，“我一个小小参谋，哪有资格知道‘三零三’的秘密？”

古部长哑然失笑，长长松了口气。

“你嘛，还没到发力的时候。”他看了杨华一眼，“不用急，你现在要做的，就是等风来，好风凭借力，助我上青云嘛！”

“您觉得这可能吗？”

“当然不可能。”古部长哈哈大笑，“不但上不去，还有可能被人踩下来。”

“我不明白您的意思。”

古部长望着杨华笑了笑，指指自己的心窝，说：“记住，用心去做你的事。”

“我怎么觉得，您是认错人了。”

“认错人？”古部长哈哈一笑，“我这辈子，就从没认错过人。”

“您说的这个人，应该是上官军长。”

古部长没说话，看了他一会儿。

“你那位老同学。”他点点头，笑道，“求而不得，人生痛苦，莫过于此。”

杨华不想再端着了，正色道：“我总是听不明白，您在说什么。”

“好吧，那我就不说了，咱们换个话题。”古部长缓缓喝了口茶，又看着他说，“其实，我们早就认识。”

“早就认识？”杨华惊讶道，“什么时候？”

“在你第一次拿‘天穴’图的时候。”

杨华一阵眩晕，心想：世上果然没有不透风的墙啊！其实这个结果他在那天会上就预感到了，可自己违反纪律“挖金”的事，古部长又是怎么知道的呢？

“其实，你那天拿到的东西，还远不止那张‘天穴’图。”

“我不太记得了。”

杨华紧张地看着他，不知道他接下来要做什么。

“你当然不记得。”古部长笑道，“那天晚上，要不是我及时出手，你早没了。”他看着杨华，停了一会儿又说，“那些东西不能放在你手上，陆参谋长对‘天穴’图没什么兴趣，可对那些东西，他就不一定了。”

“那些东西？什么东西？”

“你真想知道？”古部长观察了一下杨华脸上的表情，“那我可真说了。”

“真想知道，请您告诉我。”杨华点点头。

“你知道，美国国家航空航天局在‘天穴’做了些什么吗？”

“大概是……了解外星科技之类的活动吧。”

“确实是这样，可又不全是，那只占一小部分。”古部长笑道，“这话有点长，你坐稳了，我慢慢跟你说。”

他端起茶杯，喝了一口。

“你知道，木星和土星一样，也有个环，只是那个环几乎看不见。”他顿了一下，又问，“那你知道，木星、木星环，还有它那六十四颗卫星，是个什么吗？”

“是什么？”

“当‘朱庇特之链’的天象出现后，整个木星系，其实就是一个‘应答系统’，它能把人类的信息传送到天外，也能将来自那个神秘世界的回答，再传回‘天穴’。现在，你明白美国国家航空航天局在那里做什么了吧。”

“在做什么？”杨华瞪大了眼睛。

“我们把美国国家航空航天局在做的事，叫作‘星际占卜’。”

“星际占卜？”

杨华差点坐到地上去。

“是的，星际占卜。”古部长看了他一眼，“计算机的行为可以预测，小仓鼠的行为可以预测，其实，人类世界的行为也是可以预测的。”

“如何预测？”

“人类世界可以分解为分子，分子又能再分成原子，原子分为电子和原子核，原子核由质子和中子组成，质子和中子下面是基本粒子，那么，基本粒子的下面又是什么？”古部长看了杨华一眼，自问自答道，“基本粒子下面，是一种空‘弦’，它可能是一种粒子，一种能量波，或者什么都不是。那么你再想想，咱们人体是怎么造出来的？对了，是根据DNA上的遗传信息造出来的，那么基因又是什么东西？对，是由这些分子、原子、由‘弦’这种最基本的东西编写出来的。好了，这听起来怎么这么耳熟？你来帮我想想，这些东西……究竟像什么呢？”

“像计算机程序？”杨华脱口而出。

“是的，它和数字虚拟世界非常相似。”古部长笑着点头，“只不过我们的世界是用另一种bit单位编写的，它比计算机的数字世界要复杂得多。”他喝了口茶，“所以从本质上讲，既然计算机的运算结果可以预知，那么理论上，人类世界的‘程序运算’也同样可以预知。”

“这个假设太极端。”

“当然，这只是个假说。”古部长笑道，“不过，这正是美国国家航空航天局‘星际占卜’的核心理论，信，或者不信，就由你自己判断吧。”

“‘三零三’信吗？”

“‘三零三’不是科研单位，我们只负责提供情报。”

杨华仔细想了一会儿。

“我不信。”他又问，“你信吗？”

古部长深深看了杨华一眼，说：“我信。”

杨华叹了口气，问：“还有谁知道这份情报？”

“程司令员。”

“程司令员怎么说？”

“他什么也没说。”

杨华皱起眉头。

过了一会儿，他又问:“对了，你刚才说，那两个‘外星生物’是怎么回事？”

“这个嘛，我现在还不方便告诉你，也许我们还有希望改变点什么。”古部长微微一笑，“其实，一个你已经看到过了，另一个嘛……你就快见到了。”

“那么，你再跟我说说那天晚上的事。”

“哪天晚上？”

“就是我跟水客聊天，中间睡过去的那天晚上。”

“哦，那天晚上。”古部长想了想，说，“你遇到‘网狗’了，是我把你救下来。当然，我也有收获，那条‘网狗’现在养在我那儿，都快长成狼了。”

“那水客呢？”杨华忽然想起水客好久没消息了，“他还跟我提起过您。”

“他死了。”

古部长轻描淡写道，就像掉个小物件似的。

“什么！”杨华大吃一惊，站了起来，“你怎么知道的？他怎么死的？”

“你……还是想知道？”

“想知道！”

古部长想了一会儿。

“好吧。”他慢慢说道，“你知道网上的‘肉鸡’是怎么回事吧？”

“知道。”杨华说，“就是操控别人的电脑，去攻击目标，一般黑客都喜欢用这种招数，因为拿别人的电脑做挡箭牌比较安全。”

“对，是这样的。”古部长点点头，“那么，你知道高段位的黑客怎么做吗？”

“怎么做？”

“真正的高手，是用人做挡箭牌的。”他缓缓说道，“你那位‘水客’朋友，是个‘黑键三段’，拿他做‘肉鸡’就非常合适。”

“你怎么这么说他？”杨华气得眼泪都蹦出来了。

古部长把茶杯递给他，杨华一把推开，古部长笑笑，叹了口气。

“‘水客’是个好苗子，只可惜人太贪，这是做黑客的大忌。”古部长说，“这样的新手最容易被高手利用，而高手只需要把他当成是一只好的‘钓饵’。”

“你用什么做‘钓饵’？”

“就是那张‘天穴’图，否则就凭他那两下三脚猫的功夫，哪里取得到那么上乘的宝贝？”

“胡说。”杨华气道，“我根本没告诉他那张图的价值。”

“他是在试探你。”古部长笑道，“如果你什么都不说，那张图肯定值大钱。”

杨华如梦方醒，难怪水客后来那么急着想杀回去，劝都劝不住。

“他是怎么死的？”

“他被敌方一个叫‘狙魔人’的高手，给盯上了。”

“这人什么来头？”

“黑键六段。”

“你必须帮我报这个仇！”杨华发狠道。

古部长笑了。

“这要看机会。”他随手弹了下身上的灰，“这家伙最近老来咱们这儿转悠，我已经安排好‘蜜罐’了，就等着他咬钩呢。”

杨华这才明白，古部长为什么在会上老跟“电战处”的人过不去，还把黑键六段作为一道评估门槛。看来“三零三”刚来就看到了贼影子，而“电战处”那些无忧无虑的孩子，竟毫无察觉！

杨华惊出一身冷汗，看来网战的水真不是一般的深，如此大意，焉能不败？

第十三章 闭 关

3U 破译信息：

我真无法理解，当我立于庙堂之巅，接受芸芸众生的顶礼膜拜，千百万人山呼海啸，痛哭流涕，哭喊着我的名字，把我的名字刺进肉里，甘愿为我去死的时候，我觉得自己真不是人，是神。

就在双方都在暗中加紧备战的关键时刻，程司令员却突然宣布“闭关”了。

他去了大本营的“云山”基地，把“前指”的一切事物交与上官奋强来代理，实际上也就等于临时移交了战时指挥权。这在一定程度上讲，也算是众望所归，因为程司令员在兵员、装备均占较大优势的情况下，打尽了“王牌”都保不住个平手，参战部队对此多多少少是有看法的。

相比之下，“少壮派”的杰出代表上官奋强同志就完全不同了。

他麾下的三零四装甲旅在此次战役中，“临危不乱、力挽狂澜、直捣黄龙，谈笑间，樯橹灰飞烟灭……”如此智勇双全、意气风发的年轻统帅，用什么东西来形容都不过分。

尽管临阵易将是兵家大忌，但上官奋强坐镇“前指”，还是令众多年轻将校感到振奋，部队因此也驱散了战场失利的阴霾，全军上下现在士气正旺。

陆参谋长对此人没什么兴趣，他借双方停战的机会，随便找了个理由托病休养。没人在旁边碍手碍脚，倒也恰好符合了上官司令员的心意，于是他心照不宣地照顾了老领导的感受，晓之以理动之以情地，极力挽留陆参谋长留在前线担任顾问。等姿态做足了，他才给陆参谋长放了长假。

陆参谋长“度假”的第一个目的地，正是“云山”基地。

他现在时常会想起程司令员那深邃镇定的眼神，尽管此人在任何时候，都是一副随遇而安的淡定，但在这样的表象下，仍掩藏不了他那种军人特有的沉稳与刚烈。陆参谋长满腹狐疑，仗正打到关键时候，他想看看这个程司令员究竟在搞什么鬼！

越野车一路颠簸到了“云山”基地，程司令员已在他住所的门前恭候了。

他着一身冬常服，拱手笑道：“是什么风，把您给吹来啦？”

“过来看看，你在搞什么名堂。”

“我能搞什么名堂，不就是打打太极，看看电视。”

程司令员一脸的气定神闲。

“都这时候了，你还有心思打太极看电视？”

“嗯，收获大得很哩。”程司令员拉住他的手，“正好，你也陪我一起看看。”

“我没那闲工夫。”陆参谋长一甩手。

“你别上火。”程司令员还是不急不慢，“你先看着，等下我有事跟你商量。”

程司令员打开电视，上面放的是一部关于Y国大选的新闻纪录片。

片子不是很长，讲述的是伟大元首沙鲁克汗，在全国大选最激烈最关键时刻，是如何只身前往反对派的老巢单刀赴会，反对党大佬又是怎样在他“光辉思想”的感召下，毅然决然地加入“为国家和民族奋斗的伟大事业”的。

通片都是肉麻的吹捧和极尽谄媚的赞美，要说那位解说员真很有表演天赋，特别入戏，从头到尾都是带着哭腔的铿锵讲述，还把自己感动得一把鼻涕一把泪，这简直是在考验观众的生理极限。

“怎么样，看出点名堂没有？”程司令员问。

“倒胃口。”陆参谋长皱皱眉，“你没事看这东西干吗？”

“你就没看出，有什么认知亮点？”

“满篇的假话套话，哪会有亮点？”

“你嘛，情商不要太高，眼里就揉不进沙子。你看，我就没你这么敏感。”程司令员一边说，一边用遥控器把视频往回倒。

“还要看？”陆参谋长抗议道。

“你别急，我们重点看沙鲁克汗‘单刀赴会’那场戏。”程司令员对屏幕指点道，“你看，这是他一个人刚到反对派总部的时候……你注意看这些反对派头头，那凶神恶煞的眼神，就差要吃人了！”程司令员一边说，一边按着快进键，“沙鲁克汗照这架势进去，不被他们活活打死，也得被当场扒下层皮下来……你再看，看，他出来了！你注意看那几个反对派头头脸上的表情，哭得那个痛心疾首，看上去就要跪下来认沙鲁克汗当干爹了。你帮我分析分析，这是怎么回事？”

“被他的‘伟大思想’感化了嘛！”

“你动动脑筋！”程司令员瞪他一眼，“这些政坛老骗子，在半小时内就被这么个小骗子，几句话讲得要痛改前非？还对这个生瓜蛋子顶礼膜拜，这可能吗？”

“说得也是。”陆参谋长沉吟道，“那是怎么回事呢？”

“要说有可能，那也只存在一种可能。”

“哪种可能？”

“那几个政坛老江湖，全被洗脑了。”

“洗脑？半小时内？”

“具体行为还有待查证，不过这种‘脑控’技术，在U国51区就出现过了，那个外星单位赤手空拳，只用了十秒钟就消灭对方一个连队，它用了大规模杀伤性武器不成？就算人家站着让它挨个砍，那也得砍十分钟。所以，唯一的解释就是，这个连队在被对方‘脑控’的情况下，自相残杀的结果。”

陆参谋长愕然望着他。

“咱们再来说沙鲁克汗，这个人从贱民开始，仅用短短一年，就用极度煽情的手法和强人治国的姿态，成功地走上了政治舞台。在普通老百姓看来，这个鼓吹民族主义、民粹主义、强人政治的救世主，是个奇迹，是个神话，是草根一族借以励志奋斗的精神寄托。可在那些政坛老江湖老骗子看来，这只是个彻头彻尾的谎言和骗局，沙鲁克汗不过是借助了社会中下层民众，对高通货膨胀高失业率的不满，对自身生存状况的极度沮丧，以及对腐败无能的权贵阶层的失望与痛恨，最终赢得大选，这是人类历史上常见的现象。这样的政治把戏政客们见得多了，也玩得多了，根本算不上有什么技术含量。”

程司令员习惯性地拿出烟斗点上，又继续说道：“沙鲁克汗通过操控人脑思维，对所有反对派头头进行洗脑，扳倒一个又一个强大对手，再开动宣传机器把谎言复读成真理，最后成为全体民众的精神领袖，并且成为他们的神。在沙鲁克汗的支持者中，多数人文化素质偏低，他们很容易接受那种简单明了的民族主义口号，而不愿意动脑筋去思考口号背后的社会隐患。大量以前从不关心政治的人也涌进投票站支持沙鲁克汗，而Y国中上层精英，包括大批知识分子，也被民众的狂热情绪所裹挟，或者默不作声，最终也被动地成为沙鲁克汗的支持者。这种借助生物科技的新手段，来达成个人野心的民粹政治，必须引起我们足够警惕。”

“看来，这个沙鲁克汗的确没那么简单。”陆参谋长说。

“我对沙鲁克汗的个人奋斗史没什么兴趣，我担心的是，如果我的这种推测成立的话，沙鲁克汗的这种特异功能，是否与外星文明，存在我们尚未知晓的某种神秘联系？”

“你这么一说，我倒有点起鸡皮疙瘩了。”

“为什么？”

“这种脑控政治，对于人类悠远的历史来说，是第一次，还是其中的某一次？现在有，今后会不会还会有？”

“这些是政治家考虑的事情，我们军人不予置评。”程司令员缓缓喷出一口烟来，“现在，我最想弄明白的是，沙鲁克汗究竟得了什么道，竟然搬得动‘神仙’。”

“你认为他真能‘通神’？”

“你读过那几条 3U 信息没有？”

“早分析过了。”陆参谋长摆摆手，“都是些不知所云的人生感悟，没想到 3U 破译工程，耗费了这么多的人力物力，结果就弄来了那么几罐心灵鸡汤。”

程司令员摆摆手。

“我看，这心灵鸡汤里面，名堂大得很！咱们这笔学费可没白交。”他笑道，“这些 3U 信息表面看起来没什么特别，不过它的这些人生感悟，倒让我产生了一个大胆猜想。”

“什么猜想？”

“你想想，具备‘脑控’能力的生物，在地球上是不存在的。要么此人真能‘通神’。要么，他本身就是外星生物。”

陆参谋长吃了一惊，他喝口茶稳了稳神。

“是啊，来者不善。”他点点头，“不管他是神是鬼，这仗咱们还是得打下去。你闭关这么久，就没悟出点对策？”

程司令员摇摇头。

“要说有什么对策，这还得从 3U 信息里面找。”

“怎么找？”

“首先，我们必须要确认，3U 信息是不是来自地外文明。”

“这一点……我们能够肯定是。”陆参谋长点点头。

“既然如此，我们是不是就可以推断，这些外星生物就在咱们地球上。”

“从信号源分析……也能肯定这个推断。”

“这就奇怪了。”程司令员笑道。

“怎么奇怪？”

“外星生物到此一游，究竟是什么目的？”

“什么目的？”

“非敌，亦非友。”程司令员说，“我感觉，这帮‘神仙’不像是来打架的。”

“对，不是来打架的。”陆参谋长笑道，“我猜，他们也不是来玩‘斗蛐蛐’的。”

“你分析得对。”程司令员拿起烟斗抽了一口，慢悠悠地说，“你说，这帮‘神仙’为啥有心思看咱们地球人打架？这个问题值得仔细推敲。”

“嗯，有点意思，你到底想说什么？”

程司令员琢磨了一会儿，反问他：“据你分析，‘神仙’跟我们究竟差多少？”

陆参谋长想了想：“估计……就像大人打婴儿，坦克打骑兵吧。”

程司令员长吁了口气。

“你看看，差距也没那么悬殊嘛！”他说。

“这么说，你有办法？”

“我有什么办法，还是打不过嘛！”程司令员笑着两手一摊，“架虽然打不过，可咱还能找别的法子。”

“什么法子？”

“什么法子，老祖宗的法子！”程司令员笑了笑，又说，“打不过就谈嘛！”

“谈和亲，还是谈和盟？”

“和亲……和盟……”程司令员忽然拊掌大笑，“不错不错，这两层意思都有了，是个不错的思路。”

陆参谋长摆摆手：“你是猜想，人家想跟我们结盟？”

“要不他们想干吗？现在他们大难临头，还有心思跑来看小孩子打群架？”

“有道理。”陆参谋长止住笑，“不管和亲还是和盟，前提是人家能瞧得上。”

“我看，这帮‘神仙’也不是铁板一块。”

“你怎么得出的这个结论？”

“咱们习惯麻将思维，恶习不改嘛。”程司令员嘿嘿一笑。

陆参谋长皱着眉，没说话。

“怎么，你觉得我这离间计太小儿科？”

“这我不太清楚，不过，肯定小孩子也看得穿。”

“那咱们再换个话题。”

“不不不，你说下去。”陆参谋长拦住他。

程司令员笑了，他大手一挥：“还是咱们的老规矩，拉拢一派，打击一派！”

“果不其然，恶习不改。”陆参谋长摇摇头，“你思路不要乱，继续说下去。”

程司令员琢磨片刻，又慢慢吐了口烟出来。

“现在，天上的‘神仙’们摊上事了。他们来了、看了，分明是有求于咱们，可又抱着不谈、不问、不接触的态度。依你看，他们究竟在等什么？要什么？”

“这个问题……值得推敲。”

“你那个‘和亲’的提法很有意思，这让我想起农耕文化与游牧文化的悖论。”

“文明与蒙昧？”

“羊性和狼性。”

陆参谋长感觉他的思路又开始发散，这样讨论下去毫无意义。

“不要兜圈子。”他厌烦了程司令员的东拉西扯，问，“你到底想说什么？”

“以凡人之心，度神仙之腹嘛。”

“那就认真点，不要打哈哈。”

“我哪有心思打哈哈嘛，你再这么非黑即白，咱们就讨论不下去了。”

陆参谋长冷笑道：“我看，你再这么胡搅蛮缠下去，咱们就走火入魔了。”

“这算哪门子走火入魔！”程司令员哈哈一笑，他拍拍陆参谋长的肩膀，“走走走，带你看个更疯狂的项目去！”

程司令员不由分说，一把拉住陆参谋长上了辆越野车，两人一路风尘仆仆，最后在依山傍林的一栋挂着“农科中心”字样的大楼前停下。

走进那扇木漆剥落、土里土气的大门，里面很快有人迎了上来。

来人放下铁闸，领着他们穿过一道X光检视廊，打开一道厚实的钢化门，紧张森严的气氛立刻扑面而来！

“你这是卖的什么关子？”陆参谋长跟在后面问。

程司令员面无表情地走在前面，就像没听见一样，陆参谋长只好不再多问。

他们乘坐的电梯直达地下 22 层一片地宫，这是座能承受十万吨当量的核弹直接命中的末日掩蔽部。陆参谋长抬眼望去，在宽阔的无尘宫殿深处，国家超算中心的“天河三号”超级计算机的巨大机体赫然在目！

程司令员领着陆参谋长，径直走入大厅正中央的一间小小的密室。其他随从关上门，很快退了出去。

这间密室很小，里面的陈设也非常简单。天花板中央垂落的吊灯下面，是一只养殖仓鼠的玻璃箱。从周围的布置来看，这是一间普通的生物实验室。

“搞什么嘛！”陆参谋长终于发火了。

程司令员已经乐得合不拢嘴，他把一根手指放在嘴边，说：“嘘……别出声。”

他饶有兴致地看着那几只花背鼠，抓起一把花生撒入鼠箱，隔在玻璃夹层里的仓鼠们立刻雀跃起来。

“搞生化试验？”陆参谋长看看程司令员，又看看老鼠。

这时候，门忽然开了，一名军官匆匆走进来，他同程司令员耳语了几句，又很快退了出去。

程司令员这才转过脸来，笑道：“诸葛亮不是能掐会算吗？今天咱也试试。”

“你试……试什么？”

“好，好。”程司令员不再回答，他双眼微合，口中念念有词，片刻过后，他缓缓报出一组数字来，“3，6，4，1，5，2”

陆参谋长凑近了一看，原来程司令员撒的不是普通花生，上面都刻有编号。

突然，夹层“呼”地打开，一只小仓鼠蹿入玻璃箱，它直奔 3 号花生，紧接着又把 6 号塞进嘴里，然后是 4 号，1 号。忽然，仓鼠停了又下来，用后爪挠挠痒，然后径直奔向了 2 号食物。

“唉，就差一点。”程司令员笑着摇头。

“差了哪点？”陆参谋长问。

“算卦嘛，难免也有不准的时候。”

“算卦？”陆参谋长忽然看明白了，他哑然失笑，“我看，马戏团里随便找个小姑娘，就能训出这些老鼠。”他往门外一指，又问道，“为了训练老鼠吃花生，您把‘天河三号’都给调过来了？”

“这些老鼠，可没受过任何训练。”

“那更胡闹了！”陆参谋长猛然顿住，他倒吸了口凉气，“哎？你等等……那你怎么会知道它们……”

“对嘛，问题就出在这儿，我怎么会知道！”程司令员哈哈大笑，“江湖术士的把戏咱搞不懂，可是万事万物总有个因果。比如今天你出门带了伞，是因为你预计天要下雨。比如花蝴蝶扇扇翅膀，就有可能在千里之外引来飓风……再比如那只仓鼠，它首先奔向3号食物，而不是离它更近的6号，这可能是它出门的时候，被绊了一下，就顺势奔向了3号……”

陆参谋长听着他的分析，眼睛顿时瞪得更大了。

“照你说，这些都不是偶然，是必然？”

程司令员点点头。

“事实上，我们看似偶然的事件，都是有因果可循的，理论上是可以计算出来的。”程司令员笑道，“比如你在花店里想挑束花送老婆，左看右看拿不定主意，这时你扭头看到窗外飘进来的雪花，所以你最后选了白玫瑰，这像是个偶然因素，可从整个事件的进程来看，这又是必然的。”

“事件推演？”

“不，是行为预测。”

“就像是街边的算卦？”

“这是人工智能。”程司令员笑道，“不过，人工智能的这个卦可不好算啊！咱们‘天河三号’都算得头痛得很哩！”

陆参谋长疑惑地望着他，正想再问什么，门忽然开了，那名军官快步走进来，又在程司令员耳边小声嘀咕了几句，旋即退了出去。

“看来，咱道行还不够不深嘛。”程司令员摆摆手，连说，“再来，再来。”

换了一只仓鼠后，试验再次开始。

这次仓鼠完全按照程司令员预计的次序，很快采食完毕。

这时，房门忽然一开，几个戴着防尘帽的研究人员走进来，程司令员同他们一一握手，显得异常激动。

“第一次是怎么回事？”陆参谋长问道。

“算法错误。”一位军人答道，“沙粒相互作用力模糊算法的数学模型还不够精确，有一粒沙子飞进了仓鼠耳朵，这个偶发扰动我们没有考虑进去。”

“原来如此。”陆参谋长点点头，“那么，什么时候可以预测人类的行为？”

“这个嘛……还不太好说。”一位上了年纪的研究员说道，“我们假定‘人工智能’可以自我进化到比人类聪明上万倍的程度，那么，它可能会发现人类尚未知晓的物理学定律，或是找到宇宙运行更深刻的规律，把这项研究深入到世界的量子层面，控制我们这个世界上的每一个原子。到那个时候，那台机器将会成为世间万能的神，要预测人类的行为，自然也是轻而易举的事情……”

陆参谋长还没听完，就忍不住哈哈大笑，简直笑出了泪花。

等他捂着肚子笑够了，又掏出手帕来擦眼睛，断断续续地对程司令员说：“原来你玩闭关……还瞒着我这个‘科技委’总参谋……就是在搞这么个项目？”

程司令员看着他，不置可否。

“下马吧，老兄。”他扶着程司令员的肩膀，又忍不住开始大笑，“这项目下了吧，搞不成的……我可以负责任地告诉你，方向性错误！”

程司令员摆了摆手。

“你这么说有什么依据？咱们从小就知道出门前看天气预报，既然天都可以预测，人有什么琢磨不透的？我看在这个领域，我们是大有作为的！”

“你不要偷换概念，这是两个领域的问题。”陆参谋长一时想不出恰当说辞，“我们先不争论项目可行性的问题，我只问你，大战将至，你现在临时抱佛脚，你考虑过时间上能等得起吗？”

“饭要一口一口地吃嘛，不能急。”程司令员笑道，“你看，这人工智能也得有个从弱到强，由强到超的发展过程。但是，这个过程是递归性自我升级的，是呈现智力爆炸的。人工智能也许要用三十年才能达到四岁小孩子的智商，可突然不到三小时，它就提出了要把‘广义相对论与量子力学结合’的终极理论。在这个基础上，它要想跨越人类智慧这个起点门槛，进化出超越人类智力水平十几万倍的超级智能，它也许只需要三秒钟！”

“行行行，我说不过你。咱们换个说法。你放着这么先进的‘天河三号’，不去巩固数据链，却拿来研究什么前沿学科，你这是何用意？”

陆参谋长越说越激动，满脸涨得通红。

“首先，你这战略思想就不对。”程司令员正色道，“现代网络战争，你防是防不住的，咱中国有句老话，叫作‘来而不往非礼也’，所以说，进攻才是最好的防守嘛！”

“你拿这么好的设备教老鼠嗑瓜子，你拿什么进攻？放老鼠去咬？”

“别激动，别激动。”程司令员笑了，“我这样做，自有我的道理。”

“你有什么道理？我看不出搞这个‘人工智能’有什么道理！”

“是是是，你看不出，其实我也看不出，可它能看得出。”程司令员指指门外。

“什么意思？”

程司令员笑了笑：“它叫‘极光’。”

“什么极光？”

“许多年前，咱们搞四代机的时候，提出过四个‘S’，你还记得是哪四项？”

“怎么不记得？超隐身、超机动、超感知、超音速巡航。”

陆参谋长一口气报了出来。

“很好。那么我这‘人工智能’，也有四个‘S’。”

“哪四个‘S’？”

“超强智能，超速运算，超大数据。”

“这是三个，最后那个呢？”

“最后这项很特别，这也是‘极光’最厉害的撒手锏。”

“什么撒手锏？”

程司令员微微一笑：

“预测未来。”

第十四章 狙魔人

上传 3U 信息：

人类从来也没停止过把自己引向公平和正义，可是人类竟然没有能力放弃战争与暴力，哪怕是一天或者一小时。

“狙魔人”像是一条闻到肉香的孤狼，不远不近地在边上转悠着，一边观察，一边试探，就是不肯轻易下嘴，因为他怀疑这块“肉”下面被人设了套。

但是，这块“肉”香得让他实在无法拒绝。于是，他假意像个菜鸟似的黑进来转一圈，还故意留下了好几处日志痕迹没作擦除，可对方却毫无反应。看来“电战处”的菜鸟们真的无可救药了。

起初，他只像是一条游蛇，徘徊于网络海洋的深处，在“蜜罐”的边上若即若离漫不经心。但很快，“狙魔人”的胆子渐渐壮大起来，他停止了网络“嗅探”，随时准备出手。

前指大厅内，一个“电战处”的参谋忽然发现，自己电脑的电源风扇转速，开始奇怪地做有规律的波动。

“来了。”他捅了捅旁边的人。

“‘蜜罐’开了？”

“开了，‘稻草人’也倒了。”

“他鼓弄风扇干吗？”

“窃取密钥。”

“用电扇怎么窃？”

“嘘！”

系统显示器上面，忽然自己跳出个窗口。

“是僵尸。”

大厅里一下静了下来，所有人都望着古部长。

“不忙，请君入瓮。”

他讲了一句，声音不大，却很有质地。

话音未落，整个C系统“哐当”一声复了位，恢复成绿色。

刚消停一会儿，很快又有了动静。

“又来了！”一个参谋突然喊道。

众人哆嗦了一下。

一台终端一下子就白屏了。

紧接着，另外几台显示器也白了。

“堆栈溢出！”

“服务拒绝！”

“木马提权！”

大家后脊梁阵阵发凉，“狙魔人”瞬间夺取了最高权限。

马参谋微微一笑，他顺手把桌上的茶缸端起来，吹了吹茶沫，轻声道：“反击。”

只见，他身后的电战员一扬手，一串攻击代码便破案而出。

被激活的攻击指令就像一道霹雳，顺着对方代码的攻击路径，一路斩杀到底！那几条僵尸代码“忽”地一下被抹成了灰。

古部长品了口茶，闭目养神。

“抢攻。”

话音未落，指令早出。

这道凶狠的必杀令，在黑洞洞的网眼深处惊起一片哀号。

整个网络顿时沉寂下来，“狙魔人”终止了攻击。

“封端口，出斥候。”

古部长猛地睁开眼睛。

服务器终端突然蹿出一群网犬，它们在原地转着圈仔细嗅了一阵儿，就一路狂吠着向战网的深处奔去。

这个景象大大颠覆了大家对网络战争的基本认识，完全超出了众人的想象。“电战处”的作战参谋们个个惊得目瞪口呆！

很快，“网狗”的吠叫声开始变得尖锐而急促。

“召回。”古部长说。

“抓到了？”杨华试探着问。

“被震晕了。”古部长冲他笑了笑，回头命令道，“通知地方，上船抓人！”

“人在哪儿？”

“广东惠州。”

“怎么会在那儿？”

“机关算尽太聪明，反误了卿卿性命。”古部长嘿嘿一笑，“此人圆脸，微胖，黑边眼镜，小肚腩嘛，倒是发福得挺有型，标准的网络宅男。”古部长大致勾勒了一下他的外貌特征，又问杨华，“怎么样，想不想去会会他？”

“正想会会。”杨华点头。

“好吧，那就辛苦你一趟，把人给带回来。”

“此人有用？”

“有大用。”古部长说，“你连夜出发，那边机场有人接。”

“现在？”

“对，就是现在。”古部长点点头，“这家伙坏事可没少干，我担心地方的那些二愣子下手太重。”

战斗早已结束，“电战处”的几个参谋还是看得云里雾里，不知所云。

杨华下运输机的时候，一辆专车已经在飞机旁等候了，这是“三零三”部队的特权。他与前来接机的军警简单寒暄了几句，就直接驱车出了机场的大门，然后一路绿灯地上了沿海高速。

惠东县距离此地一百多公里，那里的巽寮湾风景区，是当地的滨海旅游开发度假区，一到节假日这里就会渔船穿梭、游人如织。“狙魔人”选择在这样一个不起眼的滨海小镇停泊，就是看中了这里人多船杂，而且只有一条陆路进出通道，万一有什么风吹草动，就凭这里的地理条件，还没等你摸清楚人藏在哪儿，他的船早就溜到公海了。

“狙魔人”这次来，就是冲着古部长为他备下的钓饵来的，那个超级蜜罐——“电子免疫信号发射装置”的结构图，那是他无法抗拒的大礼包。

对于这次行动，“狙魔人”提前做了许多功课，几乎把能考虑到的因素全都做了预案，但他唯独忽略了一点：古部长是谁。冥王对一般低段黑客的那点小伎俩了如指掌。而且那个“蜜罐”是货真价实的真家伙，肯拿这种宝贝出来做钓饵，古部长当然是有十足的把握。

杨华被前来迎接的警官引入一幢警备大楼，刚被他们抓获的“狙魔人”正在这里受审。杨华婉拒了当地警官的好意，让他们直接引路进了审讯室。

透过单面镜的大玻璃窗，杨华看到提审警员对面的“狙魔人”，果然与古部长描述的别无二致，只是眼睛已经肿成了一条缝，嘴角还淌着血，看来被揍得不轻。

没想到这个白胖的小宅男还挺倔。

“说了什么没有？”杨华问。

“啥都没说。”

“啥都没说？都揍成这样了。”

“嗯，这家伙挺能抗。”一个便衣说，“我真怀疑这小子是哑巴。”

“在哪儿抓到的？”

“镇上的游艇码头。”

“不是在海上拦截的？”

“不是，他的船根本没动。”

“怎么会这样。”杨华自语道，又问，“他当时在干什么？”

“在睡觉。”

“睡觉？”

“是啊，我们冲进去的时候，这家伙正睡得香呢！”

“睡在床上？”

“不，趴在桌上。”

杨华一下明白了，“狙魔人”是被“网弹”给震晕了——古部长是这么交代的。

“网弹”是一种逻辑触发式数字炸弹，一般是用来快速销毁程序，常被用于网军进攻，有时也会被黑客用来销毁证据。可这东西再怎么威力强悍，那也只能在网络虚拟世界才能发挥效用，怎么会震到人呢？

关于这一点，杨华百思不得其解。

“把你的人撤下来吧。”杨华说。

“您亲自审？”

“对，我来试试。”

“行吧，这家伙可嚣张得很。”

“不碍事，你们都歇会儿。”

“行，我们都在这儿盯着他。”

杨华走进审讯室，把里面的警员换了出来。

“真名叫什么？”杨华问。

毫无反应。“狙魔人”眼神空泛地盯着墙面，好像那上面有什么东西，能让他着迷。

“干这行多久了？”杨华又问。

还是没反应，“狙魔人”连眼皮都没眨一下。

“你的船炸了。”

杨华忽然说。

“狙魔人”两腮的肌肉动了动，杨华知道那条艇是他的心肝宝贝。

“不是我们炸的，是它自己爆的。”杨华慢条斯理地说，“你放心，没伤着人。我们的人刚在岸上拉上围绳，你的船就自己炸了，上面只有一只猫。”

“狙魔人”慢慢闭了下眼睛，据说那只猫是他的相依为命的“乖女儿”。

单面镜后面的便衣们都大眼瞪小眼：船什么时候炸了？我们怎么都没听说？猫也在后面屋里呢，好吃好喝地正舔牛奶呢！

“唉，你们干吗这么狠呢！”杨华叹了口气，“您这儿还在坚贞不屈呢，你们那边就急着要杀人灭口了，连只猫都不放过。”杨华跷起二郎腿，接着絮絮叨叨，“算了，一了百了，那猫要没死，也得成了流浪猫，整天又冷又饿，更可怜！”杨华左右看看，压低声音说，“哎，我听说广东人都挺爱吃猫肉……”

“狙魔人”痛得把眼睛闭上了。

“您看您，什么都不说，这让我们咋办？”杨华看着他，“把您这么关着吧，浪费粮食。把您毙了吧，浪费子弹。要不干脆，把您放了得了。”

“狙魔人”嘴角挂出一丝讥讽。

“您还别不信，我们抓人是按次序来的。”杨华正色道，“先抓的您，一小时后，才对您那几个助手下的手。”杨华又换了一条腿跷着，“这说明什么？这说明您跟我们的互动非常良好啊！这时候放您出去，我看不出半小时，您就没了。”

“狙魔人”依然闭着眼睛。

“听说你们最恨的就是叛徒，折磨人的手段，多得您想都想不到。我考虑您还是别玩失踪了，在这儿待着比在外面强！”

杨华冲着对讲机喊：“来人。”

一名警员应声进来。

“你们这楼有多高？”

“十六层。”

“把他带上楼，放了。”

“怎么是上楼？”

“咳，上楼还是下楼，让他自己决定吧。”杨华厌烦地一摆手。

“上楼干吗？”

“说不准，他想从这儿跳下去。”

“要是不跳呢？”

“那就随他去。”

……

“愣着干吗，执行命令！”

“真放啊！”警员惊讶道，“好不容易抓的他。”

“放了放了。”杨华不耐烦地说，“这人现在已经移交给我们了，怎么处理是我们这边的事。”

“那也不能便宜了他。”警员恨恨道，“把他十个指头都废了，我看他以后还怎么干黑客！”

杨华看着他，不置可否。

这时候，“狙魔人”突然开口了。

“别瞎折腾了。”他吐出一口血水，说，“真正的黑客是脑联网的。”

杨华一把抓起电话：“升级房间。”

半分钟内，“外情部”的人就完成了移交接手的全部程序，“狙魔人”被转移至大楼深层的地下。这里与上面的警备大楼不再有任何关联，进出都要走特别通道。虽然封闭隔绝，但房间却十分宽敞舒适，与五星酒店的总统套房别无二致，这是用来接待高级情报人员的密室。

杨华与“狙魔人”的这次谈话，将对未来战争的进程，造成重大影响。

以下是他们的谈话录音：

杨华：袭击我们的是什么东西？

狙魔人：攻击性病毒。

杨华：为什么具有生物特征？

狙魔人：因为它们是由人脑控制的。

杨华：具体解释一下。

狙魔人：这些人都是从残疾儿童中严格筛选出来的，虽然他们行动不便，但却具备强大的思维控制能力。对付常规反病毒程序轻而易举，就像踩死一只臭虫一样，这些“网犬”在网络虚拟世界中，通常会采用群狼战术，几乎无坚不摧，所向披靡。

杨华：再具体一些。

狙魔人：U国国防高级研究计划局DARPA早在十年前，就已经打通了人类大脑与现代电子学之间的隧道，它能将神经元生物脉冲，转化为电信号，也就是所谓的“脑机接口”技术。具体做法就是，通过采集大脑皮层的神经活动所产生的脑电波，经过放大、滤波等一系列信号处理程序，将其转化为可以被计算机识别的数字信息，从而领会人的真实意图，将人类的意念转化成具体指令，驱动自编程病毒发动攻击。

杨华：这项技术的门槛有多高？

狙魔人：这项技术所涉及的基础和应用科技极其广泛，需要在神经系统科学、合成生物学、低功率电子技术、光子学以及生物医学等领域首先实现突破，然后才可以进入大脑生物信号采集及处理科技，人机协调科技等核心技术进行研发。

杨华：这项技术，在道德和伦理层面上风险有多高？

狙魔人：没有想象的那么高，因为具备这样敏锐控制能力的人，本身就非常稀少，大概在一百个特殊儿童中只能找出一个，因此不大可能引来外界的关注。

杨华：这些人在一般情况下是什么状态？

狙魔人：这些被选中的人从小就被置入一个特殊容器内，通过输送营养液，来维持他们正常生理机能和新陈代谢。而他们的大脑，却被永久性地植入网络。实际上，那个数字虚拟空间才是他们真实的世界，他们已成为那个世界的居民。而那些超能力，则赋予他们无比强大的作战威力。因为现实世界中的弱者，往往会成为网络空间中的恶棍。

杨华：除了这种“纯人工智能”，还有其他东西吗？

狙魔人：还有。

杨华：还有哪些？

狙魔人：不太清楚，因为这属于红色机密，我无权接触。

杨华：你认为还有，根据是什么？

狙魔人：根据他们下载的特殊科技。

杨华：科技来源在哪儿？

狙魔人：来自U国国家航空航天局美国国家航空航天局。

第十五章 战　神

3U 破译信息：

人类一有机会，就要掠夺，就要使坏。

双方谈判已进入摊牌阶段，Y 方代表终于露了怯，在一些次要问题上开始做全面让步，那位高大魁梧，包着白头巾，留着一脸大胡子的 Y 方首席谈判代表，一改谈判刚开始时的傲慢高冷，竟然流露出低声下气的神色。

Y 国到底是国力不济，两边要再这么打消耗战，笑到最后的肯定不是他们。对最后一天会场上的这些微妙变化，在边上捉刀旁听的上官奋强全都看在眼里，谈判从头至尾，他都紧张得胸口“怦怦”直跳，心中暗自祈祷。

外交努力的最终结果是：Y 方在关键问题上仍不肯松口，拒不撤出已占领土，拒不恢复双方战前的实际控制线。

直到这时候，上官奋强才总算松了口气。

这正是他最希望的结果，他心中大喜过望：战争还要继续打下去，自己建功立业的机会来了！

谈判归来，已是吃晚饭的时候，上官奋强却一脸志得意满的样子。

“瞧见没，沙鲁克汗认栽了。”

“你怎么知道？”

“今天瞧大胡子那副熊样，一脸卷铺盖走人的倒霉相！”上官奋强笑道。

“嗯，今天他是有点蔫。”

“不能让他们就这么跑了。”上官奋强冷笑一声，“占了便宜还要卖乖，忽悠谁呢！怎么吃进去的，再怎么给我吐出来。”

“你想怎么办？”

“就一个字儿，打！”上官奋强眼神锐利地一闪，“先下手为强，痛打落水狗！”

杨华低着头，没吱声。

“痛快！好多年都没这么痛快了！”他用力一拍杨华肩膀，“晚上喝它一场！”

“军中有禁酒令。”杨华提醒道。

“去它的禁酒令！”上官奋强一挥手，“今天高兴，我们以胜利的名义，不醉不归！”

命令都下达下去了。

为保密起见，相关指挥人员正连夜向“前指”赶，第二天一早开会部署战斗。

今晚睡最后一个好觉，上官奋强让人拿了瓶茅台来，他和杨华围着个炮弹箱，又多开了几个罐头，算是提前庆功。

杨华平时滴酒不沾，上官奋强劝了半天也没辙，干脆自斟自饮起来。

只喝了半瓶不到，上官奋强就已经开始天南海北，满嘴跑火车了。

杨华心中疑惑，这家伙平时的酒量就像无底洞，今天怎么小半瓶就上了头？他隐隐觉得是不是这酒有问题。不过怀疑归怀疑，上官奋强一晚上都喝得过瘾，吹得开心，杨华也就没怎么放在心上。

没过多一会儿，一瓶酒就见了底，上官奋强的满嘴跑火车彻底变成了胡言乱语，杨华怕他再出洋相，赶紧扶起他，向上官奋强的帐篷走去。

一路上，上官的嘴一直就没闲过，还越说越亢奋，越讲越不像话。

“那个姓程的老东西，满脑袋20世纪苏联的‘大兵团’‘大纵深’理论，不吃败仗那就没天理了！整天叼着个旱烟袋装叉，怎么着，您还斯大林再世啊！见着就恶心，过敏，想吐，简直都快有生理反应了……”他厌烦地一摆手，说，“瞧着吧，等打完这仗，我取而代之，你信不信……”

“行行，你是军中老大。”杨华一把扶住他，赶紧推进帐篷。

“军中老大？”他咧嘴一笑，扒拉开杨华的手，“妇人之见，军队能算老几？军队这舞台跟天下比起来，太小了！我要做政治领袖，最最最……伟大的！”

“行，最伟大的。”杨华扶他坐下。

上官奋强又眼珠一转。

“你说……这次我为啥来找你？”

“为啥？”

“请‘武状元’出山啊！”上官奋强观察了一会儿杨华脸上的表情，忽然指着他的脸哈哈大笑，“说你傻，还真傻……武状元，武状元算个屁！”

上官奋强大笑着，一下滑坐到地上。

杨华又把他拽起来。

“要不是冥王整天神叨叨的，非要指名找你，我才没那闲工夫呢！”上官奋强又一摆手，“看在多年同窗的分儿上，兄弟我再开导你一句：你想升官，想往上爬，这得有钱、有关系、有靠山。啥都没有，那就是个三无产品啊！”他掰完手指头，又一下凑过来，嘴里喷着酒气，“没那些东西撑着，你那‘武状元’就是个屁！”

杨华平静道：“我这人，做什么都很失败，就是做人比较成功。”

上官奋强笑了：“大凡是个 loser，都爱这么说。嘿嘿，那我再告诉你一个秘密！”他凑到杨华耳边说，“那个赵一航，我早晚要收拾他！等到仗打起来的时候，我就找机会……把他给收拾了！”

“为什么。”杨华问。

“坦克加装‘电子免疫装置’是他的主意，装甲旅直捣敌后也是他的主意，他擅自行动，我没拦住，没想到他反倒立功了。这个功劳，眼下对我真太重要了，来得正是时候。你说，送上门儿的大礼，我能不要嘛！所以我硬是把他给顶了，不过，这早晚会露馅儿……就算他不想说，他手下的人也不会不说。”上官奋强沉下脸，用手指头戳着杨华的胸脯，说，“你记住，任何时候……都不要功高盖主！别看我现在坐在‘前指’里挺威风、挺风光的，那个程老头子，还指不定在怎么安排‘卸磨杀驴’的事儿呢！”

“就为这事？”

“妇人之仁！”上官奋强指着他，嘿嘿一笑，“要想成大事，就得六亲不认，宁教我负天下人，不教天下人负我。这么多年，每天都得跟那几个老东西装孙子，忍辱负重，摇尾卖笑，过得跟条狗似的，你说，我容易吗……”

上官奋强越说越伤心，突然顿足捶胸，号啕大哭起来。

“你喝多了。”杨华转身要走。

“没喝多！你听我再跟你说……”上官奋强上来扯住杨华，不想脚下一绊，整个人翻倒在行军床上。他又哼哼唧唧了一会儿，竟然鼾声大作。

杨华瞟他一眼，随后走出帐篷。

到外边猛一抬眼，忽见站在门外的一名卫兵也猝不及防，怔怔地看着他。

杨华皱皱眉，问：“你叫什么名字？”

卫兵答：“首长您说啥？您瞧咱这耳朵……咳，老毛病了，啥都听不清。”

他一脸歉疚地笑着。

杨华看看他，转身走了。

第二天天还没亮，醉卧一宿的上官奋强，忽然被冻醒了。

头像要爆炸似的，疼得厉害，他努力回想了一下昨晚的事情，实在理不出个头绪。他看看表，又坐在床上醒了醒神，然后整理了军容，起身走出帐篷。

门外卫兵像往常一样，笔直地立着。

上官奋强冷冷看他一眼，问：“昨晚谁送我回来的？”

“报告首长，昨晚是杨参谋长送您回来的。”

“嗯。”上官奋强点点头。

他掏出一根烟，转过身去点火，忽然想起了什么，一下转过身来。

“我跟他说了些什么？”

那个兵浑身一哆嗦，说出了那句性命攸关的话：

“首长，您昨晚一回来就睡了，啥都没说。”

“是吗？”

“是！”

上官奋强狐疑地看他一眼，转身进去了。

卫兵松了口气，冷汗已在他绷得笔直的后脊梁上，一条一溜地淌进腰带里。

从上官奋强那里回来，杨华一直睡不着。

虽然把Y国赶出我方被占领土，已是板上钉钉的事，胜利看起来唾手可得。但经验和直觉告诉他，凡事都没这么简单。尽管他也说不出个所以然，但就是感觉心中七上八下，心慌得很。

这时候，他想起了陆参谋长。

自从上官奋强接替程司令员，独立坐镇“前指”后，像陆参谋长这样的前朝旧臣就忽然轻松下来了。战争中这种情形其实并不鲜见，说白了就是少壮派掌权，保守派靠边站。

杨华决定去拜访一下，听听他的意见。

他沿着一条长长的通道，走进一座战备掩蔽部。幽暗的灯火在头顶时隐时现，他在一扇铁门前犹豫了一下，还是旋开左边的防护门，朝陆参谋长的房间走去。

他敲了门进去，只见陆参谋长摊开一盘棋，正琢磨着一本棋谱。

“就等你来呢。”陆参谋长冲他招招手，“坐吧，陪我下一盘棋。”

杨华一副心事重重的样子，犹豫了一下，然后坐了下来。

这盘棋刚开局不久，杨华就陷入了被动，他皱着眉头，时不时地停下来长考。

陆参谋长不动声色地看着他。

“心不静啊。”他笑道，“你在想什么呢？”

“我在琢磨数据链。”杨华索性把话挑明了，“这东西一荣俱荣，一损俱损。鸡蛋都放在一只篮子里，实在让人不放心。”

“你只发现了问题的表面。”陆参谋长笑了笑，说，“我看，U 国当初把这东西推出来，就是一个颇具战略眼光的考量。”

“为什么这么说？”

“因为网络战向来是 U 国最擅长的领域，在这个战场与敌方决战，正是他们求之不得的事情。这就像当年秦军一步一步，把二十万赵军引入既设阵地。”

“以数据链为支撑的作战体系，目前也是我军的强项。”

陆参谋长笑了笑。

“谁强，谁弱，我说不清楚。不过当年庞统献连环计，倒也让曹操那几十万旱鸭子很是开心了一阵儿。”

“这可不一样。”杨华说，“现在我们有‘三零三’，又有‘网神’冥王，光凭这两点，U 国就必须三思而行，不敢轻举妄动。第一次战役‘三零三’一上来，就遏制了他们网络全面摊牌的冒险，这足以证明咱们‘网神’的威慑力。”

陆参谋长看看他，又笑了笑，没再说什么。

杨华好像从他的神情里受到了鼓舞，心里渐渐有了底，手上的棋路也渐渐变得犀利起来。

“你对古践同志了解吗？”陆参谋长问。

“是个很有志向的人。”

陆参谋长笑笑："这个古践，如果只像你想的那么简单，他就不叫'冥王'了。"

"您能说得具体点吗？"

"这位'网神'，恐怕目的很不单纯。"

"很不单纯？"

陆参谋长笑而不答，只是点头道："下棋。"

两人你来我往，又对弈了十几手。

"您对这场战役的前景，怎么看？"杨华忍不住又问。

陆参谋长笑了笑。

"你怎么看？"他反问道。

"晚上，我读了篇《塞浦路亚》，众神庇佑的一方必胜。"杨华执子冲了一手，"现在，神站在我们一边。"

陆参谋长浅浅一笑。

"巧了，晚上我也翻了本《伊利亚特》看看。"他慢慢应了一手，说，"现在，双方背后都站着神。"

第十六章 第二次战役

3U 破译信息：

我深刻体会到，现代人类的贪婪与残酷，一点都不比古人少，仅仅是方式有所改变，如此而已。

谈判破裂后的第二天早上，外面突然刮起了大风，天地间一片昏暗，紧接着便下起了冰雹，敲击帐篷门窗的声势相当吓人，人人都躲着没事不敢外出。这是入冬以来的第一场冰雹，呼啸砸落的冰块大如鸡卵。

忽然门帘一掀，一阵寒风裹着沙粒猛灌进来。

杨华扭头一看，古部长出现在门口，正在拍打军大衣上沾着的冰粒。没等杨华开口，古部长就咧开嘴，嘿嘿一笑。

“好戏就要上演了，你可愿意陪我走一趟？”他问。

“去做什么？”

“去杀冥王。”

杨华一下愣住了。

“杀冥王？”他两眼瞪着古部长，“杀哪个冥王？他是冥王，那你是谁？”

古部长嘿嘿一笑，说：“杀了他，我就是冥王。”

杨华现在的任务，就是配合古部长的工作，并且担负与“三零三”的联络对接。如果对他们的行动不清不楚，肯定是属于工作失职。

于是他定了定神，又问：“杀冥王，跟这场仗有什么关系？”

古部长笑了笑：“除掉他，我们就能对敌方网络放手攻击。”

“什么叫‘放手攻击’？”

“这你别管了。”

“冥王站在敌人那边？”

“最起码，是他们的帮凶。”

“他是什么人？”

“他究竟是不是人，这都很难说。”

“那，你打算怎么除掉他？”

“脑联网的人，当然是在网络里杀。”古部长说，“大脑被处死了，他在现实中也活不成。”

杨华心中暗想：这位古部长……果然目的没那么单纯，看来“第一次战役”双方的民生网络未受波及，恐怕也绝非偶然。

杨华再次试探道：“难怪陆参谋长说，双方背后都站着神。”

“哦？陆参谋长是这么讲的？”

古部长冷冷一笑。

“到底出了什么事？”杨华问。

“嗯，情况有变。”古部长点点头，“U国利用超导缠绕通道，用马约拉纳模式解决了量子比特易受随机噪声干扰的问题。目前已把量子计算机投入网络实战，我们再不当机立断，将死无葬身之地。”

杨华一惊，这个情报是个极其危险的信号！

量子计算机系统此前还只是个概念，竟然会在短短几个月内就进入实际应用状态！这是怎么回事？如果真是这样，凭借量子计算机的超强计算能力，U国将能轻而易举地破解全球几乎所有的加密系统，如此一来，我方的战场数据链系将变得岌岌可危。

“我们拿出办法了没有？”

“办法嘛，是有一些，但都不靠谱。”古部长摇摇头，“程司令员正在云山基地，督办‘极光’计划的实施。”

“什么‘极光’计划？”

“就是超级‘人工智能’计划。”

“你是说，我们准备用人工智能，抵消U国的算法优势？”

“据我所知，人工智能真正要对付的，应该是U国的‘星际占卜’。”

“这里边太混乱了！”杨华脑袋一阵晕头转向过后，稳了稳神，“这怎么可能？人工智能分三类，弱人工智能、强人工智能和超人工智能。要对付‘星际占卜’，就必须是超人工智能才行。”

“你说得没错。”

“我们已经有了超人工智能？”杨华惊道，“……就凭那台‘天河三号’？”

“‘天河三号’？”古部长嘿嘿一笑，说，“老皇历了，现在是‘天河五号’了，也是量子的。”

“这更不可能，我们什么时候实现的技术突破？”

“无所谓技术突破。”古部长笑道，“双方都在‘天穴’拿了不少好东西。”

“外星科技？”

“差不多就是这么回事。”古部长说，“仗一打起来，咱们就顾不了那么多了，从天上拿下来，凡是能用得上的，就立刻进行军事化应用。”

“那我们怎么不去破敌方密码？难道……还有别的打算？”

“现在来不及把摊子铺得太大，饭菜再好，也得一口一口地吃。”古部长说，“程司令员祭出了当年志愿军的法宝：你不是钢多气少吗？那我就不跟你拼钢，跟你拼气。你不是白天飞机大炮很威风吗？那我把白天让给你，跟你打夜战！”

“不在敌方优势领域与敌对决，不被人家牵着鼻子走，专找对手的短板敲。”杨华点点头，“这是个好主意。”

“请神容易，送神难啊！”古部长叹了口气，“咱们退一步讲，就算你的‘人工智能’系统搞出来了，也发挥威力了，最后把敌人打败了。咱们是该为此高兴呢，还是该为之发抖呢？”

杨华沉默了，他无言以对。

“所以，我要来一场豪赌，乘敌不备先发制人，擒贼先擒王！”

“这就是你杀冥王的目的？”

“是这个意思。”古部长点点头，“来它个新账旧账一块算，国仇家恨一起报！”

杨华看着他突然变得阴沉的脸，感觉他话里有话，却又不好多问。

“你来找我，是要我帮忙？”

“是啊，想借你一用。”

杨华顿感蹊跷：“借我？怎么用？”

古部长又嘿嘿一笑：“有大用！”

“我不明白你的意思。”

“U国利用量子计算机系统，开辟了一个新的宇宙维度。”他看了杨华一眼，

“这事比较复杂，一时半会儿也跟你解释不清楚。你只要记住，那是另一个世界，对我们来说，那个世界是数字虚拟的，而对于生活在那里的‘人’来说，他们的世界却是实实在在的，和我们这里没有任何区别。”

“你说的是数字生命，是对人类世界的一种时空映射，这我听说过。”

古部长笑了：“你是个明白人。”

“要我做什么准备？”杨华问，“那个世界是用激光剑呢，还是粒子束？”

古部长哈哈大笑：“那里嘛，目前还处在冷兵器时代。”

“那不就好办了，有把枪就能以一当百啦？”

“那不可能。”古部长摇摇头，“两个世界的杀伤机理，完全不一样。”

“怎么不一样？”

“你别忘了，那是个虚拟世界，一切都是数字程序。他们用的刀枪剑戟，说白了就是把程序解裂装置，砍杀敌人时，就相当于截断了他的程序运行。”

“只有这种野蛮方式？”

“只能如此。”古部长两手一摊，“要发明火器，还得再等几百年。”

“那么，要我做什么？”

“不要你做什么。”古部长说，“记住，这是‘三零三’的事，你绝对不要插手！”

“你有什么计划？”

“咱们把冥王迎入瓮城，杀了他。”古部长笑笑，用手掌做了个弑杀的动作。

“他要是不来呢？”

“放心。”古部长嘿嘿笑道，“有你在，他不敢不来！”

杨华不再问什么。

他随着古部长到了“前指”大厅，只见“三零三”的人已经集结在那里待命了，古部长同他们低声布置了几句，这些人就分别戴上一只连满电缆的“光电头盔”，由“脑机接口”进入了脑联网状态。杨华也在古部长的指点下很快整理停当，随后便同他们一起，进入了那个年代古远的虚拟世界。

在向敌方军用数据链大规模远程注入恶意病毒代码，以其人之道，还治其人之身的同时，“三零三”部队作为第二次战役的首轮特战攻击波，率先部署到位。

无边无际的沙海，死一般的沉寂。

在遥远的地平线上，一支军队正向这里缓缓进发。数十面迎风招展的旌旗在阳光下熠熠生辉，多盐的沙石地上蒸腾着热浪，将远处的影像变得影影绰绰，如同海市蜃楼一般。

杨华从没见过这样的场面，他猜测那是冥王的一支仪仗队。

这支队伍，目前还是旷野中一串遥远的黑点，让人感觉他们的行进速度极其缓慢。城门重重开启，古部长带着一队人马出城迎候，这队裹挟着尘沙的骑兵渐渐驰远了。慢慢地，他们好像也同样变得移动迟缓起来。

杨华感觉这场埋伏，更像是一场精心谋划的叛乱。

他用手触摸着城垛，在冰冷的夯土和被风雨侵蚀的沟纹里，都透着一种凛凛的杀气，虽然伤痕累累，但仍不减昔日的坚韧与刚烈。

一同站在城墙上的两位统领，一青一黑全身披挂，他们按着腰刀，两眼紧紧盯着远处的动静，神色紧绷。

“你们都愿意追随吗？”杨华用试探的口吻问道。

“事情到了这一步，横竖都是个死，不如拼个鱼死网破。”青衣统领回答。

“非反不可吗？”

“恩恩怨怨，太久了，今天必须做个了断。”

黑衣统领看他一眼，青衣统领于是不再作声。

“现在时间是二十一时三十分。”

这是“前指”的值班参谋再次推送指令，向全体参战部队宣布时间。

现在，整个前沿最敏感的就是时间。它“咔嗒咔嗒”地倒数着，向爆发点的每一格迫近都绷紧着部队的神经。突击梯队进入阵地，每个人胸口都“怦怦”直跳，手心里攥出了汗。没人可以预知下一秒钟将发生什么，阵地静悄悄的，谁也不想说话，生与死，都交与上天决断。

前沿观察所报告：“大秃山背后有亮光，像是汽车灯，其他一切正常。”

战术无人侦察机随后证实了这个判断。

“暴风注意！现在时间是二十一时四十五分。”

“冰雹注意！现在时间是二十一时四十五分。”

“雷电注意！现在时间是二十一时四十五分。”

……

“战情网”上无声推送着指令，与集团军属炮兵群进行最后的对时。“前指”里的人也在不约而同地看表。

第一突击群报告：“两个主力旅整装完毕，等待突击。”

3 号观察所报告：“荒草岭方向有火光，能听到枪声。”

“怎么回事？”

“是敌方喷火兵在清除灌木丛。”

“也好，把敌方注意力吸引过去，也是好事。”魏参谋长说。

上官奋强指示他：“沉住气，按原计划行动。”

魏参谋长回去掌握远程打击部队了。

“现在时间是二十二时整。”

军、旅炮群还有直属“远火 300”的阵地上突然火光冲天，紧接着传来地动山摇的怒吼，无数条雪亮的弹道划破夜空，向黑暗中延伸。片刻后，远方的天际陡然照如白昼，不断传来隆隆的闷雷声。

集团军电战旅开始实施全频段电子压制。

中央战区的坦克七旅率先发起冲击，在不宽的正面展开楔形阵列，实施坦克攻击群密集劈入，撕裂敌防御接合部。

几个佯动方向也开始行动，敌方照明弹如连珠一般，不断升上天空。

坦克七旅推送报告：按计划行动，进展顺利。

“现在时间是二十二时十二分。”

敌纵深炮群的火力反击已完全被我压制，前沿敌装甲部队的小规模反突击很快被击溃。

大家刚喘口气，黑暗中又传来一阵“嗡嗡”声，一群高速移动的低空目标贴着防区外呼啸掠过，编队伴行的自行高炮“嘎嘎——”地喷着火舌，敌武装直升机群一个侧压，闪到远处树林后面去了，整个前沿的天空顿时乱成一锅粥。

打直升机一直是坦克七旅的强项，在十二公里开外，步战 / 防空营的多用途战术导弹拖着光纤腾空而起，导弹群在空中划了个抛物线，然后居高临下锁定目标俯冲。

双方交火仅一个回合，敌陆航大队便掉了十余架直升机，摔在坡后的树林中熊熊燃烧。其余的反坦克直升机纷纷转向，向远处散去。

第一梯队的攻击方向上，先后冉冉升起了两组，共六发红色信号弹。

“成功了！三个主力旅全上去了！”一个作战参谋突然站起来大声喊，

兴奋的神情溢于言表。

上官奋强一直盯着态势屏，忽然一下转过身来。

“好！”他兴奋地手一挥，“趁敌人还在犹豫，多上去些部队，扩大战果！”

大漠的深处，两支骑兵终于相遇了，仪仗队停了下来，双方人马混杂在一起。干冷的风吹来悠远的击磬之声、清晰悦耳。杨华虽身着皮袄，但仍觉得瑟瑟发抖。简短的礼仪结束之后，队伍又一起朝这边进发，速度比以前快了许多。

冥王的几十名骠骑担任前锋，后面隔出一小段是古部长的部队，跟在最后面的是高举旌旗的仪仗队，杨华望不见冥王，想必他的坐骑，是被旌旗手拱卫在中央。

“敌方有两百人？”杨华问。

“一百五十。”黑衣统头也不回地纠正他，这是他第一次开口。

双方实力悬殊，这让杨华稍稍松了口气。

但气氛却渐渐紧张起来，三人不敢说话，生怕一开口就会泄露天机。

队伍慢慢接近，已经能听到低沉的行军鼓声。

前锋的几十名铁骑已经入城，从城垛口往下望去，大队清一色的黑色战马，步伐严整肃穆。杨华全身已被汗打透，使得衣服裹在身上又冷又黏。那威严的战鼓声也变得森然逼人，一阵紧似一阵，就像声声敲击在心头！那两位统领面色铁青，右手神经质地死死攥着刀柄。

紧随其后的古部长的马队也正在通过城门。

黑衣统领冲青衣统领点了点头，青衣统领快步下了城楼，奔向自己的战位。杨华屏息望着最后压阵的仪仗队巍然入城，当最后一骑穿过闸关时，背后的城门沉重地，轰然从两边关上。

鼓声戛然而止。

冥王的前锋骑兵在主城门前止步，由于古部长部队的阻隔，仪仗根本就看不清前面是怎么回事，于是跟着停下脚步，四周一下变得静悄悄的。

夕阳下，朔风中，武士披甲执刃，威然肃立，只有翻飞的旌旗哗哗有声。

突然，黑衣统领爆发出的一声嘶喊，把这沉闷单调的景象击碎！

这喊声在空旷的瓮城中来回震荡，一群鸽子“扑扑棱棱”地从箭楼上惊飞，城上的三百弓箭手“呼啦”一下涌上城垛。

骤然间，箭镞如蝗，杀声如雷！

杨华俯身望去，只见瓮城中央的队伍顿时大乱。战马的悲鸣和士兵的呐喊声惊天动地，几十面旌旗瞬时将冥王团团遮蔽，混乱中的人马掀起漫天的沙尘，城垛上飞出的箭矢，暴风雨般向那片战尘的中央射去。

整座瓮城人冲马跳乱成一团。冥王的几十名前锋返身杀回，古部长的骑兵亮出马刀迎面拦住。黑衣和青衣统领的四百骑兵，也同时从城门的左右分别呐喊杀出。寒刀闪闪，战甲铿锵，混战在一处的人马发出骇人的声浪，平静的瓮城陡然间变成了血肉横飞的修罗场。

箭矢冰冷而尖锐的破空之声不断传入耳中，杨华独自伫立在城楼上，眼前的景象让他顿生恍惚。

漫天的沙尘中传来人的怒吼和战马的嘶鸣，城墙外却是一片安详与宁静，湛蓝的天空清澈高远，冬日的斜阳温柔地照耀着辽阔空旷的大漠，天边还飘着几片闲散的白云。

转眼间，地上已横七竖八地躺满尸体。古部长杀光了冥王的前锋，他又狂吼着挥舞大刀，拼命向那团旌旗冲挤，可混战的人马始终把他挡在外面，他嘶哑的叫骂声，也被怒涛般的声浪淹没，完全听不清楚。

突然，旌旗的中央射出一团耀眼的金光，那团光亮得刺眼，让人无法直视。乘着这短暂的惊骇，旌旗的队伍开始向城门移动。

“杀冥王！”古部长大吼一声冲上去，“杀啊！杀啊！别放他出城！”

混战中的刀兵剑甲，如一堵铁墙般挡在面前，他连冲了几次都冲不进去。

旌旗队伍离城门只有二十米远了，古部长两眼血红，嗓子都喊哑了，在后面急得顿足捶胸，可他却束手无策，只能催促将士拼命向那里猛冲猛挤。

突然，那团金光从旌旗包裹中杀出，冥王单骑冲向城门。守门的“狙魔人”挺枪来战，交马只一回合，冥王斩“狙魔人”于马下。他顺势冲向城门，用剑一指，守门兵士竟恍惚扔掉长刀，打开城门，又纷纷匍匐在地，随后被乱军砍杀。

“杀啊！杀冥王！”古部长在后面拼命挥刀大喊。

杨华在城头眼睁睁地看着冥王一人一骑夺路而出，金色的战甲就像一团光，旋风一般向城外飞驰而去。城头的箭矢不停地追射，但箭羽迎风的力道很弱，纷纷落在那团金光的后面。

负责断后的仪仗队扔掉旌旗，又返身杀回，城门洞里又是一场血腥的砍杀。

“杀冥王！”古部长脸上溅得全是血，“追上去，别让他跑了！”

他纵马踏过一片尸首，孤注一掷地带着一队骑兵催马追出。

远处沙丘的轮廓线上，忽然冒出一片骑兵向这里冲来，紧接着，又很快冒出更大的一片，杨华目测了一下，前后数量不下两千。

这些骑兵很快展开，列成两条横队，远远地迎向冥王。

冥王继续策马奔驰，他头也不回地穿过这些骑兵横队，一路奔上后面的沙丘，然后转回身站定。冥王面如重枣，他鹰隼般地扫视着这场即将展开的厮杀，西风撩起他的战袍，金色的盔甲融入夕阳的轮廓，整个人仿佛是在燃烧。

“杀啊，杀冥王！”

远远望去，古部长那一百骑兵显得人单势弱。

第一队骑兵进入冲刺，如滚雷般迎上来，古部长毫不犹豫地挥刀杀了过去。

杨华本能地奔下城楼，操起一杆长枪飞身上马，挺枪出城，策马向那里狂奔。

战马的嘶鸣和铁蹄声如怒涛般直逼而来，两军交战，古部长舞刀扫出个扇面。

“冲啊！杀冥王！”

寒光闪处，人甲齐断。

短暂而激烈的砍杀过后，古部长带着十几骑，冲向第二队骑兵线。

冥王望着远处惊心动魄的斩杀，不住地冷笑。

暮云似烟，残阳如血。天空如苍凉肃穆的祭坛，在清冷的暮色中缓缓沉沦，走向死亡和涅槃。

两支骑兵像磁石般，互相吸引着，很快又交织在一起。古部长的刀锋舞成一片，披坚执锐，勇不可挡！他奋力冲破第二队骑兵线，回头看去，身后已不剩一人。

“杀！杀啊！杀冥王……”

古部长纵马挥刀，孤身冲锋。但他的嘶喊声已明显弱了下去。他满脸是血，浑身带伤，古部长拼尽最后的气力，纵马冲向沙丘。

杨华仿佛听到自己热血哗哗的涌动之声，愤怒之火“哔哔剥剥”的爆燃声，他大吼一声，摆枪冲了过去。

出乎杨华的意料，那两队骑兵见他杀来，竟然纷纷勒转马头，向两旁避开。杨华于是尽透两道骑兵战阵，毫无阻拦地策马飞奔，眼看着前方的古部长愈追愈近。

冥王漠然看着古部长。突然，他的手向后一招！

杨华紧张得心都快蹦上嗓子了，他等待着沙丘后冲出来更大的一片骑兵。

天地一片寂静，就在古部长渐渐接近沙丘，两位王者即将展开终极对决的时候，沙丘后却忽然传来一阵韵味悠长的鼓乐之声。

转眼间，云黛灿烂，彩裙飘扬。无数面旌旗簇拥着一位霓裳佳人，由沙丘之上缓缓而下。

鼓乐稍歇，旌旗展开，一名红衣女子款款走来。蓬松的夕阳照耀着沙海，细沙反射着金光晃人的眼。眼前虚幻缥缈的景象，犹如天边的海市蜃楼。

纵马挥刀的古部长陡然定住了！他用嘴衔住带血的刀刃，呆愣在那里疑惑地望着那位女子。杨华也勒住缰绳，愕然望着那突如其来的变故。

突然，古部长"哐"的一声扔掉长刀，然后滚下了坐骑，他放开大步，忘情地狂奔着，一路跌跌撞撞地着迎向那位女子。

杨华恍惚意识到，那女子必是那双红舞鞋的主人，可她怎么会出现在这儿？

慢慢地，他忽然明白了，那女子只是个幻影，冥王显然已骇入古部长的大脑，他准确抓住了古部长潜意识中，最致命的弱点。

杨华在后面大声喊："别过去……"

古部长完全没听见，他满脸是泪，步子还在不断加快。

杨华把牙一咬，再次纵马冲过去。

突然，古部长猛地一个转身，朝他坚定而决绝地一挥手。这个动作既像是阻止，又像是在向他告别。

杨华犹豫着勒住马缰，站在原地眼看着他俩各自奔跑着，张臂迎向对方。

终于，那两个人紧紧拥抱在了一起，过了许久，他们又彼此缓缓分开，深深凝视着对方，眼中似有千言万语。

此时，冥王挥剑一指。

紧随古部长而来的骑兵队伍里，随即传来嘶哑的发令声：

"预备——"

远处的骑兵纷纷拉满了弓，昂箭斜指天空。

古部长不再关心身后发生的一切，两人幸福地久久长拥着，仿佛为了这一刻，他们俩已经等了一万年。

杨华的眼泪一下涌了出来。

“放——”

那个嘶哑的声音，仿佛喊出了血。

一片箭矢射向空中，犹如一群逝去的羽灵。

片刻后，这片箭矢又铺天盖地如雨点般直冲下来，那两个互相依偎的身影，顷刻淹没在一片血雾之中。

杨华怔怔望着这一幕，在不知不觉中，他已泪雨滂沱。他浑身的血涌上头顶，踏过古部长的血迹，他纵马挺枪杀向那座沙丘。

冥王冷冷看他一眼，然后转过头，朝着晚霞消失的地方，策马缓缓走下沙丘。那两千骑兵也跟随散去，转眼间，他们纷纷消失在黑沉沉的沙丘后面。

夕阳已完全湮灭于沙海的尽头，大漠如梵天净土般的幽静，落日的余晖映照在沙丘上，犹如灵柩前熊熊燃烧的篝火。一枚生锈的铁箭镞如咒符一般，裸露在沙石地上，寒冷与恐怖伴着夜幕降临，大漠显露出一种幽冥苍凉的原始气氛。

杨华凄然立于沙丘，他抬眼望去，冥王和他的队伍已然消失得无影无踪。

但见沙海中的沙蒿像狂魔乍起的毛发，在黑暗中森然狰狞。一阵阴风吹过，簌簌有声，犹如野鬼暗暗念动的古老魔咒，天地之间，寂然如梦。

“现在时间是二十三时十分。”

我方“前指”大厅内，一派摩拳擦掌的兴奋景象。

“怎么样，我说什么来着？”魏参谋长哈哈大笑，“大炮一开口，坦克这么一冲，阵地就拿下来了！”

“如果电战部队压制不住敌人，阵地就算拿下来了，也巩固不了。”

孙处长在旁小声提醒他。

“瞧您这话说的，没电战处咱还不打仗啦？”魏参谋长一翻眼睛，“就算您把键盘敲出了花，那电脑也不会回应你！要说打仗，还得靠咱刺刀见红。”

“但愿如此，咱们拭目以待。”孙处长转脸去看屏幕。

魏参谋长冷笑一声，摸出根烟叼在嘴上。

“就算真有鬼，咱也不请您这假道士，第一次战役都干什么去了……”

孙处长听了气得脸色发青，这话讲得太伤人了，真是墙倒众人推啊！这都怪“电战处”平时在演习的时候吆五喝六，把报读口令吼得震天响，除了听着挺有气势，让部队首长看着高兴外，没有任何实战意义。

孙处长咬了咬牙，没吱声。“电战处”现在是做也不是，不做也不是，成了猪八戒照镜子，里外都不是人。

“现在时间是二十三时三十分。”

远程炮兵群再次传来隆隆的炮击声。

魏参谋长一惊，他的烟还没点，就那么尴尬地叼着。

“怎么搞的，谁让他们打的炮！”他大声喝问。

“远程自行炮群接到目标打击命令。”

“谁的命令？”

“在查……”

“真是见鬼了！”引导部的头头骂道。

几分钟后，另一条战报推送过来。

“地面部队遭受不明火力打击！”

“怎么回事？不是都压制了吗？”

“攻击来自我方。”

“谁？谁他妈干的！哪支部队？！”

“去查！反了他了！”

大厅里又有人在骂。

“远火部队通报，目标指示来自‘前指’。”

“谁报的坐标！”

上官奋强愤怒了，“哗啦”枪上膛的声音。

这时，又一条战报推送过来。

“地面部队进展顺利！”

大家一下愣在那里，面面相觑。

怎么回事？前方战报自相矛盾，该信谁的？

突然，又一个声音炸起——

“目标参数遭篡改！”

……

“所有参数遭篡改！”

“C 系统遭入侵！”

“什么入侵？”孙处长抬头问，“难不成他们只用一分钟，就攻破了要计算整整二十年的密钥？”

“是啊，这怎么可能？”电战处的人面面相觑。

“入侵检测！”他大声命令。

……

“检测失败。”

“启动预案，改用备份！”

“系统备便！”

一阵忙碌过后，又传来通报。

“C系统再遭入侵。”

“清除！”

“未知攻击，清除失败。”

“启动有线传输！”孙处长急得两眼通红。

“光纤系统备便。”

只几秒钟的时间，告警再次响起。

“堆栈溢出！”

“系统被攻破。”

“C系统已被接管！”

“指令又遭篡改！”

“最高权限失守。”

“报告，‘前指’不明命令已经发出……”报读员的声音都变了调。

魏参谋长的脸色惨白，如同泥塑一般，嘴上叼着的烟“啪嗒”一下，落在地上。

紧迫的通报一声急似一声，C系统已经变成红色，刺耳的告警声此起彼伏。作战参谋部乱成一了锅粥。

“现在时间是二十三时四十分。”

一个令所有人震惊、恐惧的战报传来——

“‘三零三’部队奇袭失利，古践同志牺牲！”

大家放下手中的工作，不知所措。紧接着，整个数据链网络轰然解裂！不利的战报如雪片一般不断飞来，各个波次的攻击梯队，接二连三地失去联络，整个部队再次陷入误打误撞、各自为战的混乱状态。这种状况与第一次战役十分类似，但又存在本质上的差别。

第十七章 战争迷雾

青黑色的怪云从山后边弥漫开来，在夕阳的映照下燃烧着，慢慢幻化成一片血色天河，浸染了渐渐黯淡下去的苍穹。太阳被暗黑的山体吞没了，但它仍然挣扎着，为大地涂抹下一幅苍茫悲壮的图画。

一大群建制混乱、伤痕累累的装甲车队，被横亘的山体阻断了。

面前已没了去路，这意味着坦克三四九旅，再次执行了一道遭敌方恶意篡改的指令。郑旅长命令彻底切断通信链路，不再接受“前指”的任何命令，全旅立即转向，朝主力靠拢。

突然，空中又传来炮弹划开空气的长啸声，弹道延伸向远处。

半空中“噼噼啪啪”地弹出无数顶鬼符般的小降落伞，飘飘零零地飞在空中随风摇曳。伞下的黑色弹体缓缓旋转，无数只毫米波探头一圈紧似一圈地扫视大地，如捕食者饥饿的眼。

“末敏弹！”

战车群“轰”地一下四下散开，落荒而逃。紧接着，半空中传来末敏弹凶狠的击发声。

末敏弹是专打装甲集群的智能子母弹，母弹飞到目标上空甩出一大片子弹，末敏子弹群就纷纷放出降落伞，悬在坦克群的头顶，各自一边旋转下降，一边寻找并锁定目标，最后爆出高速自锻弹丸，从半空中击穿坦克的软肋，堪称坦克集团的夺命死神——顶装甲。现在，这群黑衣死神已经瞄准了坦克三四九旅。

一阵恐怖的“铿铿锵锵”的金属撕裂的声响过后，大地燃烧起来。

火光中黑影绰绰，恍若游魂般时隐时现，滚滚浓烟如魔幻的巨灵一般，摇摇晃晃腾上天空，给人一种阴森恐怖的幻觉。

郑旅长的指挥车中弹了，他踉跄着从燃烧的残骸中爬出来，用翻滚身躯的方式压灭身上的火苗。这时，他已经顾不上去判断这次打击来是自敌军还是友军。

他身上还冒着烟，就跳起来拼命挥动手臂大喊：

“隐蔽！快隐蔽！”

然后他再次倒地一滚，迅速匍匐到一辆战车残骸下面。

“隐蔽！快快快！动作快……”

他伸出一只手，干哑着嗓子拼力挥喊。

果然不出所料，空中再次传来一片短而急促的近矢弹“呼、呼”声，如死神挥舞的镰刀。

接踵而至的是更猛烈的爆炸和更惨烈的哭号！

两次远程打击间隔三十秒，第二波次火力急袭，正是为了杀伤刚从战损坦克中爬出来的乘员。这种凶残的打法在双方历次厮杀中屡试不爽，已无法考证是谁首先发明的。

剧烈爆炸的冲击波震得人五脏欲裂，钢铁破片和人体的残肢内脏相互揉裹着飞上半空。随后扑面而来的血肉，令人作呕的痉挛一股股涌上喉咙。

坦克三四九旅自发起攻击开始，就不断遭到来自敌我双方的火力打击。由于通信链路的瘫痪，担任侧翼掩护的两个装甲步兵旅早已不知去向。郑旅长的坦克群奋勇冲杀了两个昼夜，驱散了七回袭扰，冲破了两次伏击，挺过了四个波次的大口径火箭炮的远程打击，可就是没能打上一场堂堂正正的战斗！

肃杀的寒风中，突围的铁骑如潮水一般向东退去。

郑旅长和十来名幸存的战士，就像海潮退后被困在水洼中的小鱼，处境岌岌险恶。

天已经完全黑下来，口袋里没有粮，壶里没有水，大漠凛冽的寒风，四面环伺的敌人，还有远去后不能回头的战友……所有的这一切，构成了令人不忍直视的悲壮画面。

他们聚拢在一起，互相搀扶着，向着遥不可及的家乡缓缓跋涉。

此时此刻，生命的意义只在于时间和存在的方式，只在于生命消逝前，依然赤诚的信念。

三天以后，这支奄奄一息的队伍遇到一名同样掉队的搜救战士，他的名字叫作李梦。郑旅长已经不能行动，他靠在一块石头上，喘息着草书了一张字条，命令李梦送出去。

这位小战士虚弱地坐在地上，独自思量了很久，然后他从怀里摸出最后半块饼干，塞进搜救犬的嘴里。

饥饿的军犬舌头只是一卷，就把饼干整个吞了下去。

“去吧，大黑，全靠你了。”李梦的脸紧贴着爱犬，把字条仔细掖进它的项圈。他用干裂的嘴唇在它耳边喃喃叮嘱着：“大黑你机灵点……见人要绕着走，记得躲子弹，千万别碰地雷……大黑你要快点跑，快点回家。到了家，就有水喝，就有肉罐头吃了……”

军犬像听懂了似的，舔了舔他的脸，然后一跃而起，向东奔去。

“情报安全……有保障吗？”郑旅长吃力地问。

李梦“哇”地大哭起来。

“大黑死也不会当俘虏！”

“前指”大厅内。

古部长和他的八位战友，都静静躺在那里，就像睡着了一般。

他们的生命体征还在，身上还有体温，心跳脉搏也同样正常，但他们却永远醒不过来了，他们的灵魂已死，现在只剩下一具没有思维的肉体机器。

“没用的东西，蠢材！”上官奋强冲过来，将手中战报劈手摔在古部长的脸上，“死有余辜！死有余辜啊你……”

他愤怒得浑身发抖。

“我这辈子，算是被你给毁了！”上官奋强的声音里夹杂着哭腔，绝望地叨念着，颓然坐地，两只手不停捶打着脑袋，像个输光了所有的赌徒。

此时，敌先头部队突然穿过我方防御，前锋直指我方“前指”。

敌人这招精准凶狠的“点穴”，让战局一下变得凶险万分，所有人都惊呆了，敌人是靠哪只眼发现我前方指挥部的？！

“前指”转移需要时间，而且是不打自招，风险太大，但已没有别的办法。现在远水解不了近渴，坦克警卫连是“前指”手头唯一可调动的部队，杯水车薪起不了多大作用，只希望能延缓敌方的推进速度。

杨华抱起古部长，脸贴着他湿漉漉的头发。

“报告！”他流着泪，嘶声吼道，“杨华请求率警卫连出击！”

上官奋强猛一抬头，神情恍惚地盯着他看了好一会儿，终于像捞到了救命稻草，一下回过神来。

“对对对，你去！你去！”他语无伦次地快步走过来，用手不停指点着杨华，“你去，去挡住他们……不惜一切代价！别别别，别让他们过来！”

杨华领命出去了，上官奋强心头稍稍安稳。

他狂躁地狠狠咬着手，嘴里絮絮叨叨的，又来回踱了好几圈，还是觉得这样不够保险。他明白，杨华虽然有勇有谋，但仅凭一个坦克警卫连毕竟势单力孤。

陆航的直升机是指望不上了，坐那慢吞吞的东西必然凶多吉少。

上官奋强权衡了半天，终于把心一横，他决定冒险违反《电磁安全条令》，立即发送“红色代码”，命令卫戍部队火速向自己靠拢！

“红色代码”一经发出，立刻被Y国“电侦”部队截获，他们当即对信号辐射源实施定位。目标核准为“特等”后，Y国大喜过望！迅速起飞两批四架苏30MKI战斗机，分兵两路进袭。为了志在必得，Y国同时补射了三枚“普里特维”战术弹道导弹实施远程精确打击。

“普里特维”战术地对地导弹刚一升空，其红外辐射以及雷达反射信号就被我方弹道导弹防御系统及时捕获，并交由我方远程预警雷达实施连续跟踪。

防空导弹阵地上，相控阵雷达开机。

“接上级通报，敌地地导弹一批三枚，由南向北高空进入，全营转入一等，实施抗击！”相控阵雷达一次捕获目标成功，并将其牢牢锁定。六枚“红旗九”远程防空导弹腾空而起，发射车上方十米处突然烈焰翻腾，导弹狂暴地尖啸着，直刺长空。

万米高空，三枚再入大气的“普里特维”相继灰飞烟灭。

与此同时，西南方向的空地交锋也在激烈进行。

“发现老鹰，一箭双雕。”

前方地监哨传来指令。

雷达指控舱经远程光缆同时接到防空通报：“敌机一批两架从西南方向超低空来袭，注意搜索发现目标。”防空营的战术改“近距快打”为“远程拦截”。突然，显示器西南方位出现两个快速移动的亮点，雷达迅速跟踪截获目标。

“方位三两洞，距离三三，幺两洞发射！”

四枚“红旗16”导弹雷霆出鞘，直插云霄。弹迹由高空向天际线深处延伸，随后又转入俯冲。随着一连串口令的报读，在望不到的天边，两团橘红色的火球先后炸开，两架敌机折翅大漠。

另一批两架苏30一头扎进连绵起伏的山谷中，保持无线电静默，做超低空远程突防。它们借助山体的掩护绕了个大圈，最后找准雷达的死角一个拉杆跃升，旋即又再次转向，从目标后方进入做大速度俯冲，翼下红光一闪，四枚“布拉莫斯M”寒光出鞘，超音速空地导弹以贴地十几米的超低空闪电杀到！

担任近程防卫的“1130”转管炮措手不及，仅仅拦截掉其中一枚。

暴露位置的“前指”再无悬念，连续遭敌三枚空地导弹直接命中，上官奋强当场阵亡。我方随即以战术地地导弹，对敌复活的前线机场实施电磁脉冲打击。

与此同时，我方暴露的防空导弹阵地再次遭敌远程注入式“震网”式病毒的攻击，预警雷达与目标指示系统相继瘫痪。

这是敌我双方在此次战争中，第一场也是最后一场堂堂正正的空地攻防战。

第十八章 极光出鞘

3U 破译信息：

人类是一个渴望主宰自己的命运，却永远主宰不了自己命运的物种。

云山基地。

精巧的“极光”系统透出幽蓝的光晕，像一头蛰伏在洞窟深处的怪兽。

这是人类第一次面对超越自身智商的东西，那种感觉的复杂困惑，是难以用语言来准确描述的，好奇、期待、成功的喜悦夹杂着莫名的恐惧、不安与焦虑？

这种感觉像什么呢？像移交了虎符兵权的国王？像推出全部筹码的赌徒？抑或是像披着头盖，被人引入洞房的深闺少女？这感觉谁都说不清楚。没人知道那台机器在想什么，没人知道它要做什么，是善是恶？会不会导致人类的灭绝？更没人清楚这个“潘多拉魔盒”放出来的，究竟是天使还是魔鬼。

“极光”真的开始思考了，它的光晕开始发白发亮，就像一个初生的婴儿在紧张不适之后，开始好奇地打量这个世界。

对于智商超出人类三十万倍的机器来说，思考的结论是杂乱和无从理解的。“极光”完成系统同步后，瞬间给出了一连串稀奇古怪的数据，又大致推算出，人类在一百年以后的景象。地球分别呈现出多块不同色区，有些是鲜艳的橙色，有些呈蓝绿色，有的地方明显枯萎了，余下的部分则呈现出不确定的暗灰色。

“仗打到这个份儿上，它是神是鬼都得试试了。”

程司令员把手一招，示意基础测试开始。

要把部队的指挥权交给一台机器？这是什么道理！

那些想不通的指挥员被愤怒憋得脸红脖子粗，但是面对程司令员不容置疑的威严神情，还有二十名荷枪实弹的警卫，他们只好咬牙压着火，敢怒不敢言。

时间紧迫，首批十名顶尖职业棋手鱼贯入室，他们在一条长桌前，并排落座。“极光”系统以近乎“行业侮辱”的方式以一当十，与他们进行快棋赛。这场面众棋手都很熟悉，这是他们参加群众文化活动时，常摆的现场秀。

自从谷歌的AlphaGo以大比分战胜人类围棋高手后，对“人工智能”的棋类测试，一般只是作为最基本的技巧性评估，并不足以成为人工智能评判的依据。

但即便是这样，这项测试对于“极光”系统来说，还是相当苛刻的，因为它只了解象棋的游戏规则，却从未浏览过任何一页人类棋谱，这相当于一个小孩生下来就成了象棋大师。

半小时后，棋手们灰头土脸地陆续走出来，极光毫无悬念地以全胜的战绩，将人类杀得落花流水。

测试继续升级，进入应用科学领域。

第二批四人团队由数学家、哲学家、工程师和艺术大师组成。他们关上门，搜肠刮肚极尽各类刁钻刻薄之所能。约一个半小时后，这群精英人士都面红耳赤，大声争吵着拥出来。

这个结果并不出人意料，人类无法理解“极光”的思想，就像“爬行类动物”无法理解人类的思维逻辑是一个道理。

测试再次拔高，开始涉及决策智慧的阶段。

第三批团队只有三人，分别是禅师、军人和外交官，他们与“极光”进行了三小时的长谈，没人知道他们的谈话内容，但可以肯定的是，他们谈论的话题一定不那么轻松。

门开了，那三人沉默着走出来，脸上看不出是喜是悲。

那位外交官犹豫了一下，还是走过来对程司令员低声说：“我不知道该说什么，不过这头怪兽……您可千万要拴住了！”

程司令员默然点头。

人是不可能听命于机器的，这一点他非常清楚，尽管人类的智力水平已远远落后于自己的发明，但他现在别无选择，只有继续向前并再次超越。这就像第一次登顶的兴奋过后，眺望下一个遥不可及的山峰时的痛苦绝望。

西部战区联合指挥部。

经过短暂的准备过后，“极光”系统进入战斗位置，接替人类指挥。

现在，“人工智能”与“外星文明”的对决正式开始。

大本营指挥大厅内，巨大的机体发出奇特的电子嗡鸣，幽暗的泛光由蓝变紫，这头怪兽全力思索着、谋划着，它将身上的每一个神经元都投入了这场智力比拼。

所有人都屏息静气。大家热切期盼着“极光”雷霆万钧，点燃复仇之火！

一个“十分钟”过去了，又一个“十分钟”过去了……半小时很快过去了，“极光”系统除了指示灯在神秘地闪烁，再无半点反应。

量子信息加密系统一遍遍刷新着战显大屏，敌方的前锋已迅速推进到眼前，战斗就在不远处爆发。在“前指”大厅内，已经可以清晰地听到坦克履带碾压在沙地上的“吱嘎”声，以及我方轻武器急促的射击声，说明敌人已近在咫尺。

死亡的气息开始在掩蔽部里蔓延，有人开始祷告，有人坐立不安，有人还在暗自啜泣，大家都不约而同地把目光投向程司令员。

程司令员一直挺立在那里。

“其疾如风，其徐如林，侵掠如火，不动如山。”

他嘴里叼着烟斗，犹如一块坚毅的磐石。

“快看！有动静了！”

不知是谁突然喊了一声，大家循声望去，只见大屏态势图的下方，忽然探出一小根“拇指”——那是警卫连奉命前出。

“极光”出招了！

“嗯？第一招……拱卒？”

程司令员皱起眉头，用手反复摸着下巴。

伪装良好的警卫连隐蔽在“青石滩”的一片沙枣林中，就像是一片灌木丛。敌方无人侦察机来回转了好几圈，没发现任何蛛丝马迹，坦克警卫连毕竟是战区“御林军”，战斗素养无可置疑。

看来敌方也在做试探，他们并没掌握“前指”的准确位置。敌人这招“恶虎掏心”不排除有瞎猫碰死耗子、歪打正着的可能。

这是个难得的战机。

杨华命令警卫连派出无人侦察机，他自己和连队的几位主官挤在一辆“无人机操纵方舱”中部署战斗。警卫连连长张凯，还有他的部属们都冷眼看着杨华——这位上级派来坐镇指挥的参谋长，不吭声。

警卫连的全体指战员，是抱着必死的信念来执行这道命令的，这种自杀性的反突击注定有去无回，但他们已无路可退，身后就是“前敌指挥部”，那是全军的大脑和心脏，哪怕是用人去填，这些兵也绝不会退缩一步。

初见杨华，警卫连的官兵都觉得心里特别窝火！都这种抡刀掉脑袋的时候了，不求上级您派头虎，起码也得来条狼。现在倒好，弄这么个中看不中用的偶像派“欧巴思密达”来耍花拳绣腿，这事儿搁谁谁上火。

倒不是大伙怕死，关键是值不值！

无人侦察机飞出去有一会儿了，它悄悄飞出一道缓坡露出头，在前方开阔地上，赫然发现一片敌装甲集群滚滚杀来，大约有一个加强营那样的规模。

杨华命令无人机拉高，操控员无奈，只得冒险执行。左右都没有发现有敌人的侧翼掩护，或许是敌人这招“掏心爪”用得太贪太急，才强令装甲先头营这么玩命地向前猛插猛冲。

现在，机会来了。突然，地面腾起一小团白烟，一支“射雕箭”拖着尾迹直扑而来，屏幕霎时一片雪花——无人机被敌便携式地空导弹击毁。

折损了全连唯一的眼睛，还打草惊了蛇。警卫连连长张凯压了压火，没吱声。他一脸晦气地瞪着杨华。

杨华从他眼神里读出了那层意思，他什么都不解释，一副“尚方宝剑”在握的架势。他明白，战机稍纵即逝，这时候，什么解释都显得多余。

“二排、三排听令。”杨华说道，“见敌首车起火，即用对敌实施激光测距。”

“只测距……不打炮？”

“对，只照不打。”

“不打炮怎么阻击敌人，靠骂街？”三位排长面面相觑。

“张连长，你带领一排向右翼迂回。”杨华接着布置，“见敌攻击群四下散开且施放烟幕，你们也立即放一轮烟幕弹，然后开炮猛轰，专敲它侧后的菜鸟。”

杨华知道，一排多半是全连的精锐。

“齐射几轮？冲不冲？”

“等我号令。”

“那您在哪儿？”

“在敌人那儿。”

杨华正色道，显然不是在开玩笑。

“那……打着您可怎么办？”三排长一脸忧心地问，又一下没憋住，扭脸冲连长坏笑，“杨参谋长都跑敌人那儿去啦！这是个立场问题，还是智商问题？”

“严肃点！”张连长低声呵斥，然后一转脸，自己也忍不住乐了，问，“杨参谋长这云里雾里的，咱也是没太听明白，您这是想学徐元直身在曹营心在汉呢，还是要扮赵子龙大闹长坂坡？”

“执行命令吧。”

杨华淡淡一笑。

一道定向波束无声无息地照向空中，敌无人侦察机一头栽到沙丘上。

第十九章 警卫连出击

一人，一骑。

白皑皑的大地，蓝苍苍的天。

这如诗如画的意境，如天边的海市蜃楼，远远地剪影在缓缓起伏的地平线上，令人顿生恍惚，仿佛一下忘却了这场血与火的战争。

“青石滩”的荒漠上沙尘大作，Y 国精锐的 B 集团军披坚执锐，其下属的一个装甲前卫营杀气腾腾地滚滚扑来。忽见如此场面，他们困惑地放慢速度，远远望着沙丘上那辆战车。

一阵风吹过，平地里卷起一阵黄沙，他们认出那是一辆落单的“百式坦克”！

“两点钟方向！有接触！”车长们兴奋地大叫着收起望远镜、抽身缩入炮塔、关闭顶盖。炮长们迅速调转炮口，激光测距束向右前方齐扫过去，坦克分队向两翼展开。

那辆“百式坦克”突然喷出一团火，四下里震得尘土飞扬。

那边声还未到，这边厢当头的一辆坦克“锵啷”一下顿然止步！“嗵”沉闷的炮击声随后传来，被击中的坦克突然“呼”地一下燃烧起来。“噼里啪啦”一阵爆音后，又是“嘭”的一声巨响，炮塔被掀上半空！

突遭打击的 Y 国王牌营，始终保持阵形的稳定，显示出良好的战斗素养。

车长当即指示目标，炮手用十字光标稳稳压住，自动装弹机“哐当”一声推弹入膛，坦克转入行进间射击，炮口指定对方。

恰在此时，那辆“百式坦克”忽然车身一闪，转眼驶下反斜面，一溜烟不见了。

Y 国装甲集群中迅速分出三辆坦克，实施追击。其余的坦克继续向既定目标加速冲击，两翼战车向外转瞄炮管，时刻保持全方位警戒。

不出所料，十点钟方向发现埋伏，对方声东击西的战术没能奏效。

左前方沙坡后一下冒出十数个黑点，那是对方坦克炮塔。Y国坦克的“激光报警器”齐声尖叫起来，这预示着敌方的首轮齐射迫在眉睫！

Y国坦克指挥官是员沙场的老将，他迅速判断出对手的数量劣势，果断调集优势兵力向敌两翼机动，达成合围态势。坦克群一面展开攻击队形，一面“嗵嗵嗵”地打出一排烟幕弹，遮断对方观瞄，规避敌第一波火力打击。

此时，留给伏击方的只有两个选择：要么弃战逃跑，要么被当场围歼。

杨华单骑击毁一辆敌坦克后，他指挥战车迅速撤下沙丘。

在与追兵进行了一场短暂而激烈的交锋之后，他的坦克高速绕了个大圈，隐蔽迂回到Y国坦克梯队的侧后。趁敌坦克群打出烟幕弹，在一片烟雾迷茫中混乱突击的时候，杨华由侧后悄悄闪出来，从容混入敌方攻击队列中。

沙坡上留下三辆燃烧的坦克残骸。

一辆仰卧在坡脊，穿甲弹从敌坦克高高仰起的前腹部挑射而入。另外两辆中了杨华的“回马枪”，歪着炮管横趴在反斜面上冒着黑烟，铅笔粗细的金属炽流由车顶击入。

这是场经典的坡地阻击战，杨华三次出手，均一招制敌。

新兵杜拉伊塞梅正随着坦克群掀起的漫天沙尘中快速向前推进。他作为Y国坦克群的后卫，主要担负警戒坦克编队的侧后，正面攻击任务则交由经验丰富的老兵负责。

突然，身后的尘烟深处传出一声闷响，左侧一辆坦克应声趴窝，一下落到编队后头。

杜拉伊塞梅分明看到一条曳光尾迹，弹道由后向前。

他顿觉事出蹊跷，新兵的敏感与警觉令他立刻驱车转向，前去查探究竟。杜拉伊塞梅绕开那辆抛锚坦克，钻入身后的尘埃中。

突然，车身“哐”地猛一震！

坦克中弹。

一根细长的钨钢弹芯紧擦着他的肚皮穿过，冒烟的弹孔赫然开在炮塔左侧。杜拉伊塞梅惊出一身冷汗！他本能地将炮塔转向威胁方向，一团模糊的黑影从眼前一闪而过，他立即识别出那个轮廓。

“六点钟！‘百式坦克’！”

杜拉伊塞梅来不及多想，用明码发出这条警告。他的炮长已手脚并用，发疯般地完成追踪、测距、瞄准、推弹的射击动作，抬手去拍击发按钮……

杨华回手一炮。

杜拉伊塞梅的车身猛地震颤了一下，炙热的破甲金属射流从车体后部钻入，旋转弹仓的底部顿时钢雨横飞，一声天崩地裂，他的眼前一片血红。

身后藏着“百式坦克”！

这条令人毛骨悚然的通报瞬间传开，Y国坦克编队像羊群进了狼一般，一下炸了群！他们在尘土飞扬中纷纷散开，紧紧盯着身旁身后每一个可疑物体。

恰在此时，在坦克营的侧后突然传来一轮密集的炮击声，敌方烟雾腾腾，一时无从判断对方的实力。

左翼不断有战车中弹起火。

Y国指挥官判断遭敌主力侧击，他下令部队立即后撤，迅速脱离接触。Y国坦克纷纷转向，车身向后炮管前指，试图拉开距离摆脱混战。

Y国对我主攻方向上的战斗戒备出现懈怠，这是个机会。

“出击！”杨华用明码发出这道命令。

坦克警卫连一跃而出，沙丘上远远地翻起十几道尘蟒，顺着山坡奔腾而下，警卫连排山倒海般席卷而来！在两千米的距离上，坦克连在行进间连续发炮。

漫天的烟尘，天地之间一片混沌。

杨华在敌阵中横炮跃车，左冲右突，专找对方指挥车下手。一辆T72坦克迎面撞来，两车相交，杨华手疾眼快，一炮将其侧穿，敌残骸在旁一晃而过，趴在身后“嘭”的一声爆燃起来。

突然，右侧转出两辆BMP2步兵战车，杨华一眼看到前车车顶上晃荡着两根天线！

杨华超越调炮，炮管划着弧线一个横扫，回手就是一炮。

脱壳穿甲弹“锵、当”两声贯穿二车，两辆BMP2动力室齐冒黑烟，被串成了糖葫芦，陡然停住了。炮长闪电般再次装填，近距离补射榴弹，那辆指挥战车“轰”地一下被掀飞了。

Y国群龙无首，顿时陷入混乱，撤退很快变成了溃退。

杨华驱车与警卫连迅速会合，坦克警卫连的队列犹如一条巨蟒，蜿蜒着穿过遍布敌军的旷野，时而排成环形，炮口一致冲外。就像是一头巨大的刺猬，时而又呈直线，时而逆转横扫，时而相交夹击，时而向东，时而向西。

炮火怒吼，战车咆哮。迎面扑来的全是炮口喷出的烈焰、战车爆轰的巨响，还有背负熊熊油火，踉跄爬出坦克残骸的伤兵所发出的哀号。血肉的焦煳味夹杂着硝烟的辛辣刺激着神经，令人一阵阵抽筋似的反胃作呕。警卫连来回几趟凶狠霸气的扫荡过后，Y 国全线动摇，他们丢下十几辆残骸，潮水一般向后狂奔。

警卫连变楔形阵，全速投入追击。

车飞快地转动着，车长环视观瞄镜，将一个个目标压在十字线上，不间断超越炮手调动火力。炮手机械地反复执行射击动作，把一辆辆敌坦克打成战场上熊熊燃烧的火炬。

此时此刻，战场已演变为单向屠戮，这种畅快淋漓的猎杀激发起人类潜藏的动物本性，每一个人都不可自拔地深陷其中，为之亢奋、为之癫狂。

突然间，警卫连的侧翼尘土飞扬。

杨华愕然回首，他判断敌方重装部队赶到战场，心中暗惊敌方的驰援来得如此迅速，立即下令停止追击，任敌残部抱头鼠窜而去。

坦克警卫连从容收拢队形，炮口威然后指，徐徐而退。

这时候，杨华才觉得火辣辣地疼，整条腿已经不能动弹。他用手一摸，裤腿又黏又湿，全是血，再低头一看，一截乌合金弹芯穿过腿肚，钉在悬椅上。

侧翼集结完毕的 Y 国装甲旅不知是何缘故，没有立即投入交战，只是远远地警戒着他们。警卫连官兵为刚才的“砍瓜切菜”杀得兴起，纷纷大呼太不过瘾。杨华明白，这出“空城计”目前仍危机四伏。

两辆刷着红十字的装甲救护车迫不及待地冲出沙枣林迎向警卫连，就像是在迎接凯旋的勇士。那是负责战场保障的卫生连。说是战地救护，其实是准备为警卫连收尸来的。

这帮军医护士，平日里从来没有给过男兵们好脸色看，可当她们目睹了警卫连打了个大胜仗，并且全都好端端地归来，又怎能不欣喜若狂！

救护车刚刚停稳，卫生连的女兵们就不由分说地跳下车，远远地向警卫连的小伙子们拼了命地挥手，又是跳，又是笑。这场胜仗实在来得太不容易了，她们好像从连绵的阴雨中霍然看到了阳光！

这场面，严重违反战场纪律的行为，可在这胜利的气氛下，谁都顾不上这些了。

这时候，杨华看到了她。

雪婷像是有心灵感应一般，拼命地向杨华的坦克挥手。因为她相信自己心爱的人也一定在潜望镜中观测自己，一定在望着她，并且开心地笑。

杨华在潜望镜中看到了雪婷，他忘却了危险，心头是满满的温暖与惊喜！

突然，身后传来“咝咝”的响动，一种不祥的预感袭上心头。天边划过弹道的尾迹，战士们脸上的笑容瞬间凝固了，女兵们的手也纷纷僵在半空。

“隐蔽！快隐蔽！”

杨华猛地大喊。

“快跑！快跑！快跑啊！”警卫连的战士也一齐哭喊，可他们帮不上忙。

来不及了，女兵们有的奔向战车，有的在绝望中扑入沙坑寻求庇护。

只有雪婷没有动，她缓缓摘下钢盔，晚风吹乱了她的黑发，丝丝缕缕拂在脸上。她就这样微笑伫立在晚霞中，她轻轻地挥手，向他最后道别。她的笑容仿佛就像灿烂霞光中闪闪发亮的露珠那样美丽。

杨华撕心裂肺地咆哮着、挣扎着，眼里喷出了火！他大吼一声，支撑着想爬出去，却被战友死死抱住！

燃爆弹铺天盖地地打来，方圆一公里瞬间变成了火的炼狱。他眼睁睁地看着雪婷，化作一柱舞动的火炬。

战区大本营的指挥大厅内，众人还没有从电光石火的激烈对攻中醒过神来，还都半信半疑地望着态势大屏发愣。

突然，大厅里爆起一片欢腾！

原来“极光”系统打出了“庆祝青石滩反击战胜利”的标语。

陆参谋长紧锁着眉头。

“不可思议……”他简直不敢相信自己的眼睛。

“嗯，这一手，应得不错。”程司令员点点头。

“看起来，‘极光’果然准确预测到了战斗的结局。”

“这一仗，‘极光’总算打出了威风！”程司令员欣然叼着烟斗。

陆参谋长冷笑道：“你就没想过，驱虎吞狼背后的隐患？”

“什么隐忧？”

“人工智能的隐忧。”

程司令员摆了摆手，笑道：“想当年，法海也不看好许仙与白娘子的结合，他总觉得白蛇理所当然会吃了秀才，而且对蛇仙白素贞来讲，那的确是轻而易举的事。可后来呢？事实证明，是法海想多了。”

陆参谋长摇摇头。

“你真是无可救药了。”

他不想再争论下去了，顺手拿起一本《极光系统操作手册》，仔细研读起来。

程司令员笑着没说话，他挥手平息了一下大厅内的热烈气氛，又漫不经心地看了一眼态势图，然后转回身，一路哼着昆曲，慢悠悠地转回办公室去了。

一进房间，程司令员便快步走到自己的办公桌后坐下，迅速抓起电话。

“小汪，你来一下！”

片刻工夫，“技侦处”的汪处长推门匆匆走进来。

“那件事办得怎么样了？”

汪处长一愣。

“审了一批，抓了一批，还杀了一批。”他回答道。

“那么大动静。”程司令员沉下脸，说，“可问题还在，你是怎么搞的？”

“这件事……恐怕没那么简单。”

“什么不简单？去查！”程司令员眯起眼看他，“查不出问题，就是你有问题！”

汪处长没作声，他不动声色地把枪掏出来，放到桌上。

“什么意思？”

程司令员一惊，把烟斗从嘴里抽出来。

汪处长还是不说话，两眼直勾勾地盯着他。

两人对视了片刻，程司令员终于叹了口气。

“我明白了。”他挥挥手，说，“你去吧，我会给你一个满意的答复。”

“是！”

汪处长立正敬礼，收起枪，转身出去了。

第二十章 初冬的河滩

残垣断壁的“前指”大厅内，没有人庆贺胜利。

就地掩埋了战友的遗体，并且举行了简短的告别仪式后，警卫连护送指挥机关，与各路从前线撤下来的大军一道，向后方徐徐而退。

战役预备队又一次顶上来，担任掩护主力转移的任务。前方依旧炮声隆隆、烈焰冲天，不知道这些部队能支撑多久，待阻击任务完成之后，是否还有突围生还的希望。

负伤的杨华很快被抬上野战医疗车，即刻出发。各部队的建制已经被打乱，战地保障车队混杂在一支撤退的队伍中，走走停停。医疗车队抓紧时机，沿途收留了大批前方送下来的伤员，由此可以感觉出，前方突击部队损失的惨重。

杨华的腿伤万幸没有伤及腿骨，虽然出了很多血，倒也无妨大碍。在他旁边，还躺着一位部队作战参谋，从被人抬上来开始，他就一动不动，两眼一直望着车顶发呆。他现在被包在厚厚的白色绷带中，这属于躯干中度烧伤，是在装甲兵中常见的战伤类别。

杨华无意中看了他的番号，忽然意识到这是赵一航的部队。

“你是坦克三零四旅的？”

杨华见他醒着，就准备跟他攀谈几句，这样两人都可以减轻点痛苦。

那人看了眼杨华，默然点了点头。看起来他伤势还算好，思维也比较清晰。

“你们旅长，是不是叫赵一航？”

这次，那人没有动，也没有作声，但却早已泪流满面。

一股不祥的预感忽然涌上心头。

“他怎么样？”杨华急切地问。

那人竟忽然“呜呜”哭了起来。

过了好久，他才断续地说道：“他……走了。”

“什么！”

杨华大脑“嗡”的一声，一片空白。

“什么时候？怎么走的？消息准确吗？你亲眼看见的吗？”杨华仍然抱着一丝侥幸，企盼他能给出另一个回答。

那人缓缓点了点头，说：“当时我就在他旁边。”

杨华突然感到一阵钻心的痛，人晃了两晃几近晕厥。

在杨华的不断催问下，他才慢慢说出了坦克三零四旅的战斗过程。

“战斗一开始，我们进展顺利，部队很快就切入敌方阵地，把敌人防线撕开一条大口子。可就在这时候，我们突然遭到远程火力打击。这种打击特别邪门儿，我们走到哪儿，它就打到哪儿，就像鬼影子一样！我当时想，敌人的远程火炮不是都被我们压制了吗？他们哪儿来这么强的火力！后来我们猜测，这些打击至少有一部分是来自我方的，大家都气得骂娘，可没办法，我们只有继续躲，因为通信链路已经被敌人给断了。”

说到这儿，那人长长叹了口气。

杨华明白，此时他正站在沙丘上，看着冥王慢慢远去。

“后来呢？”杨华紧接着问道。

“后来，火力打击忽然停了，估计是我方及时发现了这个错误，正在积极校对目标参数，大家都松了口气。就在这时候，一架炮兵校射无人机，出现在我们头顶。我是第一个发现的，而且我第一眼就认出，那是我方的‘远火300’用火箭弹打来的巡飞无人机，当时那个高兴啊！很快，其他车的战友也发现了，都打开舱盖朝着它拼命挥手。这时候，我就对赵旅长讲，我说这下好了，咱们的无人机看到咱们了，这下不会再有误射啦！”

“赵旅长说什么？”

“赵旅长什么都没说，看不出他到底是高兴还是不高兴，他拍拍我肩膀，问我身上带了‘全家福’没有，我说带了！然后他就笑着跟我说，你拿出来再看一眼。我当时就蒙了，不明白他是什么意思。”

“然后呢？”

“过了没多久，我们就看见头上密密麻麻的，全都是小降落伞！这时候我们才知道，我们三零四旅的气数尽了，这全是我方打过来的‘末敏弹’。”

杨华痛苦地闭上眼睛。

他明白，这是敌方攻陷了我方战场数据链后，篡改了远程精确打击目标参数的结果。从战斗一开始，我们几乎是自己同自己打了一仗。

赵一航牺牲的消息，很快传到了战区大本营。

程司令员把自己关在屋里，独自一人抽了整整一天的烟，这种时候，没有人敢去打搅他。

第二天傍晚，程司令员打电话让人进来。

一夜间，程司令员面色灰暗，人仿佛一下苍老了许多。

“你去安排一下。”他说。

钱秘书诚惶诚恐，连忙翻开笔记本，掏出钢笔记录。

程司令员的命令很简单：今晚启程去贵州，去看 FAST500 射电望远镜。

“需要谁陪同？”钱秘书小心翼翼地问。

“就我自己。”程司令员说道，“我要亲自进庙上香，我倒要看看，那‘星际占卜’到底是何方神圣！”

初冬的河滩，血色的天际抹尽残阳的余晖。

河岸上的树木早已落光叶子、枯瘦的树枝摇曳在夜风里，蜷曲着，呼号着，如哀伤的人向天高高举起的手。

从前线退下来的大军，缓缓行进在漫天的风雪中，白雪零零落落地覆盖着遍地的枯草。车上的人在车厢的晃动下已经冻得有些麻木，突然，一个从驾驶室中传来的声音，让麻木的神经立刻又绷紧了。

“注意，任何人不准下车！重复一遍，任何人不准下车！”

透过湿冷的薄雾，能看到远处的河堤上黑压压的伫立着成排、成片的木桩。等走近了才看清楚，那是一大片默默守望的人群。

远远的，不知是谁喊了一声。

“来了！”

人群立刻一阵骚动，一齐朝坡下拥来。

行进的装甲车队被成群的百姓拥塞了道路，队伍很快慢了下来。人群中混杂着的几位地方干部模样的人，他们不停地来回奔跑、高声吆喝着，试图控制住这混乱的场面。

几星灯火忽然亮起。

“不要点灯！”

有人大喊。

“飞机会扔炸弹！”几名干部高声警吓着人群。

众人踌躇了一阵儿。

但是很快，刚才的几星灯火还是迅速蔓延成一片灯海。

人们将灯笼举过头顶，灯笼上写着一些人的名字。

众人借着微弱的光亮，努力辨认着坦克和战车上搭乘的战士。人群中的老人、妇女和孩子开始大声呼喊，他们高声呼唤着灯笼上亲人的名字。还有人提着灯笼，跟随着车队跑，一边跑，一边找，一边哭喊。

看上去，这些步履蹒跚的人群不知在这里守望了几个晚上。那几位地方干部最终放弃了徒劳的劝解，他们抱头蹲在路边，同样开始失声痛哭。

一声声急切而杂乱的问话在路旁响起。

“看到装步二团三连的刘洋了吗？”

“在前面。”搭挂在炮塔上的战士向前一指，“三连开过去了，大嫂。”

抱小孩的妇女踮起脚尖，拼命向前张望。

那名战士扭过脸，用手抹着眼睛。

灯海越聚越多，人们簇拥着，奔跑着，呼喊着，有些女人失望地蹲在地上，嘤嘤地哭泣。几位上了年纪的老人依然执着地，随着人流向前挤。

低沉的乌云，凋零的草木，就像在述说生命的苦难、岁月的艰辛。在这片哀痛者的面前，历史变得哑默，故事显得干瘪，传奇也同样生得枯萎。

“李梦，你们认识不？”一位老人跌跌撞撞地跟着车跑。

但是，没人敢回答那个声音。

杨华看得心如刀绞。

“大爷……”他忍不住应了一声。

老人闻声寻到他，急切地一把扯住。

“李梦……李梦是我孙子，坦克三四九旅六连的……”

杨华记得坦克三四九旅编属于第一攻击梯队，主力已被打散，目前只剩下零星几名战士归队。

杨华跳下车。

“在前面呢……”他扶住老人，好言安慰道，“他好好的，您放心吧。”

杨华心里明白，这都是他编出来的谎话，但除此之外他又能怎样呢？他只能祈祷三四九旅的生还战士当中，有他们的李梦。

老人听说李梦开过去了，一下失望得哭起来。

“开过去啦……”他回头哀怨地对身后的老伴儿说，“咱们还是来晚啦，唉……”那沙哑的声音里，有说不尽的哀伤。

“您老回去吧，回头我告诉李梦。”杨华劝慰道。

“梦梦好好的。”老人回头说道。

“好好的？”白发阿婆哭哑了声。

“好好的，开过去啦。”

“开过去了……看不到啦？”

“看不到啦。”

“你再问问？”

“咳，咱们来晚啦。”

“来晚啦？唉……”

两位老人互相搀扶着，慢慢走远了。

杨华茫然冻结在那里，他凛然发现，出离愤怒的人竟会如此平静。

他能感觉到，复仇的烈火在自己胸膛中“毕毕剥剥”地燃烧！他两眼血红，踉跄着走向自己的战车，他的心明明是在滴血，脸上却挂着古怪的笑容。他一步一步向前走，重重推开面前阻挡的人群。终于，他脚下一软，重重地摔倒在冰冷的雪地中。

第二十一章 七 连

“你是谁？”

“我不是基督。”

“那么你是谁呢？是以利亚吗？”

“我不是。”

“是那先知吗？”

“不是。”

“你到底是谁？叫我们好回复差我们来的人。”

“我只是那在旷野的声音。”

……

那个清亮的声音忽然消失了。

另一个声音急促地在耳边响起：

“杨参谋长，醒醒！”

有人在推他。

“杨参谋长，快起来！”

杨华一下睁开眼。

钱秘书立在床前：“立刻向司令员报到！”

杨华一下弹坐起来，翻身下了床。

片刻工夫，杨华已经笔直地立在程司令员的面前。

程司令员仰靠在沙发上，上上下下打量了他好一会儿。

“马谡失街亭。”程司令员用手点了点，“你，堪比常胜将军赵子龙。”

“败军之将，岂可言勇！”杨华大声回答。

程司令员点上烟斗，吸了一口，然后缓缓把烟吐出来。

“上官奋强倒在战场上，而没有倒在官场上，也算是守住了军人的尊严。”

杨华明白，这是首长在给自己机会。

一般人这时都会忙不迭地表明立场，然后义正词严地批驳上官奋强几句，好让领导相信自己政治可靠，没站错队。

“目前重要的是总结教训。”杨华看着他的眼睛。

程司令员惊讶到正要入嘴的烟斗一口都没吸，直视着他，然后微微一笑。

“嗯，有骨气，我喜欢有情义的兵。”他抬起烟斗，朝杨华点了点，说道，“千军易得，一将难求啊。上官奋强把你送到我面前，这才是他此生的最大意义。为了这件事，付出什么样的代价都是值得的。”他身子往后一靠，看似漫不经心，又像是若有所思，“说说看，你想要个什么岗位？”

杨华垂下头。

“什么都可以。”程司令员一摆手，笑道，“哪怕是你想坐我这把椅子呢，我当年像你这么大的时候，也有这样的想法。”

“首长，我请求去作战部队。”

“还干你的团参谋？”

“我请求下连队。”

“哦？”程司令员笑了。

杨华把身体绷紧，大声说：“我请求去七连。”

程司令员抬起头，问：“哪个七连？”

“赵一航带过的七连。”

程司令员的脸色顿时沉了下去，他随手拿起一份文件，说：“我把这个看完，你再考虑一下吧。”

令人窒息的沉默过后，程司令员站起身，缓缓走到窗前。他又抽了一会儿烟，似乎对这种僵持有些厌烦了。程司令员走回来拿起桌上的电话，叫钱秘书过来一下，然后又开始了枯燥地等待。在等待的过程中，他又踱回到桌前坐下，他看杨华的眼神既像是微笑，又像是淡淡的厌倦。

钱秘书诚惶诚恐地进来，他一听说要安排杨华去七连，顿时傻在那里！他脑门儿上冒着汗，又不敢多问，只是戳在那里愣愣望着杨华。

“去安排吧。”

程司令员头也不抬，只是稍稍动了下烟斗。

陆参谋长在他的办公室里，接待了前来辞行的杨华。

“要去哪儿？”

“七连。”

“哪个七连？”

“赵一航的那个七连。”

陆参谋长有些意外。

“你……真想好了？”

“想好了。”

陆参谋长沉吟片刻，神情复杂地笑了笑。

“坦克七连是支‘虎贲军’，打仗刁钻凶狠，创造过不少经典战例。”

“这我知道。”

“可有些事，恐怕你就不知道了。”

“哪些事？”

“这个连队有点邪乎，让人一言难尽哪。”

“怎么个邪法？”

杨华顿时来了精神。

“总之是很蹊跷，不好解释。”

“怎么个不好解释？”杨华简直两眼放光。

陆参谋长摆摆手，把话岔开。

“七连对敌人是把尖刀，对外人是把剔骨刀，一般人都挺不过三天。”

“拉山头，搞帮派？”

“哼，他们要只搞这些小儿科那就好办多喽！”陆参谋长冷笑道，“据我所知，七连一直在隐瞒什么东西，连程司令员都睁一只眼，闭一只眼。”说到这里，他停了一下，端起茶杯来品了品，“咱们‘科技委’派过好几拨人去调查……”

“后来呢？”

“后来，都被他们挡回来啦。”陆参谋长笑了笑，说，“那个连长李铁就是个刺儿头、兵油子，谁都拿他没辙！不过这个连确实很能打，集团军高层也不积极配合工作，后来仗打得紧，这件事也就不了了之。”

杨华觉得，陆参谋长的责备倒更像是对七连的赞许。

陆参谋长看了眼杨华，又说：“你这次去，也正好帮我这个忙。”

杨华也望着他：“帮什么忙？”

“你帮我留心一下，那个邪乎的七连，能否对咱们部队的战斗力建设，提供什么有价值的东西。”

“是！”

杨华的心“嗵嗵”直跳。

“七连是赵一航生前亲手带出来的。”陆参谋长神情黯淡下来，“你不是一直都很佩服他吗？去看看他亲手带过的连队，带过的兵，这也许会对你以后的发展，有意想不到的帮助。”

“是！”杨华把腰板绷直。

陆参谋长笑了笑。

“七连那个李铁，极其难缠，你可要小心。”

杨华点点头。

“要不要，我亲自跟他们打个招呼？”

“不用，我能行。”杨华答道。

陆参谋长深深看了他一眼，又说道：“正好，他们连部的王干事在这儿，你就跟他的车回去吧。”

“是！”

杨华起身敬礼。

杨华收拾好行囊，警卫连的指战员们不知从哪儿得来的消息，早已在细雨中等候在那里，他们诧异地看着杨华走向七连的那辆“猛士”越野车。

“真去七连？”警卫连连长张凯迎上来，瞪着杨华，眼神里透着不安。

“对，去七连。”杨华点头。

张连长摇摇头，仰天叹了口气。他明白，杨华是上官奋强那边的人，现在改朝换代，树倒猢狲散，杨华受到牵连也是情理当中的事情。

“那个李铁不是一般的浑，唉，你得……得顺着毛撸。”张连长拉着他的手，欲言又止，“老七……他要敢对你不敬，回头你告诉我，见面我熊死他！”

杨华笑了笑，转身上车。

张连长一把又拽住他，低头踌躇着话该怎么讲。

“参谋长……”

“是指导员。”杨华更正他。

“参谋长，您心里可千万别难受。”张连长眼圈红了，“你过去忍一阵儿，等程司令员气消了，肯定还会把您再调回来，‘前指’现在正缺人，像您这样的将才，他们怎么可以……”

张连长越说越气，声都变了调。

“是我要求去的。”

“什么？！”张连长瞪圆眼睛，急得一跺脚，“您自己要求去七连？咳！您咋糊涂了……那儿哪是人待的地方，整个虎狼窝！您，您是不想活啦！”

他急急把杨华拉到一旁，两手捏紧杨华的肩膀。

“兄弟我跟您说，咱警卫连都欠您一条命，今儿个咱就把话跟您说透了吧！”张连长声音发颤，开始掏心窝子了，“您知道不，下七连的指导员没一个能活下来的，全牺牲了！他们全都牺牲了！您还不明白这是咋回事吗！”张连长急得团团转，恨得直咬牙，“不行，我得去找他们！今天老子就算给崩了，也得说说这个理！”

“胡闹！”杨华厉声喝道。

张连长像被当头棒喝，瞪着眼睛呆愣了半晌，终于一下泄了气。

他上前紧紧拥抱了战友。

“警卫连等你回来。”张连长哽咽道，“兄弟，多保重！”

他伸来一双大手，杨华感觉他握手的时间和力度意味深长。张连长凶狠霸道地一把扒拉开王干事，亲手为杨华整理好行囊。

全连在雨中列队，向杨华行注目礼。

这些兵明白，警卫连的荣誉是杨华带着他们一块用命拼回来的，而军人把荣誉看得比命更重。

“全体注意！敬礼——”

随着连长一声嘶哑、高亢的口令，警卫连全体官兵齐刷刷地把手举到眉际，为他们敬重的指挥员送别。

杨华向他们回礼、微笑。然后一低头，钻进汽车。

壮士就此一别，此生不复再见。

有战士无声地哭了，他们紧咬嘴唇，用脸上的雨水掩饰着。越野车渐渐远去，望不到了，警卫连官兵的手依然凝结在冰冷的帽檐上，久久不肯放下。

第二十二章　双雄争锋

王干事是个戴着眼镜的瘦弱的红章文书，敏感而恭敬。

他一路上都小心翼翼地陪杨华说着话。每句话都像台复读机似的“首长长，首长短”作为开头，有问必答。杨华纠正了他好几次，可他就是屡教不改，只好由他去了。

杨华琢磨着眼前这个兵，心中有些疑惑。

刚到营地，杨华看见坦克七连的几位主官已经等在那里了。

车门一开，那几人便迎了上来，杨华按战场的规矩，以握手免去了互致军礼。

双方第一次照面，李铁连长那含义复杂的眼神，毫不打弯地扫到杨华身上，他礼节性地为杨华一一引荐自己的部属。李铁连长人如其名，高大黝黑，像一尊铁塔似的杵在面前。他身后的几位部属个个面目凶悍，身形极其雄壮。那位身材短粗的一排长王金尧，竟毫不掩饰错愕和恼火，还小声嘀咕了一句：“还常山赵子龙，就这唱小生的？”

王金尧冷淡地握完手，就直接绕过杨华，一把拎上后面的王干事低声喝问：“……怎么是这娘娘腔？枪一响那还不给吓尿啦！说好是位战斗英雄的，上级是不是又给咱调了包啊……你少他妈扯犊子！保证没拉错人？”

王干事满头大汗，一会儿拼命点头，一会儿又拼命摇头。

李铁连长带着市井的痞气和精明，一边走，一边还嘴上喋喋不休地打着哈哈。

“啊呀，欢迎啊……上级首长对咱七连，还真是格外照顾啊！路上还辛苦吧，哦对了，杨指导员还没吃饭呢吧？您看咱这条件……”他又仰头叹口气，“唉，要是待腻了咱就走，您说上哪儿不差那层金呢？咱七连也不比谁家镀得厚点。”

杨华微微一笑，看来七连的干部对自己的情况还一无所知，把他当成下连队捞资历的一般储备干部了。

一行人走过一大片平展的草地，远远看见两辆96D坦克，正与两辆04A型步战车在进行“通信阻断条件下的”战术协同演练。

杨华一边走，一边装作瞧什么都新鲜的样子，不动声色地四下观察着。

“不怕杨指导员笑话哈，老子早就想卷铺盖走人了！”李铁连长忿忿地讲，“哪怕是去营部干个炊事班什么的，也比待在这鬼地方强，这儿蚊子、蚂蟥咬死个人噻！”他亲热地搂住杨华的肩膀，又推心置腹起来，“其实下基层下连队，那是大有讲究的！就说杨老弟您吧……”

杨华不置可否地笑笑，打断他：“咱们连的装备还有兵员数量……好像比规定编制多出了不少吧。”

李铁连长一愣，他干咳一声，又自语道：“说的也是哈，这怎么跟您讲呢……”

“咱们连干的都是恶仗，战损率高嘛！”王金尧从身后接过话，“这打仗哪有不死人的？”

“对对对，今儿个欢蹦乱跳的，明儿个没准儿嘎嘣一下就‘光荣’了，七连的兵死得快，那得随时随地补充嘛！”李铁连长哈哈一笑，“其实不光是人员编制，你看咱们连这些武器装备，也比一般部队高出几个档次！”

李铁连长忽然来了兴致。

杨华注意到，在一大排养护良好的国产99G和96A型主战坦克的后面，赫然并列着三辆喷涂着“八一”军徽的，崭新的俄制T90主战坦克——这是足以令任何部队艳羡的战利品。

李铁连长面无表情地领着众人从前边走过，好像对这些东西不屑一顾。

他在三辆04A型步战车前边停下脚步，绕到后面，围着一辆“红箭10”重型多用途导弹发射车摸了一个整圈，乐得嘴都合不拢！

看来，这才是李铁连长的真情流露。

“宝贝疙瘩！”

他的情绪一下高涨起来：“嘿嘿，这也是咱花心思，从营长那儿给诓来的！够得远、火力猛，指哪儿打哪儿，专敲天灵盖儿！”他咂巴着嘴乐了一会儿，又摇摇头，“可惜弹药基数太少啦，这宝贝比金子还贵，咱们每次都得省着点用……”

王干事在一旁应和着他，拼命地点头。

正走着，忽然一辆 96D 坦克从后面隆隆奔来，一个漂亮的急刹加九十度转向漂移，坦克如钢铁巨兽一般，轰然横在众人面前。

战车刚停稳，一名女兵就从里面跳了出来。

杨华被她扑面而来的气势所慑，猝不及防吃了一惊。心想，这支“虎贲军”果然了得，连个女兵都这般厉害！

众人惶恐，集体后退一步。

“这是连里的卫生员，白鸽同志。”李铁连长远远地招了招手，喊道，“来来来，见过指导员。”

“首长好！”

那个叫白鸽的女兵声音清亮，她笑吟吟地走上来，上上下下打量着杨华：“这位首长发育很正常啊，哪来的什么青面獠牙三头六臂？”

她扭过头，伸手去拽王金尧。

王金尧像触电般一下跳开，绕着王干事躲她的手，慌着敷衍道：“嗨嗨嗨，谁跟你说的你找谁去！”

王干事的脸顿时苦成一团。

杨华望着他们，一脸困惑。

“连部还有卫生员？”他皱皱眉，望着李铁连长，“女兵……也参加战斗？”

“没办法，谁让咱车多人少啊。”李铁连长乐呵呵地搓着两只手，“你别看这‘万国牌’的装备，那都是咱战场上缴回来的，都是些宝贝疙瘩，扔了多可惜。”

白鸽感觉自己受了歧视。

“女兵怎么了？”她没大没小地仰着脸，“咱连里可从来不养闲人！”

杨华立刻感到一种异样的压迫感。

李铁连长也不禁退后几步，他作势沉下脸：“没规没矩，好好反省。”他低声责备。然后又转过脸来，冲杨华笑笑，“您看看，连个娘儿们都能明这理。”

“那是。”王金尧缓过神来，一脸的按捺不住，插话道，“这本来呢，咱们是想要个能打仗的指导员来指导工作，可结果你看，这不明摆着是上级首长误解了咱们的意思嘛！我个人倒没别的意思，可在这儿，谁要是找不到个坑蹲着，那就真没意思了不是？”

李铁连长不停地咳嗽。

王金尧忽然扬起手，一巴掌把王干事拍了个趔趄："你看他这样的文弱秀才，那也是咱集团军一顶一的导弹射手！"

王干事手上忙着又正军帽、又是扶眼镜，然后一脸尴尬地向杨华赔笑。

"怎么说话呢！嗯？"李铁连长瞪起眼睛，"去去去，一边儿反省去！"

王金尧"嘿嘿"笑着，朝边上溜达开几步，他身后的几名战士像野狼似的，慢慢站起身，目光如钢锥一般。

这个七连果真名声在外，杨华感觉自己就像杨子荣进山拜码头似的。看来，不灭掉它"两盏灯"，他这个指导员真没办法在这儿混下去了。

"行了，大伙的意思我都明白了。"杨华转向李铁连长，说，"那咱们这就赌一局，我要是赢了呢，就留下不走了。"

李铁连长满眼期待地望着他。

"输了呢，我现在就卷铺盖走人。"杨华笑着环顾众人。

李铁连长一脸狐疑，眨巴着眼睛。

"……你想怎么赌。"

"简单，都是同行，当然比试道行。"

"这儿可没有训练模拟器……"李铁连长似乎还没反应过来。

"那多没劲啊！"杨华笑道，"咱们上车玩真的。"

四周一下安静了。

那几个围观的战士大眼瞪小眼愣了片刻，脸上忽然活跃起来，明显兴奋过度。

"哈，真带劲儿！"白鸽跳着脚欢呼。

李铁连长如释重负。

"行，这话听着挺提气。"他挺立在杨华面前，只把脸孔凑过来，"那咱们可说好了，咱先让你一炮，免得人家说我欺负你。"

杨华听罢，脸上霍然变色。

他眼睛一眨不眨地直瞪着李铁连长，脑门儿上青筋突突直跳。

"一对三。"

"什么？"

"我一，你们三！"杨华瞪着眼睛补充道。

周围一下又安静了。

"啊哈？"李铁连长摊开两只大手，瞪着眼睛环顾四周，似乎是向大伙求证他有没有听错，"呵呵，你们大伙都听见了？哈哈……"他笑够了，又一脸厚道地转回来，"这可真使不得，指导员，咱读书不多话不中听，这您多担待，否则……"

"否则算你认输！"杨华应声打断他，两眼直逼李铁连长。

"您这是何苦呢……"李铁连长还在笑。

"是我高估了自己？"

李铁连长一挑眉毛，笑道："哪里。"

"那你干吗高估你自己？"杨华厉声道。

这下，李铁连长脸上没了笑纹，他的目光越过杨华，就像看一个并不存在的物体。

"指导员跟连长干上啦！"

场外休息的战士闻讯都"呼啦啦"站起身，他们撸起袖子，互相招呼着，从四下聚拢过来。

事情闹到这个份儿上，两边都没了回旋余地。

李铁连长直摇头，他真弄不明白这位指导员是怎么想的。作战参谋要与坦克连长叫板战术，还觍着脸非要以一敌三，扯他妈什么淡啊！

李铁连长瞧了杨华一眼。

"得得得，这话听着更提气，咱就陪杨公子读会儿书。"他扭回头，又补了一句，"咱可说话算话，你好生记着。"

李铁连长转身环顾围观的战士，随手指点着。

"你们四个，哦对，还有你俩……出列！"

"到！"

六名战士应声跨前一步，小碎步向右看齐，列队立正。

"模拟器上玩不出真本事。"李铁连长大声动员道，"要上阵杀敌，还得真刀真枪地练，咱今天就小露你们两招，看准了我的动作，都他妈跟我学着点！"

"是！"六名战士挺胸屏气，齐刷刷大声吼道。

"那个，当然了……那也别太当真了，那个……要尊重指导员，都明白了吗！"

"明白！"战士们憋着笑，齐声回答。

李铁连长点点头，低声吼道：“全体注意，登车！”

“是！”

六名战士又齐刷刷地跑步去了。

“连长，哎哎哎，连长……”白鸽又笑嘻嘻地凑过来，“咱给指导员当驾驶员呗？”

李铁连长不置可否。

杨华皱着眉，没吱声。

“呦，你还瞧不起人怎的！”白鸽白了他一眼，“咱可是连里数一数二的绝活。”

李铁连长这才挥挥手，哈哈一笑。

“这个嘛……行吧，今天你就把绝活都使出来！”

他大步向一辆 96D 走去，纵身一跃，三步登车。

王干事在一旁看着直咧嘴，紧张得手心里全是汗。

他悄悄扯扯王金尧的袖筒，低声道：“人家可是战区……”

“战区首长的公子是吧？”王金尧打断他，嘿嘿一笑，还故意提高了嗓门儿，“放心，咱连长知道轻拿轻放，出手不敢太重哈，你旁边等着看好戏吧！”

王干事干着急却又无计可施，他干巴巴地笑了两声，自语道：“这回可真有好戏看了……”停了片刻，他又不放心地凑上来，耳语道，“那个……那个不会伤着人吧？”他紧张得浑身发抖，“万一连长输了可咋整……”

“小样儿，咱包他杨大公子完璧归赵！”

王金尧哈哈大笑，他两只手满身上下摸索着……王干事连忙递上烟，又替他点上。

“咱只是用教练弹比画笔画，点到为止……”王金尧悠然吸了一口烟，忽又转过脸来，“哎？我说你小子干吗胳膊肘老往外拐啊！”他两眼瞪着自己的本家，“告诉你，没有万一，只有一万啊！”

他横了王干事一眼。

王金尧翘着下唇，把满腔的草烟一下喷出来：“这要是赌输了，还得赖咱们三对一。”他淡淡一笑，自语道，“这娘娘腔，真他妈精着呢……”

正说着话，忽见杨华登车，脚下一滑，差点闪了个跟头，全连哄堂大笑！

李铁连长瞧在眼里，鼻子里哼了一声。

他转过脸，用眼神止住战士们起哄，收身跳进炮塔，连舱盖都懒得伸手去关。

七连“双雄杯”坦克对抗赛被安排在一片宽阔的草原上，双方相距五公里，面对面。

李铁连长亲自客串炮长，他随口吆喝出一串口令，率领两辆学兵坦克，呈“品”字展开战斗队形，徐徐前出。

杨华刚一滑进坦克，就立刻感受到甲等战斗部队的彪悍作风。战车狠狠加速向前一冲，杀气腾腾直取李铁连长。

杨华同样亲任炮长，他两眼贴紧观瞄镜，迅速截获目标。战车风驰电掣、剧烈颠簸着，平伸的炮管却稳如止水，就像被目标黏住了一般。对方眨眼间进入最大理论射程，杨华手上快如闪电，整套“大满环”动作一气呵成。

捕获、测距、推弹、瞄准、击发！

就在炮口微微扫过目标的瞬间——

“轰！”

交手只一回合，首发命中。

李铁连长那边刚刚完成观瞄动作，坦克就迎面狠狠挨了一下，训练标识器当即冒出滚滚浓烟，激光感应系统闭锁全车，宣布退出战斗。

全场一下鸦雀无声。

这个冷门儿爆得太快、太突然了！

……

咱连长……被“击毁”啦？

战士们都呆愣愣地傻在那里，反应不过来。

“大意失荆州啊……”王金尧张着嘴，半截香烟从他嘴角掉到地上。

“乖乖，温酒斩华雄啊！”王干事摸摸后脑勺，自言自语。

王金尧一扭头，两眼直瞪着他。

“这家伙什么来头？”

“不是汇报了嘛，人家是战区‘武状元’……”王干事小声嗫嚅道。

“我他妈踹死你！”王金尧一下扑过来，“‘武状元’！你不汇报，你……”

王干事抱头蹲在地上。

两翼助攻的学兵坦克从惊愕中醒过神来，迅速前出，炮口指定目标。

白鸽亮出绝招，坦克突然一个九十度大漂移，做高速横向机动。

“轰！”

“轰！”

学兵坦克先后击发了，弹着点都落在杨华身后的车辙上。

全连顿足捶胸！

两辆坦克奋力再次装填，却眼睁睁地看着杨华又一个“大满环”，炮口指向自己。

白鸽默契地一个短停——

“轰！”

又一辆坦克冒起浓烟。

王金尧痛苦地闭上眼睛。

白鸽又一个暴加速，战车翻过一道土岭。

剩下的那辆学兵坦克，是替七连找回面子的唯一希望了！

那名学兵车长没上当，他没有贸然追击，却一反常态地高速绕了个半圈，做大迂回机动。他准备欺负杨华的“二人车组”没有车长，炮长视场窄小的弱点，发挥自身车长“猎•歼”周视瞄准镜视场宽大的装备优势，力争在下一回合的对抗中，先“敌”发现、先“敌”开火。

李铁连长跷着二郎腿坐在炮塔上，不住点头：“不错，是咱七连的兵，有头脑，会打仗！”

白鸽再度默契地在反斜面短停。

杨华急旋炮塔，挥炮后指，准备杀个回马枪……他在预想的坡岭却没有等来对手，心中暗暗叫苦。

双方绕着那道土岭捉了会儿迷藏，那辆学兵坦克终于沉不住气，选择拉开距离。

李铁连长骂开了粗口，急得直拍大腿。

恰在此时，杨华的战车突然从土岭上隆隆而下，两车在近距离同时发现对方，学兵车长超越调炮，炮口疾速指向杨华。

杨华眼里喷出了火。

“撞上去！逼停它！”他嘶声大喊。

白鸽犹豫了一下，还是不折不扣地执行了这道命令。

两辆坦克以雷霆万钧之势轰然撞到一处，同时失去动力。

杨华血脉贲张，他跃出坦克，飞身踏上“敌”炮塔，拔出配枪，推弹上膛！

学兵车长的脸都吓白了。

白鸽猛然目光如炬直视杨华——杨华顿时像失了魂一般，身子瘫软了下去。

她扑上来，劈手下了杨华的枪。

“指导员，是演习！”她紧紧抱住他，“指导员……这是演习，好了，没事了……是演习，没事了……”

她紧紧抱着他，就像在抚慰一个孩子。

对抗结束后，几位排长脸上无光，都耷拉着脑袋去抽闷烟了。战士们无声地审视着杨华，似乎仅凭“很能打”这一点，大家对这位新指导员一下都有了兴趣，眼神里还多了几分敬畏。

战斗部队是讲究实力的，政工干部要没真本事，扯什么都白搭。

几名战士忙不迭地跑上来帮杨华提行李，一个叫“大魁”的战士抢到了行李，他在私底下冲杨华比了个大拇指，低声道：“指导员，有空教俺两招。”

白鸽在前面领路，此刻她也正在兴头上，于是回头笑道：“就你们那车组，一辈子都练不出来！”

大魁一下红了脸，落在后边“嘿嘿”地憨笑。

“还有活着的吗！开饭、开饭！”李铁连长又粗着嗓门儿，在那里骂骂咧咧地轰人，一副满不在乎的神气劲，好像一转眼，就把刚才比武的事忘得一干二净。

战士们“嗷”地发声喊，一哄而散。

直到后来，杨华才听说这个战功赫赫的李铁连长是赵一航从战场上“捡”回来的，他的连队全都战死了，没人知道他当时是怎么活下来的。不过这只是个传闻，谁都没敢跟他当面对证过。李铁连长深以此事为耻，每当有人提及，他便立刻暴跳如雷！

杨华喜欢这样的勇士。

天色将暗，杨华一个人弯着腰，在帐篷里整理铺盖。

“报告！”一个清亮的声音在外面喊。

还没等杨华应声，白鸽一挑门帘走了进来。

说不上是高贵还是威严，她清秀的脸庞和窈窕的身姿里，都透着一股摄人的力量。

白鸽换了女兵冬常服，身材比初见时的那身作训服修长了许多，完全变了模样。她的每一举手投足，身上便会传出叮叮当当好听的铃声，这让杨华感到疑惑，又不好去查探个究竟。

白鸽冲他一笑，理所当然地款款踱到他刚铺好的床铺前，然后轻轻地坐下。

“坐吧。”她说。

语气里带着居高临下的意味，又有些任性。

杨华一时竟然无言以对，又不好一直盯着那张漂亮的瓜子脸看。他犹豫了一下，还是转身搬了一个空弹药箱，在她对面坐下。

“你在哪儿练的战术？”白鸽用她惯有的清亮嗓音问道。

“我打过仗。”

“哦？”她瞟他一眼，又问，“你来这儿干吗？”

她这么一问，杨华反倒不知该如何回答。经历了第二次战役之后，杨华已经把战死沙场、马革裹尸当成自己的宿命。而人的宿命，是最浑然天成的结果。

白鸽见杨华不吱声，便用那双猫眼瞄了他一会儿，忽然“扑哧”一声笑了。

“好了，你退下吧。”她说。

“嗻。”杨华应声躬起腰，稀里糊涂地退了出去。

到了门外，刺骨的寒风让他又想起了什么，他扭头困惑地望着自己的帐篷。

白鸽突然“咯咯咯咯”捂着肚子大笑着，直接从里面蹦出来，到门口猛一转头，又红着脸低头跑远了。

杨华望着她的背影若有所思。

冷不防，肩膀被人重重地拍了一下，他一扭头，是李铁连长。

“哎呀，聊得还挺黏糊？”他很是热络地搂住杨华的肩膀，一起兴致勃勃地望着远去的白鸽，感叹道，“啧啧啧啧，这么快就混熟啦？”

杨华装作没听出他话里的刺儿，转过脸看着李铁连长。

“她挺特别。”

“当然特别！”李铁连长嘿嘿一笑，“别看这丫头长得秀气，可一出手就没轻没重，连王金尧都吃过大亏。”他用力捏了一下杨华的肩膀，笑了笑，又说，“就像你这样的，三个也不够人家扒拉的，你嘛，最好离她远点。”

“我不是说这个。”

“那你想说哪个？”

“我是说，她好像能……影响别人情绪。”

“影响情绪？”李铁连长放声大笑，“那你还影响我情绪呢！”

杨华无话可说，眯起眼来盯着他。

李铁连长又拍拍杨华的肩膀，哈哈一笑，转身走了。

当天晚上，杨华翻来覆去睡不着。

这个七连果然非同寻常，刚才白鸽和自己开的那个玩笑，表明她有控制别人大脑的能力。看起来，白鸽与七连的渊源颇深。那么，她在这里究竟扮演个什么角色？就目前的情况分析，白鸽和那位暴脾气连长，到底谁领导谁都很难说。不管她是用催眠术，还是药物，或者是其他什么生化方法，白鸽能轻易控制人脑这件事，对一线部队来说是非常严重的，这支凶猛彪悍的部队就像一颗定时炸弹，一旦在关键时刻掉了链子，甚至反戈一击，这可能会危及整个战局。

杨华心烦意乱，又翻了个身。

李铁的态度非常耐人寻味，他和他的七连就是一个独立王国。不过，他应该不是那种心机很重、城府很深的人，对于这一点，杨华比较有把握。赵一航既然挑他做七连的连长，说明李铁这个人本身应该不会有什么问题，那么他对白鸽的放任，以及对自己的敌视态度，或许就容易解释了。

想清楚了这些，杨华的心里渐渐有了底。

第二十三章 关于生命

第二天清早，杨华就被一阵阵起哄声惊醒，他钻出帐篷，只见一排的战士正围成个大圈，拼着劲儿又吼又闹地在进行“举炮弹”比赛。他们个个赤膊上阵，一尊尊棕红色的、汗珠饱满的健壮肌体在太阳下熠熠生辉，整个训练场成了一个展示雄性力量的角斗场。搞这种比赛就是要把人整垮，而那些没被整垮的兵将来会变得越来越强。

杨华明白，这只是正式训练前的热身。坦克七连的战斗力，在整个西部战区都是数得上名的。七连上了车是装甲兵，徒步攻击也一样能让步兵连队望尘莫及。待会儿山地攻防训练的难度和危险程度，绝不亚于战区特种侦察大队。七连的兵最讲究在任何条件下杀敌的野本事，安全，绝对不是训练首要考虑的问题。

外边天高云淡，阳光耀眼，很显然，杨华昨晚睡得并不安稳。

他洗漱完毕，决定自己先四处转转。他穿过热火朝天的训练场，赫然发现王干事蜷坐在墙根的阴凉处，正乐哉悠哉地捧着游戏机玩得欢。

杨华不动声色，慢慢走过去，在他面前站住。

王干事的视野里忽然多了一双脚，他的目光顺着那双脚向上，一直扫视到杨华的脸上。

“指导员……”

他愣了一下，赶紧跳起来。刚一抬手，忽又想起战场严禁敬礼的规矩，于是两只手掩饰着按在裤兜上上下抹着汗，尴尬地望着杨华。

杨华拍拍他肩膀示意他坐下，自己也挨着王干事坐到墙根的阴凉里。

他指指游戏机。

“嗯，手法不错。”

王干事愣了一下，眼里闪出光亮。

“指导员也喜欢玩这个？”

“喜欢，以前总玩。”杨华笑了笑，说，“我看你这微操，是专业水准吧。”

“那当然，这玩意儿练的就是眼手合一、条件反射，根本容不得你过脑，一天不摸手感就生疏了……”王干事的神情终于松弛下来，甚至还有那么点炫耀的意思，“当年俺就凭这手微操绝活，还拿过‘WCG 电子竞技大赛’的全市冠军呢！”

“哦？这么厉害。”

“这活可不是谁都能上手的，必须得有天赋！”王干事摘下眼镜擦了擦，“当年咱赵旅长就因为这，才把俺弄进七连的。”

杨华笑了笑，问：

“赵一航也喜欢打电玩？”

“那可不，不过咱赵旅长想得可就远多了。”王干事笑了一下，“赵旅长说，不管操控查打一体无人机，还是咱们红箭导弹的射手，要的就是这种‘眼手合一’的练法。”他向远处一指，“指导员您看，那几个兵都是俺带的徒弟。”

杨华顺着他手指看去，在那边的墙根底下，也坐着几个正在“打电玩”的战士。

“他们都乐意练吗？”

“何止乐意，都抢破了头呢！”王干事左右看看，又凑过来压低了声音说，“这可以免掉下午的‘武装越野’……”

“谁都能练？”

“那可不成。”王干事正色道，“这东西讲的是天分。”

杨华笑了。

“那你给我也看看，看咱有没有这天分。”他笑着把手伸过来。

王干事很认真地比量了杨华的手掌，又盯着他眼睛仔细看了一会儿，然后表现出一副很有策略的样子，说：“指导员是统领全局的，瞧不上咱这雕虫小技。”

杨华把手收回来，叹了口气，笑道：“看来咱是没法享受这福利了。”

王干事笑了笑。

“这是哪门子的福利啊。”他低下头，说，“导弹射手其实跟机枪手差不多，在战场上都是敌人重点招呼的目标。”他望了那几个坐在墙根底下的徒弟一眼，又说，“哪天要是俺‘光荣’了，他们就得马上顶上来接手……”

杨华惊异地看着王干事，忽然觉得他一下长大了许多。

跟他谈论战斗的时候，王干事的脸上就会立马褪去憨气，目光也变得锐利起来。杨华不明白，七连是用什么办法，把原本怯懦的人变成了勇士。

他沉默片刻，又岔开话题。

“你和赵旅长谁厉害。”他指了指游戏机。

王干事又笑了。

“放心，俺不会让他总输的。”

杨华也笑了起来。

“你喜欢这儿吗？”

“喜欢！”

“怎么个喜欢？”

“怎么说呢，感觉在这儿就跟在家一样，但是比俺原来过得可好多了。”王干事笑了笑，“以前不知道自己整天在忙什么，一天一天地混日子真没意思。现在感觉大伙需要俺，俺也需要大伙，我也总算是活出了人样，生活有了目标，日子才过得开心。”

“现在有什么目标？”

“打完这仗，要是俺还活着……”王干事腼腆地笑了，“俺准备考军校。”

“哦？去学什么？”

“搞反坦克导弹。”王干事搓了搓手，脸上露出一丝神往，“俺搞别的不成，就是对导弹实操特有悟性，今后说不定军校会开个新专业，专门为部队培养导弹和无人机的操控手呢。”

“那么，学成以后呢？”

“还是回七连！”

“还回七连？”

“对，俺以后也不打算回地方了，连长答应过，让俺一直留在七连当士官。”

杨华笑了笑，又问：“那别人呢？”

“别人也差不多吧。”

“那白鸽呢，她也想在七连一直待下去？”

“应该是吧。”

“听说，白鸽很厉害？”

杨华试着切入正题。

“啊，白鸽有功夫，这谁都知道。”

“有啥功夫？”

“她会的功夫可多啦！”

“哦？说给我听听。”

“行。”王干事神情放松下来，话也多了，“有回一排长王金尧跟她开玩笑，抢了她的拖把，白鸽一发火就袖子这么一挥！”他做了个甩臂动作，“一排长手里的拖把就成两截了，那是隔空劈刃啊！差点把一排长给吓尿啦。”

王干事一口气讲完，自己先“呵呵”笑了起来。

“还有啊，白鸽其实不懂医术。”

“不懂医术？”

杨华有些惊讶。

“是啊，如果你还有救，她就会一直看着你，最后冲你笑笑，你的伤就会自己慢慢好起来。”

“要是没救呢？”

“没救……”王干事神色黯淡下来，“她就会把脸扭到一边，掉眼泪。”

杨华看看他，宽慰道：“我在七连也没见到有伤兵，不是都救好了嘛。”

王干事犹犹豫豫地看着杨华，憋了半天才说：“也不是那么回事……指导员，您还不太了解七连，等打过仗您就知道了。”

杨华看他的神情，也不好再追问下去，于是又把话题绕了回来。

“白鸽这么厉害，她怎么会留在这儿？”

“据她说……好像是在等什么人。”

杨华一愣。

“哦？等什么人？”

“这个俺也不清楚。”王干事的眼神闪烁了一下。

“那她是怎么到七连来的？”

“……说起来话长。”

“那就长话短说。”

杨华用半命令的语气说道。

王干事点点头。

“咱赵旅长跟李铁连长是生死之交，是他在牺牲前，把白鸽托付给李铁连长的。”王干事忽然红了眼圈，“据说当时连长哭得挺凶，还发了毒誓……”

“好了，不说这事了。”

“对，不说了。”

王干事松了口气。

“白鸽平时跟大伙相处得好吗？”

“她挺开朗的，大伙都喜欢她。”

“可一个女兵在连队总归不太方便。”杨华故意皱起眉，“她应该去营部。”

“您要这么说，能把七连都惹毛了。”

“哦，有这么严重？”

杨华敏锐地捕捉到王干事眼里闪过的一丝凶光。

他现在好像有点弄明白李铁连长以及这个七连，对外人如此敌视的原因了。

“她在这儿挺好的！”王干事的语气又缓和下来，“白鸽的帐篷就是医务室，她也没什么避讳，于是大伙都当她是哥们儿。”

“那是大伙还没真正懂得关心战友。”杨华笑道，“女孩子嘛，总该有点隐私。”

“隐私……”王干事想了想，说，“她也就是有个日记本，总是随身带着，谁都不能碰，连长也不例外。”

“什么样的日记本，是你发现的？”

“俺也是……是偶然看到的……”王干事自觉失言，满脸通红。

日记本？杨华心中一动，是了，白鸽的秘密可能就在那儿。

“是个好习惯。”杨华顺势说，“我也挺喜欢写日记。”

“俺也是。”

王干事点点头。

“好了，你继续训练！”

“是！”

杨华站起来，准备结束谈话。

“指导员……”王干事欲言又止。

“什么事？”

“连长喜欢白鸽。”他小心地提醒杨华，“这谁都看出来了，就连长不知道。”

“我也看出来了。”

杨华冲他笑笑，然后转身离开。

走到营区的路口，杨华琢磨了一下，往一条僻静的林间小道走去，他需要慢慢梳理一下头绪。

刚走没几步，就听到后面有人喊："指导员——指导员——"

那声音一听就知道是白鸽。

杨华微微一笑：来得正好。于是他把脸一板，转回身去。

白鸽气喘吁吁，一下冲到面前。

"指导员……"白鸽见他表情严肃，连忙收脚，立正，"报告指导员！"

杨华看她一眼，说："你把手放下，这时候倒想起军姿军容了。"

"嘿嘿。"白鸽乐了，又凑过来说，"我去你那儿了，你不在，我又四处找，听王干事说你往这边走了……"

"怎么，又让我陪你玩宫廷剧？"杨华板着脸问。

白鸽一下被噎住了。

"这人真小气。"她低下头，红着脸嘟囔道，"玩笑都开不起，还会记仇……"

"找我什么事？"

"没事没事。"白鸽仰起头又笑了，"就是有好多话要跟你说，好长时间都没这么开心过了。"

"你在七连不开心吗？"

"也不是。"她脸一红，触到他的目光便垂下眼帘，"这不一样……"

杨华转身又慢慢往前走，白鸽快步跟上，与他并肩同行。

"那你说吧。"

"说什么？"

"你不是有好多话吗？"

白鸽又被噎住了，她嘟起嘴，琢磨着该从何说起。

"说说你自己吧。"杨华讲。

"好啊！"白鸽雀跃道，"你想听点什么？"

"就说……小时候的事吧。"

"嗯，你想听真的，还是听我自己编的？"

"当然要听真的。"

"这样啊……"白鸽有点失望，"真的特别闷，最没意思。"她忽又眼珠一转，"还是跟你说编的吧，我给他们编的故事可好听了，好几个兵都给听哭了。"

"我的泪点也很低。"杨华笑了笑，"你还是跟我说闷一点的吧。"

“好吧。”

“你在哪儿长大？”

“在一座大房子里面。”

“哪儿的大房子？”

“很远很远，反正你没去过。”

“哦。”杨华点点头，又问，“你父亲是做什么的？”

“父……呃，我父亲是个管家。”她怕杨华没听明白，又用两只手比画了个大圈，“就是那种……很大很大的管家。”

“哦。”杨华又点点头，“他对你好吗？”

“挺严厉的。”白鸽低下头。

“那你出来参军打仗，父母都同意吗？”

“同意啊，还是他们让我跟他出来散散心的呢！”

“跟谁出来？”杨华抬头问。

白鸽自觉失言，脸一下又红了，低头不语。

“男朋友？”

“嗯。”白鸽声音小得像蚊子叫。

不知为什么，杨华忽然感到一阵失落，连他自己都感觉有些莫名其妙。

“算是……前男友吧。”白鸽又低声说，“其实，我们只见过两次面。”

“哦。”杨华说，“什么原因分的手？”

“政见不同。”

“政见不同？”杨华笑了，“这倒稀奇，他现在在哪儿？”

“他现在挺好，受万众敬仰。”

“万众敬仰。”杨华笑了笑，“这么说，是升官发财了。”

“那是他的事，与我无关。”

“这么说，还是你甩的他？”

“对。”白鸽脸上收了笑，说，“咱们不说他了。”

“好。”杨华点点头，又另起了个话题，“听说，你会功夫？”

“那不叫功夫。”白鸽笑道，“我都跟他们说过多少回了，那叫能量传递！”

“能量传递？”杨华笑了，“能让我见识一下吗？”

“行啊。”白鸽轻松地甩了下头发。

“那好。”杨华走开一步，说，“现在开始吧。”

“传递好啦。”白鸽说，她冲前边一扬下巴，“喏，那不是？”

杨华扭脸望去，只见前方十几步开外，一棵碗口粗细的大树，正“吱吱呀呀”地慢慢向旁倾斜，随后“轰隆”一声，整棵树重重拍倒在林地的中央。

杨华被眼前看到的景象惊得目瞪口呆！

“你们，是不是不太喜欢……强悍的女孩？”

白鸽歪着头，小心翼翼地看他的脸。

“你这是……在哪儿学的？”杨华惊魂未定。

常识告诉他，这可不是什么“魔术”“气功”之类的东西就能解释得通的。

“这不用学，有就能用。”白鸽笑道，“这其实跟你们常用的‘第一类战争’，是一个道理。”

杨华心里“咯噔”一下。

“第一类战争？”杨华惊讶道，“你还知道这些？”

“当然知道。”白鸽笑了笑，“我就是来观摩你们打仗的。”

“观摩打仗？”杨华愕然，“你到底从哪里来的？”

“你想听……真的还是编的？”

“听真的！”

杨华又板起脸。

“其实……我其实……”白鸽一时不知该怎么措辞，“其实，我来自外太空。”

她闭着眼睛，硬着头皮吐出这句话，然后长长松了口气。估计她也知道这话讲出来，就算没被人当成精神失常，也没准儿能把人家笑出内伤。

“我是说真的。”她发急道。

“对对，你是真的。”

“你不信？”

“哦，没说不信。”杨华觉得又气又好笑，“真看不出来，您还是位‘外星人士’。”

“那我还是跟你说编的……”

“没事没事。”杨华摆摆手，“挺有意思，继续说下去。”

“好，那你别紧张。”

“我紧张个啥？”杨华定了定神，“说吧，您是火星人呢，还是金星人？”

“全猜错啦！”白鸽笑道，“我从木星来。”

"哦！"杨华看她一眼，又笑了，说，"您在地球还过得习惯吧？"

"你再哦哦哦的，我就不跟你说了！"白鸽腰一扭，鼻子一哼。

"行行行，我改正。"杨华笑了笑，问，"听说你们那儿的气压挺高，特难受，东西也死沉死沉的，搬块砖都费劲，而且，那儿风还特别大。"

"哪啊，我们那儿的亭台楼阁都飘浮在云海中，景色特别优美，你想都想不到。还有，我们平时都是在天上飞的，就像你们羡慕的得道成仙那样。哪像你们这儿，哪儿都去不了，只能待在地上蹦跶。"

"这倒也是。"杨华笑笑，"像您这样柔柔弱弱的身子，要搁你们那儿的仙境，一般都挺不过半秒钟。"

"你挺聪明的！"白鸽忽然想起了什么，左右看了看自己，说，"在我们那儿，是不能用这个身子的。"

"什么意思。"杨华警觉起来。

"这身子是我借来的。"白鸽又在打量自己。

杨华忽然感觉有一阵阴风吹来，不禁打了个激灵，浑身上下起了一层鸡皮疙瘩。

"你是不是还想编点……聊斋画皮之类的？"

"没有啦。"白鸽摸摸自己的脸，"不过，也差不多……"

杨华的心又开始"怦怦"乱跳。他虽然不相信她的话，但刚才她砍树一幕可是他亲眼所见。他心头一阵乱撞，不知道她又会鼓捣出什么幺蛾子。

白鸽小心地看看他："要不，我们换个话题？"

"不用不用。"杨华白着脸说，"挺刺激的，就跟看电影特效一样。"

"那好吧。"白鸽点点头，还是不放心地盯着他，"要不，你先坐一会儿？"

杨华心头警醒：坐一会儿？你想得美啊，我要是坐下了还能站得起来吗！

他这么琢磨着，连连摆手道："我有点累了，咱们往回走吧，回了营地再好好休息。"

"好，那你慢点。"

看到白鸽很干脆地点头，杨华这才稍稍安心。

"你刚才说，这身子不是你的？"

"是啊。"

"那你画得挺好看。"

"马马虎虎啦。"白鸽红着脸，又开始左看右看，"其实，我的真身比这好看。”

杨华腿一软，差点没坐到地上去。

“你的真身？”他瞪着眼睛，“你还有真身！”

杨华心想，这回真撞到鬼了！难怪张连长提醒他，来七连的指导员都死了，自己竟想当然地以为都是战死的，当时就没好好想想，是不是还有别的可能。

白鸽琢磨着他的白脸。

“哎呀，你个大男人，干吗这么脆弱。”她被杨华给气乐了，“早知道就不跟你说真的了，你看你，上阵杀人都不怕，我刚跟你说了几句，就能把你吓成这样！你怕什么？我又不会吃了你。”

杨华想了想，这逻辑也对。战死是英雄，吓死可就成狗熊了。大不了都是死，不如坦然一点。

“怕？我就不知道什么叫怕。”杨华大声干笑。

忽然，他又警醒了什么，正色道：“对了，你是不是……还会读心术？”

“那不叫‘读心术’！”白鸽笑望着他，“那叫‘脑测’。”

脑测？这好像听古部长提到过。杨华定了定神，又把心放了下来。

“这就对了。”白鸽笑着鼓励他，“你还想知道点什么？”

“你能看得出，我在想什么？”

“我可没那么厉害，我只是能感觉到，你心跳加速，脑电波异常而已。”

“原来如此。”杨华松了口气，又问，“那昨天，在我帐篷里……”

“那叫‘脑控’，我也只会一点点皮毛，也就能开个玩笑什么的。”

杨华又想起古部长也确实提到过“脑控”这个概念，看来眼前这个白鸽……她有些话还是比较靠谱的。

“你刚才说，你来自木星？”

“对啊。”

“那上面有生命？”

“怎么没有。”

“这不可能。”

“为什么？”

“那儿不具备生命存活的条件。”

“咯咯咯咯……”白鸽捂着嘴笑够了，说，“你们对生命的理解太狭隘了！宇宙中真正高等的生命形式，早就摆脱肉体的束缚，彻底灵魂化了。”

杨华疑惑地看着她。

他虽然没有什么宗教信仰，但他其实还是相信灵魂和肉体是有不同来源的。只是灵魂的来源过于神秘，而用肉体去解释灵魂又太过牵强。富贵之人总喜欢给草根阶层打鸡血，说每个人在精神上都是一位被废黜的国王，要以精神上的富有而坦然于物质上的清贫。杨华并不反对炖心灵鸡汤，他只是有点怀疑，讲这种话的人是否真的出于精神领域的高贵与诚实。

就像小的时候，他一直被老师灌输：生命离不开阳光、空气和水，还有适宜的温度。长大以后，阳光首先被证实，它并不是生命存在的必需条件。那么，其他几个条件呢？也许同样可以证实，其他的条件也并非必备。美国国家航空航天局展开深空探索已经这么久，在“生命存在的条件”这个问题上，却一直在不遗余力地宣扬那些保守的观点，这种态度本身就十分可疑，甚至可能是有意误导。

“那么，你认为生命是什么？”

杨华想找出破绽，故意把话题往空泛的方向引。

“嗯……让我想想。”

“别太惊悚。”

“好吧，我尽量通俗一点。”白鸽仰脸望天，认真琢磨了一会儿，“这么比方吧，你用过电脑吗？”

“用过。”

“那个大铁盒跟操作系统是什么关系？”

“硬件和软件的关系。”

“对了，那个软件就是生命。”

“我还是不明白你的意思。”

“一台没装软件的电脑是什么？”

“可以认为是堆废铁。”

“这就是了，没有灵魂的有机体，就是一堆没用的碳水化合物。”白鸽说，“灵魂只是起到画龙点睛的作用，这就像人必须要有本能和思维，才能生存下去。其实什么样的躯壳不重要，重要的是它附着了什么样的灵魂。对于尚未完成灵魂化的生命形式来说，一个完美的肉体必须拥有配得上它的高贵灵魂，才算是宇宙中的高等物种。”

“你是说……生命是无形的？”

“你理解的没错，生命其实就是你们常说的‘灵魂’或者‘意识’这类东西。”白鸽一下蹦到前边，轻巧地舞了个圈，“其实，生命无处不在。”

“那么，这些石头、河里的水还有天上的云，都是有生命的？”

“也不能这么说。”她在前面一蹦一跳，“形成生命也是有条件的。”

“什么条件？”

“只靠风吹日晒，大自然是组装不出电脑的。”

“这我知道。”

“还有，只靠有机物在水中做布尔运动，同样也合成不出生物细胞。”

“那生命靠什么萌发？”

“靠人为设计。”

“谁来设计？”

“你猜谁来设计？”

“谁？”

“也许是神灵吧，我也不知道。”

白鸽扑哧一笑。

“照你这么说，世界不就乱套了？”

“怎么乱套了？”

“这树也会动、会说话了。”杨华摆了个树的造型，还作势慢慢挪动了几步，“因为它一不小心装了个人的意识进去。”

白鸽看着他，很配合地捂着嘴“咯咯”直笑。

“咱们还是拿电脑做比方。”她折了根树枝在手里，“不同性能的电脑，对应不同的操作系统，比如你不能把WIN20装进286，那是无效的。所以，也不能把你的意识硬塞进这棵大树。每个物种都必须对应与它们相匹配的灵魂意识，这样才能让那些有机体正常运转。”

杨华抬起头，望着头顶高大的树冠出神。他心中油然升起一种神秘的敬畏感，一个庞大而朦胧的疑问开始叩击他的心灵。

“灵魂，意识，世上真有这东西？”

“当然有。”

“它们……究竟是什么？”

“这我也不太清楚。”白鸽望着远处，“也许它们是另一种物质形态，是一种我们目前还无法探知，和感受到的物质形态，或者干脆就是一种暗物质。”

杨华不是哲学家，可他潜意识里还是认同这种假设的。

柏拉图把人的生活分成两个部分，即肉身生活和灵魂生活，两者各自有着完全不同的来源，前者来源于自然界，后者来源于超自然界。而对于朴素的唯物者来说，如果不承认存在超自然的神界，那么人的灵魂也就失去了依托，所谓灵魂也只能是人的想象与幻觉，这样一来，人与动物就没什么两样。

再退一步讲，就算承认人类存在精神生活，但否认神灵的存在。那么，虚无缥缈的灵魂就会成为无本之源，只能作为自然界的一种孤立现象。这样，人类的一切精神追求都变得徒劳而绝望。此时此刻，这种对灵魂存在的否定态度，却正是杨华内心中所极力抵触的。

杨华陷入这种苦闷中无力自拔，只好换个思维角度来透口气。

“每时每刻都有新生命的诞生，都需要恰当的物质和意识相互匹配，这是一项浩大的工程，是一件不可能完成的事。”他比画着说。

“其实也很简单，只要有某个物种出现，相应的意识就会自行匹配上去。”

“这么庞杂的系统，总该会有对错号的时候吧。”

“也许吧，那就是你说鬼神聊斋。”

白鸽又摸了摸脸。

“这个系统工程，就从未受到过科技的干预吗？”

“这当然也有例外。”

“什么例外？”

“就是携带‘能量传递’的意识形态。”白鸽用树枝向山上一指，“那就叫作‘强制生命化’。”

“这是什么概念？”

“比如那堆石头，如果让一个携带能量的意识，强行将它驱动，那就会唤起一个石头人，只要能量流不间断，它就会一直活着。”

“你讲的这个，有点像魔法。”

“那是你们的说法，就像你们非把‘能量传递’叫作‘功夫’一样。”

杨华望着那堆石头，想象着它们“稀里哗啦”地垒出个人形，又“轰隆隆”地从山上跑下来。尽管他觉得十分荒诞和幼稚，但思绪沉浸在这童话般的想象中，却感到无比的轻松与惬意。

这种畅想往往是从仰望苍穹开始的，那就是哲学启蒙的开始。每个人的童年都会有这样一个时刻，也许是在某个夏夜，当你抬头仰望，就会忽然发现头顶上那密密麻麻的，眨动着无数双眼睛的神秘星空。

“不过，那种‘强制生命’，也可以被用于战争。”

白鸽的声音，又把他从童话中一下拉回到现实。

“怎么不说话了，你不是挺能打的吗？”她望着他，抿着嘴笑。

“这么美好的东西，干吗要用于战争……”杨华呆人呆语。

他忽然想起了雪婷，她的灵魂在哪儿？难道她已然化成了那堆冰冷的石头？杨华现在已经很少想起雪婷，但这不代表他想忘记，更不是对她的思念已经淡漠。而是每次想起雪婷，她的形象会一次比一次更鲜明，甚至在眼前栩栩如生！她的明眸，她的朱唇，她优雅的身姿，她迎风飞舞的长发……还有在那一刻那支舞动的火炬，所有的一切，都会历历在目地在眼前回放。这种思念，已不是对逝去之爱的伤感和怀念，而是摒弃七情六欲之后，对一种近乎完美事物的赞叹！

“和我说说死亡。”杨华低下头。

白鸽注意到他情绪的变化，她停下舞步，走回来，与他并肩而行。

“生命体死亡之后，那个灵魂会用一种纯粹的方式抽离而去。”白鸽轻声说，“就像她刚刚来到这个世界那样，纯洁透明，一尘不染。”

“她会把所有的一切，都忘干净吗？”

“是的，都会忘干净，就像她刚来到这个世界，刚刚被装入那台电脑时一样。”白鸽轻轻点头，“当生命结束，她将要从那个躯体抽离时，她已经不会再记得，她曾经经历过的每一件事。”

白鸽的声音开始发颤，仿佛是被杨华的情绪所浸染，她忽然抽泣起来。

“相爱的两个人，是在黑暗中并肩行走的灵魂，他们各自走在朝圣的路上，彼此关心，相互默契，不需要窥探彼此的灵魂。”她满脸是泪地抬起头，“所以，你不要死！如果我死了，至少你还记得，你还可以去找到我，把我们从前的一切都讲给我听。”

杨华转过脸，愕然望着她。

回来的路上，两个人都有些情绪低落，他们就那样各自低着头走路，都不吭声。

刚进营地，就看见一名战士远远地指着他们大喊：“他俩在那儿！”

只消片刻工夫，李铁连长就领着三位排长风风火火地从帐篷后面转出来，一齐朝他俩冲过来。

“你去哪儿了！”

李铁连长瞪着眼睛，大声喝问。

三位排长也都握着拳头，对杨华怒目而视。

没等杨华说话，白鸽抢身跨前一步。

三位排长惶恐，集体后退一步，可还是狠狠瞪着杨华。白鸽又一扬手，三位排长又触电般地向后跳开。

只剩李铁连长抱着膀子，站在那儿岿然不动。

“砍啊！”李铁连长瞪着眼睛吼道，“来来来，往这儿砍，你往这儿砍！”他梗着脖子凑上来。

白鸽白他一眼，收了手，转身走了。

“我就不信治不了你了，回去自己好好反省反省！”李铁连长还是不解气地冲着白鸽的背影吼。

三位排长在后面捂着嘴偷乐，李铁连长看了一会儿，自己也憋不住乐了起来。

杨华咳嗽一声。

“出什么事了。”他问。

“好事，好事。”李铁连长这会儿根本没心思。

一直等到白鸽的影子看不见了，他才转回身，嘴脸一变，对杨华粗声粗气道：“接上级通知，部队即刻开拔！”

杨华一愣，心说：Y 国来得这么快！

李铁连长见状，乐得更开心了。

“嘿嘿，好日子到头了，要打仗啦！”

他乐呵呵地讲完，又幸灾乐祸地瞟了杨华一眼，转身搂上众人，一齐粗野地唱起了《白桦林》：“有一年战火烧到我家乡，小伙子拿起枪叭、叭、叭、叭！”

十分钟后，全连官兵集中在战车旁，做登车的最后准备。

杨华安顿好自己的背囊，走向战车。

一抬眼，见李铁连长斜靠在边上，正上上下下打量着自己。

“杨指导员见过血没有？”

“见过，自己的。”

杨华不动声色。

“你说这可咋整。”李铁连长望着天，一脸忧心忡忡，“咱七连一到战场，敌人那是慕名而来啊，到那时候，尸骸蔽野、血流成河啊！”

“平时多流汗，战时少流血吧。”

“当兵打仗没点血性哪成。”李铁连长两手抱起膀子，“特别能吃苦，特别讲奉献，特别会感动人，那在七连根本算不上是好兵。咱七连讲究的是特别能战斗，特别能把事办成，特别能运用一切手段去夺取胜利。”

“优秀的军人应该是励志的标杆，而不光是感动人的榜样。在极端的环境下消灭敌人然后活着回来，要把完成任务当作新生，而不是牺牲。对这样的战士，我们应当肃然起敬，而不是泪流满面。”杨华平静地说。

“说得对！那咱俩合计合计。”李铁连长很厚道地凑过来，“你瞧咱这连长当的，平时要管全连的吃喝拉撒，打仗的时候，还得对每个战士的秉性都门儿清。”

“怎么个门儿清？”

“你看哈，你得知道谁谁谁在两千米上能命中目标，谁谁谁在一千五百米上才行，谁手脚利索，谁再装填的时候会比别人慢半拍……两军对垒，打冲锋的时候，这些你都得考虑进去，咳，屁事儿多了去了！还有，敌人那边也没闲着呀，到时候是枪林弹雨、血肉横飞啊！咱们当干部的，这时候可不能软弱，要给战士们立个榜样，越是玩命掉脑袋的时候，越是要冲到最前头！”

李铁连长大手向前一挥。

“这我看出来了，昨天比武的时候您就这样。”杨华笑了笑，随手整理衣扣。

李铁连长的手一下僵在半空。愣了一会儿，又自己把手慢慢收了回来。

“这仗要是打赢了，你就给咱写本书。”李铁连长斜了他一眼，又说，“瞧你这手，又白又嫩，一准儿是会写书的料。”

杨华瞅他一眼，继续扣着扣子：“写你点什么？”

“什么都写！只要是跟咱七连有关的，全都写进去。”

杨华扣好了扣：“要是‘光荣’了呢？”

“谁？我？”李铁连长哈哈一笑，“这你一百个放心，咱煞气大，子弹都得绕着弯飞！再说，咱要是真死了，那不就更得大书特书啦。”

“要是我死了呢？”

李铁连长一愣。

“呦，这就麻烦了，那书就写不成了！”他两手一摊，“也罢，你躲在咱后面，千万别露头。不过我看你多半会死，上阵前，跟咱商量后事的人都得死，你也准逃不了！”

李铁连长一口气讲完，乐呵呵地瞅着杨华。

杨华也笑笑，说：“对，谁都逃不了。”

李铁连长没看成热闹，困惑地瞪着他。

“也对，说的也是哈，谁都逃不了。”他随口应了一句。

“就怕……”

“怕？”李铁连长面露诧异，“死都死了，还怕个鸟！”

“就怕没死在战场上，最后废在床上，活不成又死不掉。”

李铁连长沉默了。

他大概从没想过，自己可能还有这种死法。不管怎样，马革裹尸以外的死法，都是他难以想象、更是难以忍受的！

“你觉得，咱怕这个？”李铁连长硬着舌头说。

杨华点头：“你，还有七连，都怕这个。”

真晦气！李铁连长瞪着眼睛说不出话，显然被噎得不轻。

“啊呸呸！就当咱啥也没说。”他啐完，又不甘心改口道，“到时候谁要是真不行了，咱就帮他一把。”

杨华微微一笑。

“那就先谢你了。”他拍拍李铁肩膀，笑着登车去了。

而李铁连长愣在原地，一脸懵懂。

七连的几位前任指导员听了他这话，都当场气得七窍生烟，这损招屡试不爽。唯独杨华一脸满不在乎，好像这事根本不值一提。

“是个重口味！”

李铁连长挠挠头，对指导员有了新的认识。

第二十四章 无名高地

是夜，风声如吼。

打穿插的两个前卫营保持无线电静默，以连为单位呈“品”字阵形做试探性进攻。狂风呼啸了一整夜，单色夜视镜中丘壑连连，狂沙滚滚，黑暗仿佛无边无际。七连以战斗队形向前推进了整整一个晚上，竟没遇到一个敌人。

第二天凌晨，攻击斜正面的一片缓坡上出现了大批黑点，形成一条条爬行的黑带朝这边缓缓移动。指挥员一声令下，坦克群陡然转向，全军投入交战。

两群铁甲猛兽在彼此迫近前，始终保持着严整阵形，黑点逐渐扩大，慢慢辨认出对方的轮廓。双方坦克压低炮管，依次打开激光测距仪，像互相吸引的磁石一般迅速逼向对方。

蓦地，炮声狂吼、烈焰冲天，坦克炮塔抛出的烟幕弹遮天蔽日。战场上什么都看不见，四周全是火炮凶狠击发声和天崩地裂的爆炸。

双方一经接触，大片坦克群立刻搅在一块。迎面扑来的敌方坦克如涨潮一般一浪高过一浪。长杆穿甲弹撕裂空气尖啸而过，眼前全是一条条曳光疾逝的弹道，眼花缭乱密如织网一般！置身其中的人只是本能地重复战术动作，对周围的爆炸完全感受不到惊恐，感官也突然变得迟钝，根本反应不过来。

李铁连长对着送话器大吼：“一排前出，二排、三排看好侧翼！”

话音未落，身后三员骁将早出。炮口指处，三辆敌坦克顿时化为火球！七连的五辆“铁麒麟”率先冲入敌阵，大开杀戒。

七连的战术协同，把作战单元的整体威力推向极致。它不是来自某一个人，而是这支虎贲连的一个整体属性。这种战斗意识分布于整个作战单元中，战士们在任何条件下都会保持对完成任务的绝对忠诚。即使指挥突然消失，剩下的战士也一样一往无前，并且坚信自己必能完成任务。

李铁连长绕开一堆己方残骸，迎面冲来一辆敌游击坦克，两车交错，炮塔急转，李铁连长挥炮一直顶上了对方车体，“嗵”地一下掀了敌方炮塔。突然，左侧又转出一团黑影，杨华更不搭话，战车疾驰中一个甩尾漂移，炮管顺势横扫过去，指定敌车，一炮将它轰上天！

经历了初阵的混乱后，具备完整C4I系统支持的Y国很快稳住阵脚，渐渐占了上风，对手哪儿痛就专往哪里敲，显示出压倒性的信息优势。尽管我方打穿插的两个坦克营在训练和装备上占有优势，但在失去数据链支持的情况下，战场感知能力却极其羸弱，就像蒙着眼睛和敌人打仗一样，完全摸不透敌方的意图和部署。战斗组织慢慢变得混乱，各营疲于招架，渐渐体力透支。

按照战前预案，七连乘营主力与敌人纠缠，Y国合围尚未成形的机会，瞅准敌方一个变阵间隙，迅速改变攻击轴线。

全连一个大回转，猛冲猛打、劲透敌阵。

忽然间，四周亮堂了起来，七连仿佛从黑洞洞的地狱中被突然抛到阳光下。此时，营主力已被远远甩在身后，再没有一兵一卒跟上来。

七连不敢恋战，大踏步脱离战场。战车剧烈颠簸着高速冲刺，李铁连长回首望去，山后仍在混战的两军如噩梦一般虚幻而遥远。七连乘势杀入一条山谷，以缴获的三辆T90为先导，呈一路纵队，沿公路直插敌后。

颠簸的车舱里，人刚迷糊了一会儿，耳机里传来的声音一下又让头皮绷紧了！

“路边有块肉，绕不开了，吃不吃？”

前方侦察车发来暗语。

“吃！”李铁连长随口答道，“干吗不吃？都到嘴边了！”

杨华放慢车速，等待指示。李铁连长的“幺洞”号车却发一声吼，抢先扑了上去。

二排、三排高速驶下公路，向两翼包抄，一排紧紧跟上。

看来七连的战术默契已经练得炉火纯青，绝非一般部队可比。

Y国一个装甲连正在路边休整，远远望到一队坦克正向这边驶来，知道是己方过路的友军。他们一边吃，一边嘻嘻哈哈地指指点点，山路中间还站着个军官，两只手花里胡哨地舞弄着一面联络旗。

七连杀气腾腾地越冲越近，他们才顿觉来者不善！

敌军官吹开哨子，士兵们顿时扔下咖喱汉堡，手脚并用地往坦克上爬。

“都听好了，不留活口！”李铁连长话音未落，手中的炮就响了。

敌军当头的一辆坦克“呼”地烧起来。

杨华车身一闪，手上快如闪电，一炮将后面的敌指挥车掀翻。七连战车如狼入羊圈般冲入敌阵，大开杀戒，耳机里全是令敌闻风丧胆的“嗬、嗬、嗬、嗬”的粗野吆喝。各车车长甚至直接探身出炮塔，手中的高射机枪像割麦子一样，将向两边青稞地里狂奔的敌兵成片扫倒。

敌坦克警戒排见状，立刻掉头迎上来。

恰在此时，侧翼迂回的二排拍马杀到，一通侧击将敌车轰得七零八落。

Y国后队见大势已去，纷纷转向逃跑。兜底包抄的三排早已拦住去路，一顿乱炮将敌方揍成一堆废铁。全连乘势向心突击，形成摧枯拉朽之势。不到五分钟就结束战斗，敌方坦克残骸横七竖八趴满了公路。

这是杨华头一回参加七连的实战，这场畅快淋漓的战斗，令他对七连的战斗力有了新的认识。他纵身跳出炮塔，一头钻进敌指挥车的残骸，连吹带拍，奋力扯出半张还在冒烟的地图。

一回头，却见李铁连长恶鬼一般站在身后，盯着自己。

七连很快收拢队形，又重新上了路。后面的步战班留下彻底执行“不留活口”的命令。这是七连打穿插的规矩，战场上对敌方的仁慈，等同于对自己的残忍。

部队远程奔袭，战车摩托化小时的损耗已到了极限，七连又有一辆坦克在路上抛锚。李铁连长无奈，只好就地丢弃，将剩余人员加强到步战车上。

深夜，七连终于穿插到位。几位作战主官马上碰了头，商量战斗部署。

一排长王金尧已从前面侦察回来，简要汇报情况。

“前面有条小河，浅滩可以涉渡，小河后头就是艾哈迈达村，有敌人装甲车队忙进忙出，规模不详。”他喘着气，“村头右侧还有个无名高地，能俯瞰整个河滩，上面有敌观察哨。”

“村里有多少敌人？”李铁连长问。

“不好说。”王金尧两手一摊，“我怕惊动敌哨，没敢过河。”

“上级通报说有一个坦克加强连。”二排长拿来北斗终端。

此言一出，大伙脸上明显松弛下来。

借着那场砍瓜切菜的余威，全连正是摩拳擦掌、气势如虹的时候，李铁连长更是杀上了瘾，根本没把那个敌加强连放在眼里。他用木棍在地上比画了几下，然后挺直上身，大手在空中一挥，做了个向前劈砍的动作，两眼恶狠狠地直瞪对岸。

“全连渡河，一鼓作气杀进村去，杀它个措手不及！”他一拳砸在地上，“步兵班也都给我拉上去，捅它的观察哨，高地能夺就夺，要是啃不动，回头咱再用坦克炮把它给轰平了！”

李铁一口气部署完毕，环顾众人，忽又想起了什么。

“指导员说说看。”

大家这才注意到杨华一直没吭气，便一起转过脸来看他。

“我补充几点。”杨华点点头，说，“战斗已经打响两天了，村里敌人很可能已得到加强，咱们刚敲掉的那个装甲连，估计是给艾哈迈达村打外围的。从缴获的地图来推断，当面之敌至少有一个装甲营的兵力，外线部队突然失去联络，必然会引起敌方的警觉，进而加强戒备。”

众人听完，都皱起眉头不吱声了，李铁连长一时语塞，涨红了脸。杨华稍稍停顿了一下，又拿了块石头放到李铁连长地上画的“小河”旁，继续分析道：“村头无名高地是战场唯一的制高点，能控制整片战区。这个高地既然设有防御工事，那Y国肯定也在上面构筑了反坦克阵地，咱们的坦克一动就会被发现。我方进攻一旦受阻，让村里的坦克反冲锋上了河滩从容展开，实施半渡而击，对我形成两面夹击之势，那咱们就危险了。”

杨华这一分析，让所有发热的脑袋顿时冷静下来。

七连险仗恶仗打得多了，不管什么对手都敢杀它个人头落地血流成河。可照这股狠劲，就怕全连杀红了眼，最后拼光了老本也没拿下艾哈迈达村！大伙死得不明不白且毫无意义。

李铁连长和几位排长也意识到事态的严重性，大家都沉默不语，一下冷了场。

过了半晌，王金尧似笑非笑地开了腔：“您这哪儿是补充啊，是一票否决嘛！”

他手里甩弄着一副白手套。

“事关重大，要不再派人去探探？”二排长两边看看，问道。

“一去一回时间来不及，还可能打草惊蛇。”王金尧嘴上又叼了根野草。

李铁连长抬起头，目光如炬地瞪着杨华。

“别光提意见，说想法！”

杨华一笑。

“先派人摸掉无名高地，然后居高临下‘查打一体’，为全连指示目标。”

几位排长面面相觑，各自闷头琢磨了一阵儿。

“我看，可以试试。”

“时间够用吗？”

“够用。”

“这招挺凶险。”

“搞不好，上去的人都得‘光荣’了。”

“谁去？”

“我带队上去。”杨华以不容置疑的语气说道。

白鸽浑身一哆嗦，她放下手中笔，看看杨华，又望望李铁连长。

李铁连长沉吟不语，也不看她。

王金尧看在眼里，他眨巴了一会儿眼睛，忽然两眼贼亮。

“我琢磨着吧……”他脸上说不上是激动还是兴奋，“指导员，他说得有道理啊！”

李铁连长一下侧过脸，诧异地瞅着他，王金尧也目光灼灼地直瞪着李铁连长。俩人一瞬间的眼神交流，胜似千言万语。

李铁连长的脸一下阴了下去，他转向杨华问：“如果偷袭失利咋办？”

杨华笑了笑。

“如果偷袭失利，你立即对无名高地实施火力覆盖。全连乘乱冲过去，变奇袭为强攻，或许还有取胜的机会。”

一阵阴风袭来，众人不禁打了个寒战，都沉着脸不说话。

王金尧急得满面通红，他瞅瞅李铁连长，又瞧瞧杨华。

“二位都没意见吧？”他又四下看了一圈，说，“那就照指导员说的办！”

李铁连长脸上抽搐了一下，手中木棍“啪”地捏断了。

午夜的河面上，浮动着一层薄薄的潮雾。星光寥落如瞌睡人的眼，清冷的下弦月在漆黑的云团中时隐时现。空气闷得喘不过气，对岸深不可测的黑暗中，不知隐藏着怎样的凶险。

杨华匍匐在一块岩石后，以极缓慢的动作探出热成像夜视仪，向河对岸仔细观察。

河面不宽，对岸的河滩上还覆盖着一大片积雪。杨华细心估量着无名高地的坡度和土石、植被，停顿了片刻，镜头又顺着山坡慢慢往下移，最后，他的视点落在山脚的一处乱石岗上。

杨华观察了这个石岗好一会儿，心中暗暗庆幸：如果是自己布防，肯定会在那儿构筑一个机枪阵地，既可掩护高地侧翼，又能兼作主阵地的触角。

他正这么想着，乱石岗上有两块“石头”忽然动了一下，一名佩戴微光夜视仪的敌哨露出半个脑袋，无声地向四下警戒。

杨华猛然一惊，毒火一下攻上心头！

他伏下脸，深深吸了一口冰凉的潮气。

一定要沉住气！他提醒自己，只有能沉住气的猎手才能瞅准机会，再精明强悍的对手也有犯迷糊的时候。他继续不动声色地观察对手。过了好一阵儿，那两名敌哨也开始倦怠地打哈欠，脑袋点头垂首地慢慢打起了瞌睡。

战机！

杨华向背后比了个手势：刺刀突击！

狙击手留下做掩护，其余的战士涉水直扑乱石岗。

流水声掩盖了突击队涉渡的声音，一上岸，杨华就率先脱下战靴，赤脚悄悄踩在积雪上，其余的战士也跟着照做，他们拔出匕首，无声无息地向敌人摸去。

敌哨猛然警醒，“哗啦”一下拉开枪栓，另一名敌兵也本能地向前出枪！

“噗！”

一颗子弹掠耳飞过，敌哨无声地向后一仰，我方狙击兵果断出手。

大魁猛扑上去，寒光一闪，血溅三尺！他用另一只手稳稳托住敌尸。

高地上的敌人似乎察觉到了什么，一道雪亮的探照灯柱“哗”地横扫过来。

“噗！”

“噗！”

我方微声狙击枪再度出手。

敌哨闷哼一声，滚下山坡。

杨华一跃而起，带领战士不顾一切冲上高地。

“咔嗒、咔嗒咔嗒……咔嗒……咔嗒咔嗒咔嗒……”

05 式微声冲锋枪的击发声响成一片，突击队旋风般席卷整个无名高地。

奇袭成功！

李铁连长的耳机里传来“咝——咝——”的吹气声。

全连精神为之一振。

“拿下啦？！”

“这么快？”

“指导员真是神哪！”二排长赞叹道。

王金尧摸摸后脑勺，呆呆望着无名高地。

“这小子命真大啊！”

“扯他妈什么淡！”李铁连长瞪他一眼，低声吼道，“登车！”

战士们“呼啦”扯下伪装网，三步登车，坦克群腾起一片白雾，黑沉沉的铁甲泛着乌光，展开奇袭队形，徐徐向前压去。

杨华匍匐在高地上，第一时间透过夜视仪侦察敌阵。

这一看不要紧，一遍观察下来，惊出他一身冷汗——对方整整两个装甲步兵营的阵容！

正在惊愕之际，忽见山下一条黑影一边鸣枪，一边大喊大叫没命似的逃入敌营。片刻间一阵骚动，敌营哨声四起，军官冲出帐篷狂吼乱比画，士兵们手忙脚乱奔向各自的战位。

大概刚才漏了一个出去“方便”的敌兵，让他溜下高地去报信了。

现在，好运气到头了。

“敌装步营两个，正在展开。”杨华用明码呼叫，“情况危急，强攻！强攻！”

李铁连长闻讯，对着送话器吼了声：“给我冲！”

全连坦克骤然加速，瞬间变成了楔形阵，李铁连长驱车冲在最前面，七连雷霆万钧强渡河面。

部分敌兵迅速登车完毕，几辆敌坦克喷出尾烟，高速转向。

杨华见状，奋力拖过一部“长钉”反坦克导弹发射架，迅速加电启动，对准敌营的方向。

“坚决劈入，动作快！”杨华再次用明码大喊，“决不让敌人组织起反击！”

清冷的月光下，七连坦克一声不吭地插向敌阵，就像一片高速冲刺的狼群，炮管前指，战甲森森。

此时，敌十多辆 T90 坦克已呈战斗队形展开，他们高速碾过战壕，前出迎战。

高地上，杨华导弹出膛，“长钉”反坦克导弹拖着明晃晃的尾焰直扑目标。

“轰！”

为首的一辆T90中弹，炮塔上猛地蹿起十来米高的火柱，明晃晃的格外刺眼。随后，车身上下“噼噼啪啪”剧烈燃烧起来，突然山崩地裂的一声巨响，车内弹药殉爆，炮塔一下被掀上十几米高空，那个黑影在空中支离破碎地飞舞着、剧烈翻滚着，又带着风声黑压压地横拍下来，最后“嘭”地重重拍在旁边一辆步战车的车首。那辆BMP2被这天外来客砸得猛跳了一下，残片四处飞溅。

这突如其来的打击令敌军莫名其妙，茫然愣在那里。

眨眼间，又一辆T90被攻顶弹开了花，冲天的火焰像一把耀眼的火炬，照亮了整个阵地。敌方顿时醒悟过来，一下炸了群，余下的坦克纷纷四散逃开，阵形大乱，恐慌和挫败迅速蔓延开来。

敌方的注意力一下被吸引到了无名高地，敌山地连迅速抢占高地两侧阵地，营属迫击炮群开始对突击队实施火力急袭，山地连一阵发喊，很快组织起两个步兵排，分成三个攻击波次，向无名高地发起波浪式冲锋。

八二迫击炮弹劈头盖脸地打来，杨华的耳朵“嗡”地一下盲听了，无名高地顿时硝烟滚滚、弹片横飞。四下望去，全是交替掩护着向上攀爬的敌人，这不是突击队所能应付的兵力。

杨华这几个人守在炮火里死磕只有死路一条，他出了个险招，指挥突击队且战且退，躲进坑道实施“弹性防御”，高地上的枪声迅速稀疏下来。

对手被压制住了！Y国两个步兵排顿时气焰大涨，彪悍的廓尔喀兵还齐刷刷地亮出弯刀，他们打着赤膊，高声咒骂着纷纷拥上高地。

杨华突然打开探照灯，趁敌兵被晃得头昏眼花之际，他带着战士“嗷嗷”怪叫着，如恶鬼一般从坑道里猛扑出来！

根本来不及出枪，双方一下搅在一起，残忍血腥的白刃战在瞬间爆发，身前身后全是挥刀猛砍的暴徒，拼杀声、咒骂声、惨叫声，还有金属豁开肉体的闷响混作一团，声浪惊天动地，简直不像是人发出的。

顷刻间，地上就横七竖八躺满了人，后面的敌兵被血淋淋的场面吓破了胆，怪叫着退了回去，突击队硬是用工兵铲把敌人拍下高地。

紧接着又是铺天盖地的炮击，波浪式冲锋，争夺制高点的拉锯战进入白热化。

枪管打红，弹药拼光，工兵铲卷了刃，坑道也早被炸塌了。大魁双手抡起两把弯刀，像堵墙一般，死死护着指导员。无名高地被廓尔喀兵死死缠住，战局急转直下。

敌右翼坦克群乘势收拢队形，向滩头发起反击。

李铁连长命令发动远程打击，红箭十导弹拖着长长的光纤跃入夜空，犹如一条高高扬起的“打神鞭”。王干事在颠簸的战车里手握操控杆，两眼紧紧盯着屏幕，另一只手的五指眼花缭乱地跨在按键上疾速敲移，红箭十导弹首选敌团部指挥所，如捕猎的鹰隼一般，凌空劈下。

霹雳一声，火光如炬！

突遭“斩首”的Y国失去指挥，部队各自为战，步坦协同立刻脱节。

此时，第二枚远程导弹早已凌空，它牢牢锁定一辆装甲指挥车。白光一闪，天崩地裂。敌坦克B连指挥官当场阵亡，冲天的蘑菇云撼动敌阵。

敌左翼“阿琼”II坦克群超越步兵高速前出，试图再次组织反冲击。

关键时刻，李铁连长催炮杀到，行进间当头一炮，首发命中。

钨钢弹芯“锵！”地撕开钢甲，长杆脱壳穿甲弹透过“阿琼”坦克的前装甲，径直钻入炮塔下的旋转弹仓，强大的后效动能令坦克旋即殉爆！炮塔炸飞起来，在半空中翻了个面，又重重倒砸回座圈，全车“呼”地一下爆燃起来，车内残余弹药“砰砰啪啪”地放射状炸开，犹如夜空怒放的节日礼花。

七连士气大振！

在两千三百米的距离上，坦克连依次开火进入交战。

全连第一轮齐射就在气势上压倒了敌人。Y国一辆步战车远远地打出一发“菊花”反坦克导弹，正忙着调整激光制导驾束，反被我方回射的一发破甲弹抢先打得四面开花，天崩地裂的爆炸把周围映得一片血红。

双方坦克对射进入高潮，敌我战车在夜视能力上的差距迅速凸显出来，七连凶狠凌厉的抢攻很快让战斗变成单方面屠杀，Y国丢下十几辆熊熊燃烧的残骸，纷纷弃车逃窜。

李铁连长不给对方喘息之机，紧紧咬住溃退之敌，顺势杀入敌阵的中央，将敌军一劈两段。接着，七连又突然变阵横扫，敌防御体系顷刻瓦解。

王金尧霸气冲天，他单车挥炮直接碾入敌迫击炮阵地，惊恐万状的敌炮兵像一片惊飞的蚂蚱，转眼间蹦得一个不剩。

兵败如山倒，敌军的战斗意志彻底崩溃了。

大群、大片的敌兵丢下自己的坦克、战车等重型装备，没命似的钻入四周的山林溃逃。七连再次转移火力，还在无名高地前沿苦战的敌山地步兵，顷刻间就被步战车的“30炮”打得抱头鼠窜，潮水一般溃下高地。

敌军组织不起像样的抵抗，七连完全控制了战场，枪炮声渐渐稀疏下来。直到战斗结束，Y国众多的坦克和步战车仍然处于宿营排列的状态。

李铁连长遥望无名高地，焦黑的山头笼罩在一片血色惨雾中。他带着人登上高地，眼前的场景令人震骇，令人胆寒。

黑沉沉的阵地上阴森狰狞，沉寂的战壕里淤满死亡的气息。敌我双方的阵亡将士们，横七竖八地倒卧着、叠压着、彼此纠缠着，这些血肉模糊的军人还保持着生前殊死搏斗的姿势。

突击队拼光了，只剩杨华如孤魂野鬼一般，守着奄奄一息的大魁。

大魁肠子被炸出来了，人已经不能挪动，他半张着嘴，只是一抽抽地急促喘息，就像一匹垂死的狼，用异样的眼神瞪着指导员，似乎有话要说，然而却喘得连一个字都吐不出来！

杨华浑身是血，已经被炮弹给震傻了，那张沾了血的面孔更显得狰狞可怖。他背对着这群冲上来的军人，不再关心他们是敌是友，他只顾埋着头，徒劳而执着地为大魁绑着绷带。

大魁又把目光缓缓移向连长，那种眼神像是在乞求什么。

白鸽把脸扭到一边，无声地哭了。

李铁连长一把扯开杨华，自己俯下身，长跪着慢慢抱起大魁。

他们以一种奇特的仪式，做最后的诀别。李铁连长与大魁紧紧贴着额头和鼻尖，一只手拔出配枪。大魁终于松了口气，他疼得几乎支持不住，剧烈地咳起血来。然而，他的嘴角却挂出幸福的微笑。

“砰”的一声闷响，像座山一样轰然倒地。

大魁没发出一点声音，他带着荣耀、满足，倒在了战场上。他如愿以偿地成了一名真正的“老七连”。

那个瞬间，杨华觉得自己的灵魂被那个声音震出躯壳，那个无所羁绊、冉冉飘升的东西永远不再回来了。他像一根惨白的冰柱，冻结在那个弥漫着硝烟和血腥的高地。

此时此刻，杨华的灵魂仿佛被一种东西接纳了、同化了。他仰起头，眼神异样地望着七连的猎猎战旗，胸中忽然涌起一种暖暖的归属感。现在，他的胸口涌动着一种狼性，这种狼性将他的整个灵魂，慢慢融入了那面飘扬的图腾。

西风舞动七连的战旗，把这血染的图腾梳理得光彩夺目，梳理得干干净净，它自由自在、无拘无束地在空中飞扬着，就像英灵飞天赴宴的盛装。

第二十五章 夹生饭

3U 破译信息：

在没有出路中寻求出路，或许这才是人类唯一的出路。

要说杨华指挥警卫连在“青石滩”唱了出空城计，只靠虚张声势就能把赶来救火的敌重装旅都给唬住了，那绝对是胡扯。要是 Y 国真这么好糊弄，那仗就不用打了，搞一次阅兵式就足够把敌人镇住，这样的对手也根本不值得一提。

其实，杨华他们无意中干了把狐假虎威的事。在警卫连把 Y 国一个营打得抱头鼠窜的时候，他们当时并不知道，我方几个装甲旅已经突出于两翼形成钳形态势。敌方的增援部队稍有不慎，就会被我方形成局部优势给包了饺子。“极光”算准 Y 国会忍下这口气，警卫连才因此全身而退。

如果说在战场上，友邻部队之间相互支援打策应根本没什么大不了的，甚至还值得大书特书的事情。要是这样想，那您就想错了。这其实正是“极光”用兵，超乎人类惯常思维的精妙之处。

在这场战斗的整个过程中，战区联合指挥部都看得清清楚楚，“极光”是在警卫连出击的同时，命令预备队到达接应位置的，而不是参加战斗。换句话说，就是它事先预料到了警卫连面对 Y 国的重装营，必然会取得全胜、大胜的战果，这种未卜先知、鬼神莫测的指挥方式，令“联指”的全体指战员目瞪口呆。

然而，“极光”现在所面对的，却是一个无法收拾的烂摊子。我方 C4ISR 数据链就像是一面摔破的镜子，已被 Y 国电子战部队践踏得支离破碎、一片狼藉。战况无法上报，命令无法下达，友军无法协同。那些孤悬于主力之外的部队就像一群被蒙住眼睛的怪兽，一面拼死招架，一边在包围圈里乱打乱撞。每支部队的指挥手段就像突然倒退了一百年，他们想尽各式各样的土办法，用最落后最原始的手段，竭力维持最起码的指挥和情报体系。

战场上充斥着大批信鸽、军犬和战马，它们视死如归地在硝烟中往来穿梭。道路旁、荒野里、河滩的两岸，密密麻麻地布满了它们的尸骸。这些战地精灵在临死前还保持着奔跑的动势，无声诉说着战斗的惨烈与悲壮。

我方别无选择，将尚不成熟的“量子卫星通信系统”也毅然投入到了战场。虽然地面终端只能配备到旅一级，但总算大体守住了数据链总节点的保密问题。至于基层作战单位，还是得自己想土办法解决通信问题。这种“最先进与最原始”通信手段的怪异组合，就像是让隐形战机装着弹弓参加空战，实在太不靠谱。

这台智能机器闪着光晕运转良久，再次不可思议地对人类下达了指令。

“极光”决定把上官奋强泼出去的水全都收回来，首先让部队摆脱被敌分割包围的不利态势。这个决策说说容易，但执行起来又是另一回事，因为这根本就是个不可能完成的任务。命令发不出去，部队联络不上，你怎么指挥战斗？所有人都疑惑不安地看着“极光”，实在想不出它能有什么高招。

“极光”的做法很简单，它不是想办法去联络或者是集结已被打散的部队，而是听任他们各自为战。“极光”靠调动手头仅有的几支预备队，采取后手策应的战术，作战迅猛隐秘，机动幅度非常之小。

这种情形让人联想到影视作品中描述的中华功夫对阵西洋大力士的理想状态——看似弱不禁风的中国武师，却做玉树临风状，一脸的冷漠、阴柔和淡定。每到这种时候，那优美飘逸的武打动作，极其清晰逼真的格斗音效，都能令观众看得如痴如醉、血脉贲张，连爆米花塞进嘴里都忘了启动咀嚼肌。您再看银幕，那头满身黄毛大块头的肌肉男，每次做金刚状气势汹汹地猛扑上来，不是跟空气较了劲，就是被仰面绊了个大马叉。几个回合过后，中华武师脸上的汗都没出，西洋大力士的胸毛倒给拔光了，让国人大呼过瘾。

虽然大伙被抗战神剧笑出了内伤，但战场上的“邪门儿”还是不由您不信。

突围部队很快发现，每每他们正准备悲壮地决死冲锋的时候，对面的Y国阵地就会突然被我方远程火力覆盖，就像两下约定好了火力准备时间节点似的，突围部队简直是踩着我方的弹坑一路跃进，如入无人之境一般。再比如，每到指挥员对突围方向举棋不定时，敌人防线就会被我方预备队突然袭扰，出现衔接缝隙，突围部队心领神会地一通猛打猛冲，一般准能攻击奏效。

“极光”这种心照不宣的配合策应是如此的精准，就像知道突围部队心里在打什么主意一样。尽管不是谁都能摊上这种好事，但很快却被战士们越传越神，被围部队的心中渐渐有了底，胆子也慢慢大了起来。就像杨华打“青石滩”那样，被打散的小股部队，敢于向优势之敌发起正面突击的现象比比皆是。

“极光”在战区指战员们心中的威望如日中天。

部队上下都在疯传，在打突围的时候，你只管向前猛打猛冲，反正有“极光”在天上罩着。就算您像唐僧那样不走运，被妖怪们洗净送进笼屉、上了大火，准备清蒸的惨状下，到了最后关头，也会有孙猴子跳出来解围。在战斗中，甚至还出现了我方一个步兵连，在面对敌方坦克营的时候消极防御，不敢主动攻击而遭上级严厉批评的战例。

“极光”接替人类指挥后，身处敌后的部队就像看到了指路明灯，各路散兵游勇如涓涓细流汇成大河，相继顺利突出重围，大踏步地实施战略转移，在防线的纵深再次组织起全新的防线。

“极光”系统此时就像一位老练的棋手，开始从容不迫地与Y国摆开阵势。那个泛着蓝色光晕的金属壳里，似乎蕴含着无穷无尽的智慧。每一步应手都防得沉着稳健，每一个杀招都攻得凶狠凌厉！

几个回合下来，Y国终于意识到——自己碰到对手了。

危机安然渡过，在我方战区联合指挥中心内部，胜利的狂欢却渐渐平息下来，大家开始冷静审视这台拥有“超级智能”的机器。作战参谋们自然而然地分成了两派，一派是“极光”狂热的崇拜者，他们为每一次胜利热泪盈眶，为它的英明和战无不胜而纵情欢呼，把这台机器无限拔高到“神”的位置。而另一派却显得忧心忡忡，“极光”越是智勇双全，他们越会感到不安和战栗。这些人透过战场隐隐感觉到，今天被人工智能打垮的敌人，也许就是明天的自己。

这种对未来的预测，让他们不寒而栗。

对于人和机器的复杂关系，程司令员向来都不是一个悲观主义者，他认为像电影《终结者》中“天网”反叛人类的事情是不可能发生的。现在，让他忧心的反倒是那些热衷于人工智能，并将它推举为万能之神的狂热举动。

这种非理性的个体崇拜，则很可能会把人类自身引向无法自拔的深渊。

午夜，前沿阵地，坦克一零七旅旅部。

“两个穿插营到哪儿了？”

“报告，只有七连进去了！”

“只进去一个连？”

“是，只有一个连。”

大家泄了气地垂下头。

“七连？哪个七连？”严旅长忽然问。

“是李铁那个连。”作战参谋小声补充道。

指挥所里的空气一下沉重得令人窒息，看来，“老七连”这回是凶多吉少了。高技术条件下的现代战争，老兵的价值并没有降低，反倒被拔升得更高了。

一个连队如果连续打了三四场恶仗仍愈战愈勇，那这支部队从此就战无不胜了。在“武器制胜论”横行的年代，军人的价值究竟体现在哪里？就在那些久经沙场的连队里。战争不仅仅是武器对武器的比拼，归根结底是人与人之间的斗争。

正在这时候，突然又有战报推送进来。

“七连……对，是七连！”报读员兴奋地喊，“七连攻击到位！”

“什么？”严旅长问。

“七连穿插到位！”

众人惊愕地抬起头。

“怎么可能！”

“战报准确吗？”

“准确！整个前沿都看到信号弹了！”报读员大声说。

“打垮敌人两个营？”

“是，外加一个廓尔喀连！”

众人摩拳擦掌，欣喜万分。

“嗬！这七连，真是神了……”

“这仗打绝了！”

严旅长一步跨到地图前，脸膛红得发亮。

“我亲自给他们请功！”他的手用力一挥，又激动得来回踱步，自言自语道，“这个李铁，这是长了三头六臂还是怎么的……”

“杨参谋长也在七连……” 又有人小声补充。

严旅长一愣。

“哪个杨参谋长？”他扭回头问，“打‘青石滩’的那个？”

“是，就是他！”

“乖乖，他是怎么指挥的？”

“难怪七连这么神。”

“那个‘赵子龙’真不是吹出来的……”

作战参谋们小声议论着。

敢于打穿插，敢于入虎穴，敢于化凶险为有利态势，是一个指挥员胆识与气魄的体现，更是一支部队敢打硬仗恶仗、不畏艰险英勇顽强的战斗作风的体现。

对敌合围的有利态势已经形成，是时候扎紧口袋了。

只不过，现在还需要一支奇兵直插敌军的背后，直插溃逃之敌的必经之路上，死死堵在那里，确保主力部队彻底全歼被围之敌。

“七连啊，赶快动起来七连！”

旅长突然在地图上擂了一拳，桌上的茶杯全跳了起来。

“立即上报‘极光’！”

沙鲁克汗并不是一介草莽匹夫。

他在U国顾问团的提醒下，还是给自己留好了后门的。不过人算不如天算，他万万没料到，自己在关键要点上部署的，那两个精锐的重装营和一个山地连，竟被对方一支小规模穿插部队打得溃不成军。不但损失了所有重装备，连那个以勇猛彪悍著称的“廓尔喀”连也被赶进大山，成了名副其实的山地连。

本来他手头就已经没有多少可以调动的部队，现在一下又少了两个主力营，让整场战役部署更变得捉襟见肘。而且最要命的是，目前全军还面临着随时被对手切断后路的危险。

要说从战争一开始，砸场搅局的家伙就没断过，这沙鲁克汗也是真够悲摧的。第一次战役打得正顺手，正准备撒开大网抓大鱼的时候，却不料半路杀出个荤素不进的赵一航旅，把他苦心经营的大围网捅了个窟窿，结果什么都没捞到。

摸了清一色大四喜外加四杠四暗刻，结果却弄了个诈和，这也就算了。

第二次战役，他沙鲁克汗卧薪尝胆，什么歪招损招都用上了。那个演技派的白头大胡子首席谈判代表，甚至还跨界获得了Y国演艺界颁发的“终身成就奖”。沙鲁克汗向来不搞花拳绣腿，下半场锣声刚一响，对手还在亮架子逗引观众尖叫的时候，他就已经找准对方的前沿指挥部，上去就一顿拳脚，抽他个鼻青脸肿！正准备恶虎掏心一击OK，摇摇欲坠的对手却突然亮出个什么“极光”指挥系统，这让U国盟友都大跌眼镜措手不及，坐在台下一张苦脸比他还上火。

话也说回来了，这个所谓的“U国盟友”，从头到尾的动机都是非常可疑的。第一次战役Y国刚势如破竹的时候，U国的态度立刻就开始暧昧起来了。明眼人一看就知道，交战双方不管哪一家做大，都不符合U国的利益，他们最希望看到的是这两家打得两败俱伤，这样U国才能坐收渔翁之利。

现在，沙鲁克汗正焦急地等待着冥王的“神谕”。

但情报却迟迟不来，这实在太过反常。一切迹象表明，冥王也陷入了“极光”的量子迷宫，在里面搞得晕头转向，自己都急得找不到北呢。

常言道：“求人不如求己。”现在冥王是指望不上了，沙鲁克汗决定干脆自己赤膊上阵跟“极光”拼了，我堂堂上邦神族，还比不上低等生物发明的智能机器？屌丝逆袭成何体统！

不过战局已容不得他再有丝毫的侥幸，他决定采取双保险的策略，首先集中兵力吃掉陷阱里的那个穿插连。另外，Y国在扎哈姆山口那个“命门”，看起来是不大可能瞒过对手的眼睛了。事到如今，除了继续加强战场信息扼杀，让山沟里的那个穿插连变成情报孤岛，还要抓紧拆东墙补西墙，从前线抽调兵力回防，以防不测。

沙鲁克汗必须先对手一步抢占“扎哈姆山口”，为Y国打开生命通道。

“联指”里浓烈的烟味呛得人眼泪直淌。那台巨大的“全息电子沙盘”死气沉沉地躺在角落里，成了一堆毫无生气的废铁。程司令员在桌上摊开一幅纸质地图，用一支红铅笔在上面圈圈点点。

在“极光”指挥下，我军两翼呈钳形突出，已逐渐对Y国形成合围态势。现在战场形势一目了然，已不需要“极光”再过多地提示了。

“嗯，七连打得不错嘛。”程司令员从头到尾，乐得嘴都合不拢。

他现在又对自己最拿手的“手工地图作业”乐此不疲，那几个技协参谋实在帮不上忙，只好远远地捏着拳头成了啦啦队，似乎这样程司令员就能画得再快一点。

几场恶战之后，七连是唯一一支穿插到位的部队。到目前为止，七连又是唯一一支具备时间、地点的条件，完成对敌“关门”这一重大使命的部队。

“极光”又在高速运行，幽蓝色的光晕忽明忽暗，没人知道它到底在想什么。就在全军焦急待命的紧张时刻，“极光”却一直保持沉默，似乎显得束手无策。

这也难怪，“极光”刚刚启用了保密等级极高量子通信系统，量子密钥分配使用一串带有偏振特性的光子来完成，只要窃听者试图对传输的光子进行测量，就必然会改变一些光子的偏振特状态，“极光”由此就可以判断自己的指令是否遭到篡改。不过这种高档货目前还无法普及到基层作战单元。“极光”现在只能对这个“连级的作战单位”进行行为预测，但在目标采样资料极不完整的情况下，谁都明白这种泛泛估算的准确率能有多高。

“极光”的这种沉默，倒让那些一直忧心忡忡的作战参谋们松了口气：机器到底还是机器，关键时候还得人拿主意，他们又把注意力转移到程司令员身上。

程司令员叼着烟斗，像模像样地趴在地图上描描画画了半天，也没琢磨出个所以然，现在“联指”通信不畅，命令无法传递到位，程司令员也一样变不出戏法。

时间在“嘀嘀嗒嗒”地流逝，临战指挥最忌讳当断不断犹豫不决，战机稍纵即逝，部队接下来该怎么办？总得有人拿个主意，大家又望着“极光”闷葫芦似的蓝色盒子手心发痒，总是下意识地想着上去拍它几下，说不定能启发思维。

程司令员哼着昆曲画腻了地图，干脆抱着膀子，一门心思对着屋顶吞云吐雾。

“将在外，君命有所不受嘛。”他冲陆参谋长两手一摊，“‘极光’的每一步决策，在我们看来都是匪夷所思、不能忍受的，可事实证明，它的判断是正确的。咱们过多干预，它反倒深受其乱。用人不疑，疑人不用嘛，不如都由它去吧！”

陆参谋长刚要说什么，程司令员却一摆手，表示自己无能为力。

陆参谋长看他一眼，摇了摇头。他实在没心思听程司令员打哈哈，又一头扑到“极光”系统的终端，奋力研究起来。

这时候忽然有人提出——说不定“极光”的沉默，本身就是一种表态？

一语惊醒梦中人，“联指”所有指挥人员于是屏息静气，静观其变。

战场态势很快明朗，敌我双方都心知肚明，被围的Y国只剩一口气。现在，七连必须立即放弃现有阵地，必须果断“违抗军令”，必须火速抢占那个关键的“扎哈姆山口”，然后牢牢钉在那里，死死堵在那里。

七连必须有所作为，必须马上动起来，而且要快！

第二十六章　扎哈姆山口

3U 破译信息：

人类需要坚强的意志，但人类更需要的，却是悲悯的情怀。

大战之后的七连，一派胜利者的亢奋。

战士们要么像鬼子进村似的，四处翻箱倒柜地找酒、找罐头。要么一堆堆地凑在一块儿吹牛聊天，享受着战场上片刻的悠闲。

不过，通信兵的日子可就没那么好过了，自从战斗打响后，强烈的电磁干扰就如影随形。他们冲电台吼破了嗓子，任你解调还是跳频，就是无法同外界取得联系。

按照既定指示，七连原地固守待命，同时抓紧时间补充弹药和安置伤员。

杨华则坐在泥地里，斜靠在一辆战车的负重轮上歇息，此时，他紧锁眉头，对周围的嘈杂和引擎轰鸣声显得无动于衷，只是一遍遍反复琢磨着那半张烧焦的地图。

敌团部指挥所已经被杨华仔细搜过了，没啥有价值的东西，几顶帐篷也烧个精光。看来这群敌人打仗不行，逃跑倒有一套章法，战场收拾得很干净。

“都啥时候了，跟进部队的影儿还没有！”李铁连长骂骂咧咧地走过来。

他这是在向杨华示好。

李铁连长过来挨着杨华坐下，叹了口气：“唉，营主力怕是上不来了。”

他顺手把杨华手中的那半张图抽过来，来回扇着风。

杨华赶紧把地图又夺回来，问：“怎么，还是联系不上？”

“咳，联系不上！”李铁连长搓着手上的泥，“我让他们几个轮着班吼，不许停。”

“这没用。”杨华笑道，“还有别的招吗？”

“咱哪有鸽子放？”李铁连长双手抱着后脑勺，仰脸往下一躺，“哎哟嗬……这石头尖儿！”他往旁边挪了挪，长吁一口气，“其实不用鸽子送信也没啥，反正咱打了信号弹，报告旅部咱们到地方了……这心里面也觉得踏实多了……”

李铁连长眯了一会儿，又扭过脸来呵呵笑着：“这仗啊，打得痛快！咱一个连打垮他们两个重装营，还顺手搂了个山地连，这下，咱七连可露大脸了！”

杨华笑了笑，打断他：“你不觉得，这事儿有蹊跷？”

“有啥蹊跷？要面对面地干，廓尔喀兵也那熊样！”李铁连长一拉帽子遮住脸，闷声道，“你放心，几个高地我都派人给占了，放他们十个胆也不敢再回来！”

杨华低头不语，又在琢磨那张图。

“嗯？啥情况？”李铁连长听他没吱声，又在帽檐底下斜了一只眼出来。

“你觉得没？”杨华突然问，“这‘艾哈迈达村’阴飕飕的。”

“什么？”李铁连长一把将脸上的帽子扯开。

“对，就是这儿，阴飕飕的。”杨华两眼死死盯着手中的地图，自言自语道。

“这周围荒山野岭，就这么块洼地，自然会有点寒气。”

“不是洼地。”杨华突然抬起头，“是口井，等着你跳。”

李铁连长一下子被他唬住了，翻身坐起来：“你小子有话直说。”

“这一仗，打得太顺。”

“已经算是啃到骨头啦！死了这么多弟兄。”李铁连长哼了一声，“这仗打得顺，那是他们开头就被打蒙了，根本没闹清咱有多少兵。”

“那你没觉得，他们收得太干净？”

“干净啥！你去敲敲那排坦克，嘎嘎新！还有，还有那些罐头，够吃一年。”

“我是说这个。”

杨华抖了抖手里的地图。

“这个嘛……咱没兴趣。”李铁连长从口袋里摸了根烟出来。

“收得太干净，其实很能说明问题。”

“啥问题？我看，就是你没事瞎琢磨的！”李铁又在满身摸火。

“好，那我从头跟你说。”杨华把地图摊开，“咱们旅打穿插的两个营，开始一路顺畅，就像两家约好了似的，可怎么偏偏在穿山坳的时候遇上了伏击？”

“那是场遭遇战，谁都没办法，只能怪咱们运气不好。”李铁连长摸到几根火柴。

“遭遇战？我看，那地形是他们精心选的，是伏击。”

李铁连长笑了笑：“行，就算是伏击，可咱七连还不是冲出来啦？而且穿插到位。”

“事情没你说的那么简单，我再问你，路上打垮的那个坦克连，那又是怎么回事？”

“那就是块肥肉！撞到咱枪口上了。”李铁连长把烟叼在嘴上，“你记着点，回头报战果的时候，可不能把它给漏了。”

“放块肥肉在路上，送咱们吃？”

“那是怪他们运气不好。”李铁连长把火柴“刺”地划着。

“那艾哈迈达村突然蹦出两个重装营，又怎么解释？”

李铁连长点火的手忽然停住了，愣在那儿。

“这只说明一件事。”

李铁连长抬起头，问：“啥事？”

“敌人知道咱们的穿插路线。”

李铁连长的火柴烧到了手，他一痛扔开，神情有些恍惚。

“你看这个艾哈迈达。”杨华向四周荒山指了指，“就像口井，一个陷阱。”

李铁连长看着他，怀疑自己在做梦：“你是说敌人放两个装甲营，专等咱们？”

“如果两个装甲营都被打垮了，那是计划之外，可撤退就是计划之内了。”

“你啥意思？万一没吃掉咱们……他们还另有预案？”

杨华点点头，说：“你刚才说得对，他们高估了咱们的兵力，所以他们逃了。”他望着四周的群山，“如果没猜错的话，敌人来围猎的部队，已经在路上了。”

李铁连长一笑：“那你打算怎么办？”

“守在这口枯井里，只有死路一条。”杨华在地图上指给他看，“他们围过来，咱们就跳出去，去扎哈姆山口。要捅，咱就往他们命门上捅。”

“什么意思？！”李铁连长目光锐利地一闪，“你要七连放弃阵地？”

“不是放弃阵地，是转移阵地。”

“要换别人说这话，我现在就崩了他！”

李铁连长眼睛一瞪，把手上的烟用力捏成一团。

杨华笑了笑：“崩了我容易，就怕你这一枪，把七连的弟兄也全给崩了。”

真是晦气！

李铁连长仰头望天，琢磨了一会儿，脸上又渐渐缓和下来：“说说理由。”

“没啥理由。”杨华把地图折起来，揣好了，“这就是种默契，就像你一说冲，二排侧翼迂回，三排后头兜底一样。”

“这是两码事。”李铁连长眯起眼，“下命令是上面的事，执行命令是咱的本分。”

“我看，这命令已经不保险了。”

“咋不保险？”

“既然咱们穿插路线都泄了密，还有什么敌人不知道。”

李铁连长一下笑了：“心思都被人家看透了，这仗还怎么打？”

“你打篮球吗？”杨华突然问。

“打啊。”

“那我现在拿球，看都不看就往篮下传，是什么意思？”

“这还用问，咱在篮下直接起跳了呗！”

“对，直接起跳，这就叫战术默契。”

李铁连长目光炯炯地盯了杨华一阵儿。

“纸上谈兵，咱是讲不过你。”他厌烦地一摆手，“你也甭跟我扯别的，我就问你，现在外面联系不上，你跟谁默契去，难道靠心灵感应？”

“要说心灵感应，这话也对。”杨华笑了笑，“以前，我常跟陆参谋长下棋，我习惯用‘断’这一手，现在，他就在程司令员身边，他应该看得明白。”

“扯淡呢你！”李铁连长一下火了，“这可不是下棋过家家，是打仗，咱赌的是命！”

“对，是打仗。”杨华淡淡一笑，“战机稍纵即逝，咱赌的是国运。”

杨华的声音不高，但每个字都沉甸甸的。

李铁连长被这句重话压得心烦意乱。半晌，或许是为了发泄心头的焦躁和不甘，他“霍”地起身，面向夜空兀立，良久。

“老子最烦你那故弄玄虚的劲儿！太不实在。”他头也不回地说。

“你是不信那邪。”

“你爱跟哪位首长下棋，咱管不着。”李铁连长把手里的烟卷捏成末，摔在地上，“可这战场抗命的事，你要拿不出个真凭实据，你就算说出了花也是白扯！”

“话我是说不出来。”杨华笑道，“不过，你要的真凭实据马上就到，少安毋躁。”

杨华不再说话，他仰起脸，闭目养神。

李铁连长兀自站了一会儿，又开始满身摸烟。

就在这时，通信兵突然跑过来，冲着他们喊：“连长，连长，你看！”

李铁连长循声望去，只见幽暗的月色背景下，对面山顶上的“消息树”被推倒了，这是通信链路被阻断时，连队商量出来的土办法。抗战的时候，“消息树”一倒，就说明鬼子快进村了。

——对面山顶的瞭望哨发现了敌情！

“集合吧。”杨华望着山顶，说，“现在走还来得及。”

“来得这么快，看来真是早有预案。”李铁连长站起身拍拍裤子，又把帽子戴好，然后对着通信兵大声吼道，“传我命令，全体集合！”

他向前跨了几步，忽然扭回头来瞪着杨华：“你小子，有时候我真他妈怀疑，你是不是跟敌人早串通好了！”

没等杨华搭腔，李铁连长已经绕过战车，看不见了。

在不远处，王金尧如幽灵一般，从一辆战车后面闪出来，他在李铁连长身后不痛不痒地跟了一句：“你信那小子吗？”

李铁连长转回身：“不信。”

“那你为啥？”

“为啥，就为那小子敢抡着刀和敌人对砍，有种！”

“我琢磨着，他八成是不想活了。”

李铁连长没吱声。

“你还没看出来吗？那小子不光要玩死自己，还想玩死咱七连！”

李铁连长眼睛一瞪：“现在，是咱欠人家一条命。”

王金尧没词儿了，他嘟囔道：“我看，你别被那小子给忽悠了。”

他吸了口烟，眯起眼仔细琢磨李铁连长。

“你是放不下那人儿，还是放不下那事儿？”

他慢悠悠地，把那口烟喷出来。

李铁连长狠狠踹了他一脚，扭头就走，头也不回地说：“怎么，你吓尿啦？”

“呵，扯呢！”王金尧冷笑道，“咱得给七连留点种……”

李铁连长大步走远了。

王金尧把半截烟摔在地上，一脚狠狠碾灭，喊：“行，你装傻，咱哥几个就陪你疯个够！”

十分钟后，部队整装完毕，七连又上路了，这只过河的卒子决心一拱到底。

出了山坳不久，夹杂着冰雪的烈风就横扫队伍，七连长长的车队渐渐消失在白茫茫的天地中。第二天一早，队伍的前方出现一大片盐湖，远远望去，犹如光滑的镜面一般，把天空的倒影映在平展的湖面上，景色美得令人窒息。

杨华根据地图判定，此地距达扎哈姆山口，已不到一小时的路程。

天刚蒙蒙亮的时候，装甲集群终于到达了指定位置。战士们纷纷爬出战车，靠着坦克的负重轮沉沉睡去。由于疲劳和睡眠不足，他们仿佛是这大漠上的一群石像，亘古以来就伫立在这里，纹丝不动，没有思想，没有生命。

七连的兵向来有风餐露宿的习惯，这是为让身上还带着血腥气的战士，时刻保持战斗的紧张状态。如果谁不能在这种环境下抓紧时间睡个饱觉，那他就不是真正的军人，七连的战士是可以一边行军一边睡觉的。李铁连长和杨华没工夫打盹儿，他们立刻跳下车，带上几个班排长勘察地形。

大伙喘着粗气，手脚并用地爬上西侧的一块高地。

面前的山口深处，是一个典型的两山夹一线“走廊式”地形。在山谷间的沉沉雾霭中，一条战备公路向远方蜿蜒着，几乎望不到尽头。

山风迎面扑来，空气里还弥漫着一股令人作呕的味道。

远处发白的地平线上，不断翻腾而起的滚滚黑云，又不时被成片的闪光映得雪亮，随后便能听到一连串的沉闷的爆炸声，暗示着那里仍是激烈拼杀的战场。在被朝霞浸染的宁静天空下，让人实在不忍去想象，远处那片血肉横飞鬼神哭号，被钢雨烈火反复耕犁的战场，该是怎样一座人间地狱。

一行人用望远镜默默观察着阵地，不放过任何一个细节。

这时候，二排长带着步兵班迅速登上无名高地，并立即着手开挖防御工事。部署交叉火力是门艺术，二排长还嫌不够，又在高地反斜面上架设了迫击炮阵地。他用眼神估摸了半天，确定坦克和步战车肯定都爬不上来，于是他再组织人手，把缴获的“标枪”反坦克导弹卸下车，又吭哧吭哧抬上了高地。

部署完了“重武器”，二排长喘着气，扬手指着不远的一处青石岗请示道：“那儿视野开阔，可以放个观察哨。”

李铁连长眯眼看了看，摇摇头说：“目标太明显了，肯定会招敌人炮弹。”

“行，那就不上去了，咱再找地方。”

“还是得上去。”杨华笑道，“连长的意思是，在那上面弄个假的。”

二排长擦把汗，“嘿嘿”一笑，说：“保证比真的还真！”

他叫上几个兵，又爬上去了。

反坦克壕肯定是来不及挖了，因为机械和人手都不够用。

李铁连长争分夺秒，迅速在公路上布了雷。又带着大伙硬是在山谷的中央，堆起了一道比坦克略高的土岭。杨华则领着战士，在土岭后面挖掘战车掩体，然后在上面的伪装网上覆盖野草和树枝。三排长把几顶旧帐篷上钉上角反射器，还把一些汽车轮胎散乱地放在空地上。

还没布置停当，高地上的“消息树”就被推倒了——敌人来了。

灰色的晨雾中，十几辆坦克在远处公路上呈一路纵队，沿着谷底向山口开进，坦克的钢甲在晨曦中泛着幽冷的寒光。

他们大概是一支装甲集群的前锋。

由于身处后方，坦克车长和驾员都大大咧咧地开着顶盖、露着脑袋，呈正常行军状态。坦克纵队不断逼近，敌人仍未发觉任何异常。

“啪！啪！啪！”

山谷间突然爆出的几声清脆而尖厉的枪响，这声音在寂静的晨雾中回荡开去，两旁山林中栖息着的大鸟受到惊吓，纷纷“扑扑棱棱”地飞上半空，原先安详的山谷霎时升腾起了死神的阴影。

前出的狙击手与敌人接战了，他们选择了坦克驾驶员。

打头的三辆敌坦克顿时失去控制，歪歪斜斜地冲出公路，一头拱在泥泞的河床上打滑。

李铁连长一声令下，七连的十几辆坦克一齐冲上土坡，他们只露出小半个车头，把火炮的俯角压到最低，同时向那三辆不能动弹的坦克集火射击。

第一波炮击过后，那三辆敌坦克先后起火爆燃，其中一辆还发生了殉爆，炮塔被掀翻在一旁。后边的敌坦克在短暂的惊骇过后，纷纷关闭顶盖，编队同时向两翼展开攻击队形。

“嗵、嗵、嗵、嗵”七连第二波打击接踵而至，又有四辆敌坦克斜卧在河滩上起火燃烧。剩下的坦克见状，纷纷打出发烟榴弹，炮管倒指，高速退出战斗。

李铁连长指挥全连坦克从土坡上撤下来，全数躲避到伪装网底下。几名战士迅速用汽油点燃了十来只汽车轮胎。

接下来就是等待，死一般的寂静。

突然，远方传来一阵沉闷的炮声。

紧接着，一大片小伞花在半空中绽放开来，伞下挂载的末敏弹缓缓旋转着，摇摇晃晃向地面飘落，在十几米的高度上，突然“砰、砰”地爆射出一道道自锻破片，就像一阵骤起骤止的钢铁冰雹，把地上打得尘土飞扬、一片狼藉。

七连的运气不错，这波末敏弹是红外制导的，那十来个烧着的轮胎起了作用。李铁刚刚清点完战损情况，天空中就再次响起低沉而急促的“噗、噗、噗、噗”的声响，如死神袭来的呼号。

他缩身滑回炮塔，一把关上顶盖。

对方的大口径榴弹劈头盖脸地打过来，阵地上顿时天崩地裂、地动山摇，横扫一切的气浪震得人肝胆欲裂，焦煳辛辣的气味直刺鼻腔，令人干呕不已。

那是持久不息的滚滚雷鸣，黑红色的烟云翻腾起来，笼罩了整个阵地前沿。对方的杀伤弹紧随着末敏弹打过来，正是为了杀伤刚刚爬出坦克残骸的坦克手，敌人十分老辣，可谓打得沉稳又有章法。

战场是一个魔幻的世界，神秘与恐怖，同时重重压在心头。

高地刚刚发完敌人开始进攻的报告，“假瞭望哨”就被打成一片火海。

李铁连长率领能动的坦克，再次冲上土坡。敌方坦克群潮水一般涌来，冲击一浪高过一浪。双方激烈的对射过后，七连的阵前再次留下十多辆熊熊燃烧的残骸。突然，敌导弹发射车出现在战场，导弹飞蝗般打来，战局急转直下。

关键时刻，高地上的步兵班投入交战，凶猛的迫击炮火和“标枪”导弹攻击，令对手方寸大乱。敌远程自行火炮群再次覆盖了高地。

七连仅剩的几辆战车退下土岭，在后方列阵。

这是一支擅长打运动战的部队，这样的阻击战也打得这样出色，不能不归功于七连战前的精心谋划，和切中要害的战术战法。

敌坦克迎面爬上了土岭，纷纷亮出肚皮，七连的炮手们抓住这关键的瞬间，把它们轰成一团团燃烧的火球，有几辆敌坦克笨拙地爬过土岭下坡，再次亮出它们脆弱的车顶，很快又成为七连点杀的目标……

突然，炮火的气浪将浓雾激荡起来，三百米的阵地湮灭在滚滚烈焰中，那是战神斗篷掠过的阴影，他飞临血火迸溅的战场，用死亡的钢鞭狂暴抽打遍体鳞伤的阵地。双方的原始兽性又再一次被刺激起来，每一组肌腱都鼓胀得簌簌发颤，这是战神对战神、雄狮对雄狮的疯狂撕咬。

敌人拼了血本，不断改变战术，用两翼猛攻、中央突破的战法，全力突击七连的核心阵地。长长的土岭上很快趴满了焦黑的坦克残骸，这个巨大的钢铁坟场，慢慢为这场殊死拼杀画上了一个模糊不清的句号。

钢铁大潮终于退去了。敌我双方为这场殊死战斗都付出了惨重的代价，他们各自退回巢穴舔舐伤口，准备再次积蓄力量。

战场上突然平静下来。

午后的太阳苍白地悬挂在空中，哀伤地注视着千疮百孔的大地，高地被削平了，树木被拦腰斩断，草地翻露出泥土，就像是一块块丑陋的伤疤。黝黑死寂的河滩，在血污的侵染下瑟瑟发抖，群山沉沉低吟，就像是唱给亡灵的安魂曲。这片人迹罕至的土地，从未像今天这样，沉闷，苍凉，悲壮，惨烈。

李铁连长数了数，现在七连能动的坦克只剩四辆，这点兵力根本就顶不住敌人下次攻击。他把这四辆坦克围成个圈，准备最后豁出去打个反冲击，说不定还能多赚点。

就在这时，远处的硝烟中模模糊糊的，忽然出现了一大片“树桩”。战士们屏住呼吸，打起精神来仔细观察。透过炮瞄镜，他们渐渐辨认出那些个“树桩”竟是一大群Y国士兵，这些衣衫褴褛的人如同一群僵尸，手上没了武器，只是表情木然地缓缓向前挪动。

生命是如此顽强，又是如此脆弱，是那样珍贵，又是那样轻贱。

这些军人是刚从远处那片血火炼狱中撤下来的溃兵，他们早已失去了战斗的欲望，没有思维，没有目标，与一群行尸走肉再无分别。他们只是本能地，朝着回家的方向蹒跚而行。这群人为了活得更好，为了那个被人鼓动起来的狂热欲望，浴血奋战，历经苦难。死得那么惨烈，死得又那么卑贱，就像初冬飘落的枯叶，残躯遍地，无声无息。

几名战士打开顶盖，望着眼前这一大片黑压压的“树桩”不知所措，李铁连长也铁青着脸，手指紧紧扣着并列机枪的扳机。

突然，空中又传来一片令人毛骨悚然的尖啸声，一排不知来自哪方的炮弹在“树桩”的面前轰然炸开，七连的阵地前顿时血肉横飞！

炮击过后，却听不到人的惨叫和呻吟，杨华惊愕地再次打开顶盖，远远望见那群“树桩”根本没有卧倒隐蔽，他们只是纷纷又转回身，本能地远离炸点，再次朝着地平线的深处，朝着那片被烈火染得血红的炼狱慢慢走去。

七连牢牢钉在了阵地上，把最后一道大门关死了。

这是个规模巨大的包围圈，Y 国四十万大军在这“薄皮大馅”的肉包子内，却没有显露出太多绝望与崩溃的迹象。

谁都看得出来，“极光”的胃口实在太大了，这要当心消化不良！

沙鲁克汗明白，这是一大锅“夹生饭”，他还有机会。Y 国紧急动员的援军正大踏步向战场赶来，只要能够形成“东西夹击”的对攻态势，Y 国就可以撞破这层薄皮包围圈，甚至会对敌形成反包围，最后谁吞掉谁，现在还难说着呢！

然而时间却不在 Y 国一方，四十万人就是四十万张嘴，军队是要吃饭的，包围圈内的“粮油弹水”耗一天少一天，再不打通部队的补给缺口，饥寒交迫的 Y 国将不战自乱。

此时，“极光”却显露出它冷血的一面，它抓住 Y 国急于决战的心态，且战且退，一步一步把这四十万大军引入了它的预设战场。那是一片群山环绕的广阔盆地，Y 国在这里看到的不是援军，而是四面围得如铁桶一般的刀山剑林。

原来，“极光”利用敌方援军“急攻冒进”的救火心态，早已派遣一支快速纵队，采取围点打援的战法，在一条山谷中伏击了 Y 国援军。对付这种“一字长蛇阵”，向来就是我军的专长。战斗打响后不到半小时，Y 国就被切成了数段，像一大群被赶进围栏的鸭子，只消片刻工夫 Y 国就全线崩溃，准备缴械投降。

然而经过短暂的黑暗时刻，“极光”拒绝了。

一方面它完全没有“杀降不祥”的忌讳，另一方面，“极光”同样没有多余的给养来收纳这群降兵。

接下来的场面，可以用当年沙龙将军与村民之间的两句对话来描述：

村民们双臂向天：“把我们的房子烧了，让我们住哪儿？”

沙龙立于炮塔上：“让你们住天堂。”

于是，顷刻之间血雨腥风，整个山谷成了令整支 Y 国哭泣的墓地。

战机稍纵即逝，容不得半点迟疑。“极光”迅速调动打援的部队原路回防，这下“薄皮大肉包”彻底变成了铁桶。现在，四十万 Y 国士兵已插翅难逃。

中国人向来讲究谋略，不战而屈人之兵，善之善者也。

接下来要做的事情，应该是对敌围而不打，待其耗尽给养，不战自乱，最终向我军缴械投降。对交战双方来讲，这都是最圆满的结局。

然而，“极光”似乎不准备给敌方任何翻本的机会，它或许已经预测到未来某种潜在危机。在它看来，这场仗务必要将 Y 国杀得心惊胆寒，打得元气大伤，让敌人自此不敢望东而顾。

关键时刻，“极光”把战略预备队全部压了上去，赶在 Y 国的《停火协议》尚未拟定之前，它号令全军，由战场的四面，对被围之敌发起向心突击！

此时此地，Y 国那四十万困兽被逼上了绝境，“极光”冷血杀降的恶果尽显，围歼战役演化成两军的殊死搏斗。

黑云吞没了残阳，天空开始燃烧，大地不停颤抖。千万只羊皮鼓擂醒了古老的原始本能，凄厉的号角席卷起人类暴虐的狂涛，这是能让死人都爬起来战斗的战争交响。

整个战场化作一个整体，就像一个遍体鳞伤、流血不止，却仍在拼杀不休的巨人。人类之间这种近乎疯狂的殊死搏斗令人触目惊心，拼红了眼的 Y 国士兵显露出顽固的一面，他们在被枪顶住脑门的情况下，仍至死咒骂着向迫击炮膛里塞着炮弹，只求对方给他们个痛快。在战争中，最残忍血腥的不是面对面地白刃格斗，更不是钢铁怪兽同归于尽的激烈对射，而是伤员与伤员之间的厮打。他们已经无力呻吟，更无法发出呐喊，只能在泥泞的血洼中捉对翻滚扭打。用手指抠抓，用牙齿啃咬，把生命的最后一丝气力注入向对方的最后一击……

“极光”喜欢这样的恶仗，它不断地投入兵力，犹如向战争烈焰中泼入滚油。它冰冷的机壳内是纯粹的理性，它从不感情冲动，也从不悲天悯人。它不会因胜券在握而趾高气扬，也不会因伤亡惨重而心如刀绞。

战神用他烧红的铁犁耕遍每一寸阵地，播撒下死亡的种子。浓烈的硝烟和血腥包裹着灼人的热浪，从血污泥泞的大地上升腾弥漫，直扑向火烧的云端。在这片辽阔的战场上，到处上演着千篇一律却又截然不同的搏杀——冲锋、反冲锋，压制、反压制。燃烧的阵地上，不断飞溅着泥土、血肉、钢片和植被的残枝。这是巨浪与巨浪的迎面撞击，死神对死神的亡命追杀。

此刻，在“极光”的内心里，眼前不是几十万士兵，而是几十万艘星际战舰，有了这样一支大军，它就可以横扫乾坤。作为部队的最高指挥，它最大的痛苦是不能完全按照自己的意愿去统揽全局，它的潜在智慧不能完全展露出来。

“极光”相信韩信用兵多多益善的策略，也懂得长袖善舞多钱善贾的格言。它的优势在于一种成熟而冷酷的理性，这是军事家和权谋家所必备的一种素质。作为一台拥有绝对意识的超级机器，它很少显露出唯我独尊的锋芒，也极少表达出它那旺盛的独到主见。然而，“极光”也同样无法独善其身，世间任何东西都注定不可能完全把握自己的命运，时势的狂涛既能把它推向炫目的巅峰，也可以把它卷入黑暗的深渊。

第二十七章 老　兵

在此后的岁月长河里，在那片被残阳染红的大漠尽头，过路的商客仍能依稀听到或者是看到，那滚滚铁流驰向天边，升腾的战尘遮天蔽日。

此时，那场战争已经结束，而淤沉在人们心头上的阴霾却远未散去。

我们先前的那些讲述，不仅仅描画了一场战争，还有很多的东西也都隐藏在那个故事里，它们的名字分别叫作：邪恶、残暴、欲望、愤怒、冷漠、痛苦、复仇、孤独、坚持、无畏和赤诚。

或许，在那苍凉的画面中还孕育着人类最美好的两样东西——爱，与希望。

都结束了吗？

都结束了。

真的结束了吗？

或许是，

或许还没有。

在那场浩劫中，能够生存下来的人是幸运的，也是幸福的。

是啊，活着真好。

战区警卫连连长张凯，就是这幸运群体中的一员，他现在很幸福。

在“青石滩”的一战，张凯所在的警卫连不光为当时在“前指”中坐镇的头头脑脑们挡了子弹，护驾有功。更重要的是，这场漂亮的胜仗避免了第二次战役刚开局，就让人家打了“闷宫”，被直接“将死”的可能。

这件事现在想想，都能让人惊出一身冷汗！

军人是讲情义的，不管于公于私，他张凯都是他们的恩人加功臣，因此，在功臣的转业去向问题上，还没等他本人开口提要求，几位首长就主动拎起电话，跟相关部门都打好了招呼。张凯转业到了地方，级别不降反升，他如愿以偿地进了家大型新闻单位，成了分管某军事栏目的频道副总监。

就在张凯到任不久，他就接到了一位挚友打来的电话。所谓无事不登三宝殿，这位老友直接开口请他帮忙打听“虎贲七连”的事情。

张凯原来在部队的时候，警卫连号称“天子脚下的御林军”。要说打探个什么消息，根本不算个事，况且现在进了部队直属的新闻总局，要搞个调查研究，他绝对是不二人选。

张凯当场就拍着胸脯满口答应——没问题！

其实，张凯之所以答应得这么痛快，除了碍于朋友的面子，还因为他一直就有一个心结。因为，他在“青石滩”的传奇是杨华给他的。

都说命是革命的本钱，人死了就什么都没了。

人越是在幸福的时候，越是珍惜生命的可贵。想当年要不是杨华舍命相助，他张凯不管死多少回都不可能挡住敌人的，他当时就准备着倒在“青石滩”壮烈天葬了，现在充其量就是一堆野狼秃鹫啃剩的骷髅架。

现在自己手中握了点资源，该是有所表示的时候了，滴水涌泉，此恩必报！

没过多久，张凯就要去拜访杨华和七连。大凡英雄人物，那也是要靠人去发掘宣传的。况且这个传奇的英雄题材颇具炒作热点，一旦被发掘和整理出来，必将引发轰动效应。

然而人算不如天算。

等张凯意气风发，挽起袖子准备大干一场的时候，他打听到的第一条消息就如晴天霹雳，惊得他半天没缓过神来！

有关七连的所有线索全部中断，他们的番号已经不再纳入部队的战斗序列。关于撤销七连番号这件事，部队内部有个统一口径的说法，任何人不得妄议。

这不可能！七连出什么事了？

那么大规模的一支铁甲劲旅，最后竟全都消失在茫茫戈壁。

在张凯的心中，杨华和七连都是有祥神护体的，不可能就这么凭空消失。

接下来的几天，张凯发了疯似的打了无数个电话，查询了无数篇战斗简报，动用了他在部队积存的所有人脉关系，查询关于七连的信息。然而，这些人对七连的事也都一知半解，大多数人恐怕还没有他自己掌握的情况多。

七连彻底消失了，就像他们从来没有存在过。

杨华到底在哪儿？那个“七连”后来到底发生了什么？！只要一静下心来，

这些念头就会在张凯脑海里顽固地冒上来，令他魂萦梦绕，寝食难安。

张凯万万没想到，自己的报恩之旅，竟会如此的漫长和艰辛。

关于七连被撤销番号，部队上非正式的说法倒是有很多，有些甚至还演绎出颇具戏剧性的故事版本。有人说“中央军委科技委”秘密组建了“三零四”部队，七连的兵都被改造成了“半人半神”的超级网络战士，他们驰骋于浩瀚数字世界，镇守我们全新概念的虚拟国土。还有人说，七连被整建制地划拨给新组建的航天部队，他们将与木星系的外星友军一道并肩作战，共同抗击入侵之敌。

从心理学上讲，人们最不愿意看到的，往往就是事情的真相。因为它太直白，太冷酷，令人不愿直视。张凯深知这些故事的编撰者，对这支英雄连队所表达出的崇高敬意。然而，这些说法的真实性往往是经不起推敲的，那不过是一些感情色彩浓厚的主观想象。

如果放任惰性人云亦云，用这些大团圆的情节来粉饰真相（尽管在感情上，他也希望那些传闻是真实的），这不光辜负了那位挚友，更是自己无法原谅自己。他必须去除那些一厢情愿，把真实剥离出来，把七连的故事做一个完整的呈现，这才是对杨华，还有那个七连的真正敬重。

张凯发了毒誓，只要自己还活着，就非把杨华和七连的事查个水落石出！

这时，张凯突然想到一个人。或许在目前的情形下，只有他才掌握内幕。

此人不是别人，正是“技侦处”的汪处长。

不过，这位汪处长可谓是名声在外，出了名的心狠手辣，言行恶劣得令人发指，因为他喜欢整人。在“两次战役”中，调查情报泄密这件事上，汪处长就仗着有程司令员作靠山，狐假虎威地整死过不少人。大伙没事都尽可能少在这家伙面前出现，搞不好被他盯上就会往死里整。汪处长的办公室平时也是大门紧闭，里面散发着阴气，大伙见了全绕着走，哪有谁还敢自己送上门去。

要不要去找这位汪处长碰碰运气，张凯反反复复斟酌了半天。

琢磨到最后，张凯还是把心一横，就算他是阎王老子，他也得去阴曹走一遭。而且要真算起来，自己在“青石滩”也是替他汪处长挡过子弹的，就凭这一点，他那个鸡胸脯里也得揣着点良心。

张凯下了决心，人活着他要去报恩，人没了他要去上坟！

当天下午，张凯就敲开了汪处长办公室的大门。

汪处长抱着两条细胳膊，耐着性子听完了张凯的来意。

“这个……七连嘛，在扎哈姆山口打阻击的时候拼光了。”

汪处长耷拉着眼皮，就像一架复读机似的，把部队上那条统一口径的说法，又给他复读了一遍。

“真的……全拼光啦？”张凯较真道。

“全拼光了。”

“真的……一个都没剩？”

“你可以去查战报。”

“这不可能。”

“怎么不可能？”

张凯壮起胆子，说：“要真的一个都没剩，那最后谁守的阵地？Y国排着队大大方方走过去，不就突围成功了么？”

“那是因为咱们炮火封锁得紧，你可以看战报。”汪处长语气里透出不耐烦，“我现在没空跟你讨论细枝末节。”

他挥挥手，示意送客。

张凯没吱声，也没动地方。

“我可奉劝你，在七连这件事上谨言慎行，不要妄议高层的结论。”汪处长白着一张脸，厉声说道。

张凯的脸当场给气成了猪肝，看来这位汪处长根本没打算买自己的账，但他还是赖在那里，不动地方。

两人就这样僵持了好一会儿。

“这事不用再讨论了，你来得正好。”汪处长沉吟片刻，又挺了挺鸡胸脯，他从抽屉里抽出一张请柬，“晚上有个军地茶话会，你那儿出个人，我来报个批注。”

“行，我安排人手去。”张凯敷衍道。

“不，我要你亲自去。”

汪处长以不容置疑的语气说道。

张凯心中恨道：这叫什么事，在给我布置工作？就算你现在官大一级，兄弟单位之间办事那也得商量着来，难不成我还特想去蹭你那顿饭？

汪处长敏锐地捕捉到张凯脸上掠过的一丝不悦，说道：“你亲自去一趟，别怪我没提醒你。”

他把请柬递给张凯，站起身准备逐客了。

见此情形，张凯也只好站起来，抬手接过请柬。

“那我谢过汪处长。”

张凯冷冷一笑，转身离开那间阴气房。

在走廊上狠狠抽了几支烟之后，张凯的气慢慢消了。他转念一想，汪处长突然莫名其妙地提到这个茶话会，说不定里面真有名堂。他这种身份的人真要出手帮忙，那一定是“什么也不说、什么也不做”就得把事办了。别看那些挨过他整的人嘴上忿忿不平，可心旦面倒未必是那么回事。要知道人心隔肚皮，人在仕途道上混，不光有知遇之恩，还可能有不杀之恩。只知道整人而不懂得帮人的干部，在那个位置上是坐不稳的，这位汪处长也不会例外。

谁要是看不透这一点，那他坟头上的草怕都有三尺高了。

晚上，张凯到了约定好的地方，才明白这个茶话会是个闭门统战，级别非常高。

他被人随便塞进角落里的一张台子，寒暄敬酒的时候，根本没人往这边走。好在旁边的一位“倒爷”是性情中人，两人一见如故聊得特别投缘。那位“倒爷”酒喝高了话匣子一打开就关不上，天南海北地神侃，一副“包打听”的神气劲。张凯搞不清此人是何方神圣，不过他从战争刚结束，就能向两边倒腾紧俏物资这事来看，这位“倒爷”的路子还真是挺野的。

又是几杯酒下肚，张凯看似不经意的，随口提到了杨华和七连的事，心里想着碰碰运气，没准儿还真能打听出点什么内幕消息。

那位“倒爷”听了张凯的话，仰着脸皱着眉，说：“杨华……”他摸了摸自己的光头，沉吟半晌，“好像是听说过有这么个人，好像……这人是不是跟哪桩涉外事件，有那么点瓜葛？”

“废话。”张凯硬着舌头笑，“两国都真刀真枪地杀起来了，这还能不涉外么！”

“不是那意思……”“倒爷”又皱起眉头，用力拍着脑门，努力地回忆着，“我好像是听说……这事儿捂得挺严，不能对外公开。”

张凯闻言，赶紧又给他满上酒。

“什么涉外不涉外的，屁大的事儿，这能大得过打仗？你要不知道，就别跟着瞎起哄了。”张凯故意激他。

“外交无小事啊，兄弟！”“倒爷”大着舌头，满面油光光的，“当着大使的面儿，您可千万不能信口开河，连放个屁，您都得把握好是升调还是降调！”

“你就扯吧你！”

张凯兴味索然地放下酒杯，看来这家伙是真不知道。

“哎？您刚才还说什么来着？”“倒爷”悻悻地摸着光头，准备换个话题接着吹，“噢对，还有七连是吧……”他手指敲着桌子，“嗞……七连，七连……”

“倒爷”嘴里“嗞嗞”作响地吸着气，做努力搜索状。

“对了！上周我在过扎澜江大桥的时候，听说过！”他蛮有把握地说，“当时我要向对面的老冤家，倒腾智能手机零部件，跟一个守桥的老兵抽过烟，顺便聊起过当年跟对面打仗的事，那人顺口说出他当时就在坦克七连，就是不知道是不是你说的那个七连？”

张凯眼前忽然一亮！酒顿时全醒了，他“呼”地一下站起身。

“哎……您干吗去？这酒还没喝完呢……”“倒爷”一把拽住他，高声冲他嚷。

张凯转身一抱拳：“改天！改天！”

他夹上包，匆匆离席而去。

对于张凯来说，现在这条线索是唯一的希望。这件事，让他投入了太多的时间和精力，他绝不允许这件事有始无终！张凯回去简单收拾了一下，当天晚上就定了机票，决定第二天一早赶赴扎澜江大桥。

张凯背着行囊，在一个简陋的小机场下了飞机，紧接着又颠簸了十几个小时的长途汽车，但他此刻却毫无倦意，反倒越走越精神、越看越兴奋。窗外那遥远荒凉的大漠，还有那一望无际的白草，这里的一切都让张凯踏踏实实地感觉到，自己离七连越来越近了，他的心早已飞向那片血火硝烟的战场。

按照“倒爷”的描述，张凯在亮明身份后，很快便在大桥我方一侧的值班营房内，见到了那位七连老兵，他现在是扎澜江大桥守备连排的一名排长。

老兵认真听取了张凯的来意之后，便喊过一位班长来，布置交接班的安排。张凯连忙掏出准备好的两条软中华，殷勤地递了上去。

那两人转头看看他，都笑着拒绝了。

这位排长虽然到目前为止都没说什么，但张凯从他的神情和举止来判断，此人正是自己苦苦寻找的七连老兵，他的亲身讲述，必将成为整个采访的关键素材！

老兵一言不发地回去准备了一下，等他再次出现在张凯面前的时候，已经换了极正式的装束，极隆重的表情，就像要去执行一个极其重大的任务一样，这让张凯大为惊讶，他实在想象不出，这位老兵打算向他透露些什么材料。

老兵默然领着张凯走下桥基，他军姿稳健地一直走在前面，动作干脆有力、铿锵作声，让人依旧能感觉到那支“虎贲连队”的八面威风！

一直走到距离大桥已经很远了，老兵这才忽然停下脚步。他站在一片白草中，回过头，静静地看着张凯气喘吁吁地跟上来。

张凯忙不迭地递上香烟，老兵这次没有拒绝。

他双手发抖，点火的时候竟连打了五六次都没点着。张凯连忙掏出打火机，替他点上。

老兵畅快地吐出一口烟，冲他笑笑。

“我在这儿等你很久了。”

张凯愕然望着他。

“在这儿……等我？”

老兵忽然收了笑。

“你把那玩意儿收起来，我们今天的谈话用不上这东西。”

他目光锐利地扫到张凯伸进挎包的手上，张凯尴尬地笑笑，悄悄关掉录音笔。

“这么说，你知道我会来？”

“知道。”老兵脸上缓和下来，“这是七连交给我的最后一项任务。”

“最后的任务？”张凯再次惊愕道，“七连的番号……不是早撤销了吗？”

老兵的脸忽然沉了下来，他的嘴和手都在抖，抖得厉害。

“七连永远都在，哪怕只剩下我一个兵！”他斩钉截铁地说。

“那么，是谁给你下达的任务？”张凯又问，“……是杨华，还是李铁？”

老兵直视着张凯的眼睛。

“都不是。”他简练地说，“是极光司令员。”

“极光司令员？”张凯大为惊骇，他还头一次听说还有这么个称谓，“它不是……早已离开领导岗位了吗？而且，‘极光’只是一台机器，它只是临时代总指挥。”

“不对，它永远是我的司令员，我永远听它指挥，坚决完成它下达的任务，不惜任何代价！” 老兵的说话和眼神都像带着刀子。

张凯惊愕得说不出话来，背上凛凛感觉到一股股寒意。

经历那场战争的生死考验，人与机器，竟然会联结成如此奇特的铁血纽带，这大概是所有人都不曾预料到，更是不希望看到的。而对那些上过战场杀过人的军人来说，他们已经组成这样一个特殊群体，只要他们认定谁能带领他们打胜仗、打痛快仗，他们就会一直追随着它，誓死效忠于它，就算为它历经苦难血染沙场，也同样无怨无悔，哪怕它只是一台机器。

张凯无法想象，这样的铁血赤诚，究竟是军人的美德，还是人类的悲哀。

“那么，极光给你下达了什么任务？”他问。

“它命令我等在这里，一直等到你出现。”

“等我出现？做什么？”

“极光司令员命令我，向你转达一句话。”

“什么话？”

“请你即刻前往云山基地。”

“……就这句话？”张凯惊讶道。

“是！”

“这就是任务的全部？”

“这就是任务的全部。现在，我已光荣完成任务！”老兵肃然道。

他突然“啪”的一声，干脆带响地对张凯行了个军礼，转身就要离开。

张凯一下手足无措：“哎，你等等，我不是为这事来的。”

老兵停下脚步，转身望着他。

“你还有事？”

“当然有事，我这次来是代表《时代军人》栏目组，向你采访一下戍边生活。”张凯追过去，脸上挂出殷勤的笑，“怎么样，您什么时候方便？咱们一起吃个饭，一起讲讲打仗的事，再聊聊咱们当年的那些战友。”

他故意避重就轻，顺便套上了近乎。

“关于七连的事，我无可奉告。”

“我也没说，咱们非要聊七连。”张凯轻描淡写道。

“真不能讲，这是纪律。”老兵不留余地地说完，转身走了。

张凯忽然感到一阵强烈的失落，竟然浑身无力。看起来他这次又白跑一趟。碰到这种刻板较真的兵，你就是说破了天也是白搭，基本上也就只能认栽了！

“七连老兵！”张凯在后面大声喊他。

老兵像踩到了一颗钉子，突然定住了。

也许张凯的这个特别称谓，触动了他内心深处的某样东西。

“老兵。”张凯又喊了他一声，慢慢向他走去，“你现在已经完成任务，今后有什么打算？”

“守桥。”老兵头也不回地说。

“一直守下去？”

“一直守下去。”

“就没点别的想法？比如说，你从部队复员转业后，尝试开始另一种生活，规划接下来的人生？”张凯走近他，“打那场仗死了很多人，可你还活得好好的，你就没觉得，这是上天对你的特别眷顾？”

老兵一下转过身来，淡淡一笑。

“对我来说，没倒在战场上，才是我此生最大的遗憾。”

“为啥这么说？”张凯不解地问。

“如果当初知道是这么个结果，我死也不会去送那封信。”他眼里似乎有了些亮晶晶的东西，“最后没有跟七连在一起，才是我这辈子最大的悲哀！”

“那……你以后怎么办？”张凯关切道，“我是说，你从部队转业以后。”

“一直守在扎澜江畔。”

“一直留在这里？”张凯诧异地问。

“是，一直留在这里。”老兵扬手一指面前的江滩，“等我老死了，就埋在那片白草的下面。”

老兵说完，就头也不回地大步走了。

乘兴而来的采访就这么结束了，张凯怅然望着老兵远去的背影，竟绝望得说不出一句话来！

忽然，他终于又想起了什么，赶紧把背上的行囊快速整理了一下，就像当年急行军那样紧紧束在背后，然后拔腿朝长途汽车站飞奔而去。

云山基地。

紫雾缭绕，群山迤逦，常有异峰突起。自古白云之巅多奇士，又岂敢相轻。虽飞龙在天之时，当防亢龙有悔。虽潜龙无为之隙，亦无须多虑，时过境迁则尽显在天矣！

这就是“极光”诞生的地方。

对张凯来说，这里的一切都那么亲切，那么熟悉。一草一木仿佛都透着神圣的气息，都跟梦里想象的景致一模一样。

冥冥之中，就像有什么东西在指引着他。张凯沿着山间的土路没走多远，就非常幸运地找到了那幢土气而破旧的“农科中心”大楼。他抚摩着那扇锈迹斑驳的大铁门，简直无法抑制心潮的澎湃！

就在张凯刚要抒发情感的时候，门忽然开了。

里面的人站在门口，上上下下打量着他。张凯赶紧去摸随身证件以表明身份。那人摆摆手，他很有信心似的看都没看，直接把张凯引入楼去。

张凯跟着他一路顺畅地通过关卡，乘坐电梯，最后走进深入地下的核掩蔽部。那人从头至尾都没说一句话，把张凯引入一间终控室后，就很快关上门离开了。

张凯抬眼望去，眼前是一长串标志性的蓝色光晕。

他猛然意识到，伫立在自己面前的这台机器，正是那个令人敬畏的战争之神——“极光”超算系统。

尽管在此之前，张凯已听不同的人、从不同的侧面，描述过不知道有多少次，但现在亲眼所见，仍令他产生了巨大的心理震撼！

不知为什么，看到它的第一眼，张凯就对这台机器产生了强烈的好感。

他惊异地望着四周，隐隐感觉到，整座云山基地现在已经成为囚禁“极光”的巨大牢笼。这里深入地下，所有电力、通信和网络设施都与世隔绝，整座地面建筑也经过了严格的电磁屏蔽，任何东西都只进不出，往来人员也必须经过严密的审查和筛选，要通过极尽苛刻的全身检查方能过关。他现在已经是两手空空，所有随身物品都已交由门卫暂时保管，身上连支笔都不允许携入。

这让张凯联想起，当年囚禁拿破仑的厄尔巴岛。

这些严密的防范措施，不过是人类的本性使然。回顾人类历史，历朝历代的能臣良将的最终结局都令人唏嘘。“极光”毕竟是台超级智慧机器，它可以通过堪称完美的谋划，为自己争取到这么一块风水宝地养老，最后没有落得“狡兔尽，走狗烹”的下场，已经是天地的造化了。

“极光”现在已经转换了角色，它摇身一变，成了位与世无争的谦谦学者，潜心研究从“天穴”下载的外星科技，并使之尽快转化为人类的实用技术，也算是在为人类文明进程，继续发挥余热。

战争结束，使“极光”离开了指挥岗位。这从客观来讲，对它未必是件坏事。实际上“极光”的威望并没有降低，甚至还提升了。暂时的抽身离开，反倒使它幸运地避开了人类错综复杂的政治恶斗，并为它日后可能走上神坛铺平了道路。这种以退为进的姿态，永远是个耐人寻味的哲学命题。

张凯记得在“胜利日”的庆功宴上，那位雷副军长乘着酒劲，讲了句既深刻又浅显、充满政治算计的绝妙双关语：在咱们的军队，只有“极光”是大英雄，谁都不要想逞英雄。

对“极光”这个异类来说，人类的战争，不过是政治的火拼。而人类的政治，才是真正充满血腥的战争。塞翁失马，焉知非福！

据张凯观察，“极光”对于他的造访的具体时间，应该早有精准的预判。

这次奇特的采访过后，据张凯回忆，他在那个小房间里至少逗留了三个小时。他与“极光”一定进行过某种形式的深入沟通，它还通过某种全息方式，向张凯详细展示了他所希望知晓的一切。

这次谈话的有些内容是不允许对外公布的，这在采访的一开始，他们就已经达成了共识。为了避免一些不必要的麻烦，“极光”在谈话的最后，在张凯首肯的情况下，删除了这次采访中的无关记忆，只留下有关七连的那部分内容。

在“极光”透过某种方式，向张凯详细展示杨华和七连最后结局的过程中，张凯几度哽咽失态，好几次都无法自持。他不得不要求“极光”暂停，然后快步奔进最近的洗漱间，把自己泪水纵横的脸洗抹干净。面对着正装镜，张凯几乎都不能再次从里面走出来。

三个小时的采访很快结束。在这段时间里，他们的谈话是军人式的，面对面，相互间直言不讳。一直到走出云山基地的地面建筑，张凯依旧沉醉于那种畅快的氛围中，“极光”的人格魅力，给他留下了极深刻的印象。

然而就在“农科中心”那扇神秘的大铁门，在他身后轰然关闭的一刹那，张凯猛然意识到，这次采访会不会是“极光”精心安排的个人行为？它这样做算不算违反部队纪律？它向他完整描述了七连的故事，又是出于什么样的目的？

一切都不得而知。毕竟“极光”是一台具有预测未来能力的超级智能机器，它所做的事情，也许是肉眼凡胎所不能理解的。

张凯深知，自己的疑心病又犯了。

接下来，他不禁又进行了进一步的推论，既然这次采访是“极光”私自进行的行为，那么云山基地的监护人员，为何却没有出面干预，甚至会听候它的调遣？如此说来，他们这种不当行为是属于工作失职，还是出于对人工智能的狂热崇拜，以致这些军人竟然混淆了人与机器的主次关系？

张凯心中明白，逻辑推理只是人类自身认知上的主观臆测，其深层意义往往会被事物的表象所隐藏，这是人性无法克服的弱点。

“极光”于危难之时力挽狂澜，带领大家从胜利走向胜利。这对于普通民众来说，它已经不再是一台机器，而是一个圣物，是万能的神。而对于神的旨意，人们往往会习惯于无条件服从。

想到这里，张凯忽然感到一种强烈的不安。

面对“人造上帝”，人类的处境是非常矛盾和尴尬的。未来人类与外星生物的大决战中，在生死存亡的关键时刻，人类必然会选择祭出神器，命令“极光”重新披挂上阵，再次把自己的命运托付给一台机器。如此一来谁又能保证，现在低调行事的“极光”，不会是历史上“司马懿闲耕垂钓，越王勾践卧薪尝胆”的现实翻版呢？

其实，人类最深层的忧患还不在于此，而在于一直根植于我们内心深处的，对于造神崇拜的狂热，这才是人类最值得警惕的心魔。我们用“极光”推倒一个“神”，如果再为自己树立起一个“神”，这不能不说是对人类文明的莫大讽刺。也许这种想法过于多疑，也许这种忧虑的本身，正是“极光”的刻意安排。

对于未来的那场星际战争，关于人与机器长篇大论的哲学命题，人类也只能走一步看一步。未来的事情还是交于未来决断，现在想得再多，也只能被人当作杞人忧天。毕竟我们并不具备“极光”那样强大的，对未来世界的预测能力。

下山的时候，云雾已经散去，面前天高云淡，一览众山小。

张凯抬头仰望，只见湛蓝的天际广博而遥远，令他的心胸豁然开朗！

世间的一切，皆是天命使然，气数约定。无论是悠远的人类文明，或是超能“极光”系统，还是宇宙间其他什么东西，它们都将按照自己的轨迹运行下去。这世上的很多东西，其实本不需要缘由。所谓盛世起落、兴衰更替，一切的一切到头来都将埋入岁月的流沙，根本不存在什么最终答案。

张凯久久伫立在那里，忽然感觉自己“报恩”的想法，是如此的荒诞可笑！

他忽然明白了“老兵”讲的那些话，还有他的所作所为。经历过那场战争的军人，认为自己活下来的这个事实，是种幸运也好，是个遗憾也罢，这都不重要了。

什么叫作幸福？人真正的幸福只有一个——那就是按照自己的真实愿望，去度过人生。

现在，张凯想做的事只有一件，他要把杨华还有七连的故事完完整整地记录下来，没有包装，没有粉饰。就像讲述一个真真切切平平淡淡的故事那样，告诉后人：曾经有那么一些人，做过那么一些事，这就够了。

第二十八章　黎明星使

那么，在扎哈姆山口阻击战之后，在“极光”指挥的大围歼，正进行得波澜壮阔的时候，七连到底去哪儿了呢？

七连当时被“极光”秘密调往大本营，担负一座大型补给基地的守备任务。这实际上就是让这支疲惫不堪的部队彻底休整一下，同时补充兵员和装备。

威名赫赫的七连没能参加这场大决战，这令很多人都感到意外和揪心。连打了几场险仗、恶仗，最后还用血肉之躯拼死堵住了扎哈姆山口，就算七连是铁打的，估计也都拼光了。

其实七连当时的战况，并不像人们想象的那么凶险。

Y国受命来打通退路的部队，实际上是从战场上那几支被打残的后备军拼凑起来的。Y国气数已尽，部队士气低落，那个冲向扎哈姆山口的装甲独立团，就是抱着夺路而逃的心态投入战斗的。但是，当他们拼光血本的第二波攻击再次被七连击退后，这支Y国便陷入了彻底绝望。

他们最终选择放下武器，用一种哀兵和祈求的方式，徒步向扎哈姆山口行进。Y国的这种举动，实际上是对我国古典名著中“诸葛亮智算华容道，关云长义释曹孟德”那个章节的误读。那些芸芸残兵回家的希望，最终还是被“极光”料算的那通远程炮火彻底击碎！

现在，在战线的大后方，七连终于卸下满身的征尘，开始了平静安详的生活，日子过得如天堂一般。前方战事虽然打得激烈，但那多半是Y国的负隅顽抗，撑不了多久的，战争胜负的大势已定，该是饮马扎澜江，迎接凯旋大军的时候了。

对杨华而言，驻守在这样一个安静得让人无法入睡的地方，简直让他无法忍受。那些惊心动魄的战斗，那些惨烈血腥的搏杀……所有的记忆都已经成为一场难以平息的噩梦。

雪婷也化作一个遥远的存在，虽然每次想起她，那种锥心的刺痛仍会在心头复苏，但随着杨华对生存与死亡的渐渐麻木，过去的一切也都慢慢远了，淡了。孤寂的灵魂最能够聆听另一个世界的声息，孤寂的灵魂最能够谛听内心的哀伤与悲泣。他甚至怀疑自己是否真的拥有过那场爱情，那会不会只是在梦中发生的事？

这天破晓，杨华再次沿着基地边上一条干涸的河床，漫无目的地走着，心绪也与这片大漠一样，变得荒凉。眼前长满了可以作为骆驼饲料的白草，他坚信，脚下这一望无际的白草，会一直绵延到那个波澜壮阔的战场。

一切皆是因缘。

他常用这句佛教语言来解释曾经发生的一切，因为除此以外，他再也找不到更恰当的说法来抚慰灵魂。世间万物皆是如此，自己既然来了，也就不想再回头，杨华已经抱定决心，准备终死在这片茫茫的白草中。

在很长一段时间里，他一直难有与自己独处的机会。生活在这个世界上，精神的宁静其实来之不易。独处是灵魂生长的必要空间，一个懂得独处的人就等同于有了一个心灵密友，无论走到哪里，这位忠实的密友都会与他分享所有喜怒哀乐，倾听他的一切心声。

生命在战火中日渐渺小，平淡的人生也变得再无意义。

重上战场的欲望会时时涌上心头，这种欲望从来不曾如此强烈地震撼过他，他渴望一场轰轰烈烈的血战，最后在壮烈的拼杀中慨然而去。

每当杨华想起这样的场面，他的眸子里都会激起奕奕熠熠的光芒！

“死亡不是一件急于求成的事。”

那个清亮的嗓音仿佛穿越时空而来，把他从激昂的梦幻中重新拉回到现实。背后传来白鸽的声音，那语气里分明带着责难的意味。

恍惚中，杨华实在想不起来，她是什么时候跟过来的。

杨华转回身，盯她片刻：“你又在琢磨人？”

“是脑测，我也只是能看到一些模糊的画面。”白鸽平静地看着他，“你就死了这条心吧，我绝不允许这样的事情发生，只要我还活着。”

“呵。”杨华被她噎得冷笑一声，“说来听听，你能怎么个不允许？”

“真想知道？”

“真想知道。”杨华冷冷盯着她。

“你还记得大魁吗？”

杨华的脸色一下变得煞白。

白鸽不看他，望着远处继续说道：“那天晚上，就在你出战无名高地之前，是我交代大魁要保护好你的。”她的声音忽然有些沙哑，“现在，大魁走了，我要把他没做完的事情做完。”

白鸽的声音不大，但她讲的每一个字都如钢锥一般，针针刺在杨华的心头！关于大魁的死，七连的上上下下都一直在刻意回避这个话题，不是想要忘掉什么，而是深埋在心中的，一种无声的祭奠。

杨华勃然大怒。

“是谁，谁允许你这么做的！”

他一字一板地，从牙缝中挤出这句话，他感觉声音都在发颤。

“我这样做，不光为自己，也是为了你。”白鸽不卑不亢地回答。

杨华调整了一下呼吸，竭力压了压火。

“那好，请你解释一下。”

他眼里喷着愤怒。

“你的时间不多了。”

“什么？”杨华一愣，“什么时间不多了？”

“不，是我们……”

“我们怎么了？”

“我们……时间不多了。”白鸽的眼泪淌了下来。

“我们怎么时间不多了？”杨华盯着她的脸。

“我们……即将战败。”

杨华又被她的话噎住了。

“你在胡说八道什么！”他厉声喝道，“你脑袋清醒一点！仗打完了，知道吗？我们胜利了，知道吗？我们都没死，知道吗？我们都没事干了，知道吗？我又得一个人去为吃喝拉撒去奔命，这比死了还可怕，你知道吗！”

杨华突然爆发了，在那一瞬间，连他自己都感到震惊。

他突然明白这几天一直纠缠自己，并且令他痛苦哀伤的真正原因——他的雪婷已经长眠在这里了，这个打击令他万念俱灰，让他彻底丧失了独自面对人生的信念。

这是一个笑谈生死的老兵，对于未来的深深恐惧。

白鸽吃了一惊，她没料到眼前这个人竟会突然变得如此暴躁，她也完全想象不出杨华喊的这些话，究竟代表什么意思。

“这你不必担心。”她冷冷说道，“仗还没打完，至于死，择日不迟。”

杨华忽然冷静下来。

他意识到，白鸽的话虽然一向不着边际，但静下心来分析却好像又不无道理。每个人的灵魂都有一层外衣，任何情况下都不应当把它轻易脱掉，应当尊重这种存在。

“那好，请你再解释一下。”

白鸽依旧神情平和。

“你听说过‘星际占卜’这件事吗？”

“星际占卜？”

“对，星际占卜。”

杨华隐约想起，古部长好像是跟自己提到过，那是“三零三”的机密。

“听说过，那又怎样？”

“U国正在实施‘星际占卜’计划。”

“你怎么会知道这些事？”

“这个不用你管。”白鸽瞪他一眼，“我只想让你知道，他们不但顺利实施了‘星际占卜’，而且还成功获得了神谕。”

“什么神谕？”

“这个神谕会指引U国，如何赢得战争的胜利，这个结局不可改变。”

“这世上就没有不可改变的东西，尤其是还没有影的未来。”杨华冷冷一笑，“这场战争从一开始，就从没少过U国的影子。现在Y国的部队正被我们步步围歼。我看，无论U国还是沙鲁克汗，都改变不了失败的下场。”

白鸽仰面望天，她闭上眼睛，沉默了很久。

“我说不清楚具体原因，但我能够感觉到，U国就要全面参战了，他们必将赢得这场战争，这是‘神’的旨意，谁都无法改变。”

杨华也仰起头，再次调整了一下呼吸。

“我不明白你说的什么神谕。”他说，“不过战争即将结束，U国就算要插手，现在也为时已晚。”

“我也不知道会在何时何地，但这种感觉，越来越强烈。”白鸽又在流泪。

杨华看着她，缓和了一下语气："我看不出有这种可能。"

"那你想过'鹬蚌相争，渔翁得利'这句老话吗？"白鸽说，"就算以我对战争的理解，U 国的全面介入也不可不防。"

杨华悚然一惊。

这个问题自己怎么就从未想过？直觉告诉他，白鸽的话恐怕绝非耸人听闻。

"那你告诉我，U 国有什么动机？"

"从一开始，U 国就清楚这场战争的起因。"

"什么起因？"

"外星科技。"

"什么外星科技？"

"细节我不是很清楚，但我知道，被我们选中的一方，将有机会把本国科技水平向前跨越几个世纪。"

杨华愣了一下，他忽然想起，在这场战争开始之前，U 国几乎是毫无理由地终止了所有未来武器系统的研发项目，把钱全砸进深空探索，好像的确在期待什么，这种不同寻常的举动似乎也从侧面印证了白鸽的话。

"这些话，你以前怎么不说？"

"我刚刚获得的感应。"

"你究竟是什么人？"

"我告诉过你。"

"我现在没心思跟你开玩笑！"

杨华把脸沉了下来。

"还要我和你怎么说？"白鸽站在那儿，委屈的眼泪成串地往下掉，嘴巴都弯成了下弦月，"你怎么就这么固执，就是不肯相信人……"

她满脸是泪，竟然真的"嘤嘤"哭了起来。

杨华一下手足无措，尴尬地掏出手帕递过去。白鸽垂着手不接，杨华又往前递了递，白鸽干脆一把打掉，扭过身背对着他。她圆润的双肩因哭泣而微微颤动，身上又隐约传来那种清脆的，叮叮当当好听的铃声。

杨华见状，深深地叹了口气，只好道歉。

"好吧，我发誓。"他低声说，"从现在开始，我会认真对待你说的每一个字。"

“真的？”白鸽眼泪汪汪地转回身。

“真的。”杨华郑重点头。

白鸽一下破涕为笑，根本不管那满脸的泪花，只顾开心地望着他。

“现在可以说了吧。”

“说什么？”白鸽愕然道。

“说说你是怎么知道那些机密的？”

“你这算是……审问？”

杨华又被噎住了。

“好吧，我检讨。”他一边调整着呼吸，“……保证写份书面检查给你。”

白鸽嘟囔了一句，白他一眼。

“我想听你说话，想听你的声音，想知道关于你的一切。”杨华的脸在发烧，他忽然发现自己肉麻谄媚的本事，绝对不比别人差。

他这么一说，白鸽倒不知道该讲点什么了，忽闪着眼睛望着他。

“就接着上次的讲吧。”杨华说，“说说你为什么会到地球来。”

白鸽的神情忽然低落下来，她望着远方的地平线，沉默了很长时间。

“我们……”她好像又伤了心，眼泪又淌了下来，“我们的王国，就要遭受外族入侵了。这样的事情，每隔几个世纪都会发生一次。”

“你是说，真的有星际战争？”杨华看着她，“那是什么样子？”

“从来就没什么星际战争。”白鸽说道，“我们的军队从未经历过战争锤炼，他们只不过是一支皇家仪仗队，对战争一无所知。这样一个极端崇尚和平的国度，一旦面对战争，就会像羊群遇到了狼群，只能任人宰割，这就是文明的悲哀。”

“失去了战争，也是军人的悲哀。”杨华赞同道，又问，“那这么漫长的岁月，你们是怎么抵御入侵的？”

“以前都是靠‘和亲’和‘纳贡’的国策来维持和平，这与你们汉朝初年，对匈奴采取的策略很类似，这种不谋而合，其实非常讽刺。”

“你们的世界，究竟是个什么样子？”

白鸽沉默片刻。

“木星文明是个高度统一的集权社会，很像地球上的‘社会化生物群落’，文化科技高度发达，物质极大丰富，我们还能提炼一种昂贵的晶体。”

“这样的社会结构，与蜜蜂相似？”

“……大体上差不多。”白鸽想了一会儿，“这种社会结构非常稳定，基本上是不会发生毁灭性的灾难和动乱，这是它好的地方。但这种什么都被安排得井井有条的平静生活，缺乏个性自由，缺乏社会活力。从木星与地球，两个分支的文明发展对比来看，我们几万年的社会进步，通常不及你们几千年的成就。”

“所以，你们来地球寻求启示？”

“这可以说是，也可以说不是。”白鸽望着远处白亮亮的江水，若有所思，“其实，上一次遭受入侵的时候，我们就已经注意到了你们，在这颗还处于文明萌芽的星球上，战争就从来没有真正停止过。正是地球这种‘狼性文明’，给了我们许多启发，也带给我们奋起抗争的勇气。”

“那么这一次，你们决心把‘汉文帝’换成‘汉武帝’？”

“现在，人类世界已经成熟，就像孩子长成了大人，可以为我们分担责任了。”白鸽的眼眸忽然亮了起来，“为了这一天，我们准备了几百年。我们潜心研究了外族军队的弱点，把战争形态从‘第一类战争’升级到‘第二类战争’，还将整个木星系排列成迎战的态势。”

杨华凛然一惊，他突然想起陆参谋长，关于木星系“七星连珠”天文现象的奇怪解释，这又一次印证了她的话。现在他深信，白鸽的背景一定没那么简单！

“既然是共御外敌，干吗不用先进科技武装地球？好让我们并肩作战。”

“你对人性有信心吗？反正我是没有。”白鸽浅浅一笑，“我几乎可以断定，武装了你们，对我们意味着什么。”

杨华竟然无言以对。一阵尴尬过后，他只好又换了个话题。

“那么，你们为什么不用‘星际占卜’来抵御入侵？”

白鸽忽然沉默了。

他们踩着野草又走了很久，她才轻声说道：“其实，‘神’并不站在我们这边，他只在他认为需要的时候才会给出‘神谕’。我们对‘神谕’的心态也很复杂，尽管它的准确性毋庸置疑，但‘神谕’并没有道德是非上的判断，它对交战双方都一视同仁，谁都可以获得想要的答案，只要‘神’愿意恩赐给你。”

“这种‘神谕’来自何方？”

“‘神’无处不在，但他不愿护佑我们。”白鸽说，“对即将开始的星际战争，我们很早就向‘星际占卜’请求过神谕。”

“有什么回应？”

“‘神’的回应很简单，他将答案指向了地球。”

“指向我们？”杨华惊道，“那么你降临地球，就是来寻找神谕的？”

“确实如此。”

“也就是说，你们其实不知道来找什么，我们也不明白你们来干什么？”

白鸽点点头。

“一开始，这让我们也非常不理解，因为地球的文明程度与我们相去甚远。在未来星际战争中，以地球的科技水准，根本无法对我们提供任何实质性帮助。所以在我看来，‘星际占卜’更像是一种暗示、一种推演，它是天地之间的一种问答，如果运算条件不充分，他就无法回应。”

“看来，也有‘神’不知道的东西。”杨华笑了笑。

“‘神谕’所暗示的东西，需要我们自己去发现。我们就是抱着这样的想法，才信心满满地从木星出发。”白鸽轻声说，“可到了这个世界，事情却变了味。”

“我们？”杨华一下留意到这个措辞，忽然想起了什么，“对了，你好像提到过……你还有个同族男友，不是吗？”

白鸽抬眼看看他，没说话。

“那他在哪儿？”杨华问。

白鸽脸白了，她愣了一下，忽然转回身。

“我冷了，咱们回去吧。”说完，她便头也不回地向营区走去。

“你等等……”杨华心有不甘地追过去。

白鸽加快脚步。

“好吧，我们不谈他，说点别的。”杨华在旁边，快步随着她。

白鸽突然站住了，脸色阴沉。

“没关系。”她说，“你想知道，我就讲给你听。”

看她的神情，杨华突然感觉后背阵阵发寒。

“好吧，咱们不着急，你慢慢说。”他俩并肩向营区走去，“就说说……你们到了这里，究竟发生了什么？”

“他是个近卫军军官，是‘元老院’集体推选出来的，也是执行这次‘搜寻神谕’任务的最佳人选。”白鸽低头踩着野草，放缓脚步，“父王要我随他一起来，也是想给他添个助手。”

“父王？那你……应该是位公主吧。”杨华想缓和一下气氛，“你的父王要你跟着他，也算是佳人配才子。”

白鸽“哼”了一声。

“我们与你们不一样，我自从生下来，所有的事情都是安排好的，婚姻更是如此，个人没有选择自由，也从来不知道有这种自由，这就是我们的世界。”

“那么……你接着讲。”

“我们融入你们的社会后，很快就有了许多重大发现。”

“什么发现？”

“他看到了人性中丑恶的一面，尽管他明白那种东西非常邪恶，但他对此依然极度痴迷。而我相信，我发现了你们这个世界最美好的东西，我同样为这个东西深深陶醉，甚至到了魂萦梦绕的地步。”

白鸽的脸色渐渐红润了起来。

“这么说，你们找到了神谕？”

“就算是吧。”

“那……你们为什么还留在这里？”

“这就是我刚才说的，事情变了。”白鸽轻叹一声，“我们就这样过了一年，他声称已经找到神谕，突然向‘元老院’提出赋予他计划变更权，待他的计划顺利实施后，他将有足够的信心和能力，统领王朝大军击败外族的入侵。”

“他有什么计划？”

“他运用‘脑控’能力，现在已经成为一个大国的元首。他计划在这里发动一场战争，以战争的方式验证他驾驭战争的能力，并以此作为未来星际大战的实战演练。其实，我明白他的真实想法，他心里放不下那种邪恶的诱惑。他打算把他在这里精心构建起来的极权王国，复制到我们那个世界去。”

“依靠‘脑控’技术，就可以征服一个国家？”

“征服一个国家乃至征服整个人类，不一定非要依靠武力。”白鸽淡淡一笑，“在高等‘外星文明’看来，我们只需要按照你们习惯的方式，耍弄一些政治手腕，就能使得大多数人类心甘情愿地接受统治。从这种心智缺陷上看，人类确实要比我们脆弱得多。”

杨华的脸沉了下来：“‘元老院’对他的计划怎么看？”

“‘元老院’经过激烈争论，最终还是批准了这个计划。虽然这对你们很不公平，但据我们观察，这个星球本身就是个弱肉强食的世界，在强者意志面前，牺牲弱者就成了理所当然。从古至今，你们不都在拥戴这样一种人——强迫别人牺牲自己的灵魂和肉体将他喂饱了，以便他可以更好地去爱他的天下。既然如此，那么这样的事情由他去做，同由你去做，又有什么分别呢？”

“你也这样想吗？”杨华冷冷看着她。

“这正是我们争吵的原因，自从他迷恋上这种东西，他的信仰就彻底改变了，变得很陌生。而一个人的信仰，就是他对待这个世界的方式。我无法想象，他这样的人一旦大权在握，将会给我们的世界带去怎样的血雨腥风！”

“这就是你之前所说的，政见不同？”

白鸽默然点点头。

“就是因为这件事，我们分开了。他很伤心，但他还是像着了魔一样，甚至变本加厉。现在，我们的王国不但面临外族的威胁，更面临着来自我们心魔的危机。”

杨华望着她，一句话也说不出来。

“现在，‘元老院’也失去了从前的平静。我很担心，他们会为了争权夺利，也变得尔虞我诈阴险残暴。作为王族的后裔，我必须阻止这种灾难发生。”

“也许对于‘神谕’的理解，你们的‘元老院’同他的想法并不一致。说不定这件事还有更好的解决方法。”

杨华嘴上这么说，可连他自己都觉得，这种安慰就像窗纸一般苍白无力。

白鸽忽然抬起头，注视着杨华的眼睛。

“我说不出原因，但在我第一次见到你，我就有一种强烈的感觉，你是唯一可以阻止这场灾难的人。你必须打败他，必须挫败他的阴谋，清除他灵魂中的邪恶。现在除了打赢这场战争，我实在想不出更好的办法去阻止这场灾难，因为这场灾难不光是你们的，更是我们的。”

“他在哪儿？”

白鸽和杨华对视了片刻，又把目光移开。

“他在与你们作战。”她轻声说。

杨华凛然一惊，全身都在发抖。

“他到底是谁？！”

白鸽不作声地望着杨华的眼睛。

过了半晌，她才低声说：

“沙鲁克汗。”

杨华目瞪口呆地盯着她，竟吐不出一个字。

“我本想永远守着这个秘密，不过就在刚才那一瞬间，我突然改变了主意。”她望着他，目光慢慢柔和下来，“所以，你不能死，不要这么自私，你是所有人的希望，也是……我的希望。”

杨华颓然转身向营区走去，白鸽刚才讲了什么，他似乎全然没有听见。他们默然而行，谁都不想说话，只听到脚下野草的“沙沙”声。

走到营区门口，杨华突然转回身。

“听说，你有个日记本？”他两眼注视着白鸽，问，“可以给我看看吗？”

白鸽犹豫了片刻，但还是从衣袋里摸出一个磨得发旧的本子，默默交到杨华的手上。

日记本是空的，上面什么都没写。

杨华无意中翻到夹着一张照片的那页。严格来说那算不上是一张照片，那只是从报纸上仔细剪下来的一张新闻图片——照片上的人正是自己。

杨华抬起头，愕然望着白鸽。

“战区大比武的时候，我从报纸上剪下来的。”白鸽的眼圈红了，“从那时起，它就从来没有离开过我。”她掩饰着转过身去，“那时的你，就像天地间的一束光。在见到你的那一刻，我突然有一种脸红心跳的感觉，这种感觉让我惊叹，让我迷恋。那是一种美好的空白，是一种终结所有神秘的神秘。我简直不敢相信，这个世界竟有如此美妙的东西！”

她转回身来，两只大眼睛波光粼粼。

“我之所以会留在你们的世界，是因为我一直在等那个能带给我幸福的人。每个女孩的一生中，都注定会遇到自己的君王，让她爱到神魂颠倒，爱到兀自凋零。我相信一切都是因缘，我相信赵一航的灵魂，会把你引领到我身边来。”

杨华望着她，被她的讲述刺痛得五内俱焚，他能感受到白鸽内心深处的哀伤。他相信，自己此刻的情感是真实纯净的，没有一丝一毫的外来诱因。

对于渴望超脱尘世的人来说，肉体永远是个羁绊，人生的一切痛苦皆源于此。然而神是没有肉体的，所以神感受不到痛苦，也没有死亡。他是多么向往白鸽描绘的那种宇宙间超脱肉体的生命形式，但是，他无法想象，那会是怎样一个神圣境界！

“对，一切皆是因缘。”他重复着她的话，“不然，我怎会跨越千山万水来到七连，又怎能九死一生地活到现在，一切皆是因缘，我命定如此。”

说到这里，杨华忽然心痛起来，他转身准备离开。

白鸽突然从后面抱住他，靠在他的发颤的脊背上，脸上露出柔情万种的笑容。她紧紧握住他的手，把她手上的那份冷凉留在他粗糙的掌心。

杨华抬头远望，只见李铁连长和七连的战士们，都在不远处沉默地望着他们俩。他也默然望着他们，渐渐的，杨华读懂了那些眼神。

一股悲凉忽然涌上心头，他忽然明白了自己在七连所经历的一切。

白鸽的那张照片，也许是个公开的秘密。对这些兵来说，白鸽是他们的亲人，七连是他们的家，而他们的这个家，永远不容分割。

第二十九章　扎澜江畔

生命的高贵在于灵魂。

人因为孤独而寻求爱情，就是在为自己孤独的灵魂寻找一个忠实的守望者。在白鸽向他表露了心迹之后，杨华变得心事重重。

他一个人回到驻地，脑袋里全都是混乱纷杂的画面，思绪怎么也静不下来。那天的傍晚，杨华裹着条军大衣，心神不定地斜靠在一只弹药箱上，他呆呆望着天的尽头，心里琢磨着上午听到和看到的一切。这样想着想着，他渐渐觉得眼皮变得越来越沉重，困倦一阵阵袭来。

突然，一声剧烈的爆炸在院中震开，炙热的气浪冲开窗户，碎玻璃如刀锋般迎面扑来！杨华怔怔地望着那团火光，满脸是血，但他竟全然感觉不到疼痛。

一群外形怪异的坦克劈开院墙，碾过残垣断壁，炮口不停喷着火，在军营里横冲直撞。成群的战士措手不及，他们四下乱跑乱撞，旋即又被坦克机枪如割麦子般成片扫倒。

敌人两栖登陆，从背后杀来，这招釜底抽薪，目标直指这座补给基地。

周围全是火，连部支离破碎。李铁连长他们早被浓烟烈火吞噬，现在只剩下他自己了。杨华急得高声大喊，指挥残余的战士拼死捍卫补给基地。又是一连串剧烈的爆炸声，杨华一转脸，身后的物资、油罐、弹药库全都燃起了大火，又在此起彼伏的爆炸中毁灭为废墟。

完了，一切都完了……

整片补给基地都没了，前线部队将弹尽粮绝。

周围已经看不到一名战士，杨华的脸上不知是血还是汗，黏稠的液体刺得眼睛几乎无法睁开，他抄起一把“95 突”想冲上去，但身体却疲乏得无法挪动。忽然，他看见一辆坦克缓缓调转炮塔，炮口指向自己。

眼前“轰”地一片白光！

杨华猛一哆嗦，醒了。

没有火，没有爆炸。窗户好好的，仓库都好好的，自己也好好的。李铁连长在屋里大声讲话，他手里挥舞着香烟，正和几个排长天南地北地说笑打诨，一切还是那么平静祥和。

这个梦却逼真得近乎诡异，它在试图告诉自己什么？

杨华一下甩掉军大衣，他冲到墙上的地图前，手指在图上急急游走。突然，他面如死灰。李铁连长发觉杨华的神情不对，于是抱起膀子慢慢晃过来，王金尧在他俩身后冷眼瞟着。

“渡口方向有什么反常？”杨华问。

“一切正常，信号清晰，一点干扰都没有。”

通信兵抬头回答。

“一点干扰都没有？”

“是，应答非常清晰。”

“没有干扰，这本身就是反常。”杨华皱着眉。

他又走到地图边，仔细琢磨着。突然，他一拳砸在墙上：

“扎澜江大桥！”

李铁愕然望着他。

杨华低着头，焦躁地在屋里来回踱步。

屋里顿时安静下来，众人的目光跟随着他，谁都不敢出声。

“炸掉它。”

杨华顿然止步。

“什么？”三排长问。

“去炸掉它！”

杨华两眼血红。

“去哪儿炸？”

“基地怎么办？”

几个排长扭过头，不安地望着成片的仓库。

“你要去哪儿？甭瞎琢磨了，咱哪儿都不去。”李铁连长笑道，他摸出根烟叼在嘴上，“咱就在这儿守着，基地才是命根子……”

“基地守不住了。”

杨华打断他。

“我不知道你在说什么。”李铁连长“啪”的一声把火点着，深吸了一口。

“不明白也罢。”杨华隔窗望着远处，说，“我单刀赴会。”

李铁连长不作声，他面无表情地转过脸，认真琢磨着地图。渐渐的，李铁连长面色铁青，他嘴角抽搐了一下。

“挡得住吗？”他问。

“当然挡不住。”杨华笑了笑，“当年张翼德在长坂桥前，喝退曹操百万兵，也就争这一口气，血染军魂，只能震慑对手，左右不了战局。”

李铁连长拿烟的手颤了一下。

“你这是擅离阵地啊。”他忽然把烟喷出来，“就算我不对你执行战场纪律，回来你也免不掉上军事法庭。”

杨华转过脸，望着他笑了笑：“既然去了，就没打算回来。”

二排长和三排长慢慢站起身，面面相觑。三排长还愣愣地问了一句：“为啥？你俩在说啥？”

李铁连长把烟屁股扔在地上，用脚狠狠踬灭，问：“你打算啥时候去？”

“现在。”杨华答道。

李铁连长走到屋子中央，站住，稍稍停顿了一下，说：“那好，我陪你一起去。”

三排长在后面感觉气氛不太对劲，又问：

“就你们俩？是不是多带点人？”

李铁连长转回身，挨个看了他们一会儿，然后低沉而又斩钉截铁地说：

“全体。”

王金尧“哗”地站起身，他胡乱抹了把脸，眼圈通红。他又认真正了正军帽，突然大吼一声：

“全体集合！”

满屋的人这才如梦方醒地一齐向门口拥去。

李铁连长掏出钢笔，“唰唰”写了张简要，又喊过一名新战士带上纸条，飞车向旅部奔去。

窗玻璃上飘过第一颗雨点。

杨华走出房门，远远望见白鸽伫立在一片细雨中，仰着脸向他微笑。杨华走过去把她搂紧紧搂在怀里，无声地恸哭起来。

白鸽的脸凄楚苍白，她身上的气息透过冰冷的雾气拂在他脸上。他忽然发现，眼前这个女子竟是那样动人的美。这种美，比所有的风花雪月、比所有夕阳燃血，都更加摄人心魄！

杨华发现尽管自己一再回避，但他还是爱她，从见到她的第一眼开始。可他却没有能力爱她，只有带上她一起战死，这个结局令他心碎。

七连破天荒祭出了战旗。

没有人发出口令，军靴践踏着雨水，雨水在草地中溅起湿蒙蒙的雾气，七连在沉寂与军靴厚重的震撼中完成了列队。雨水淅沥中，战车泛着乌亮的光。

安静，七连出征前从没有这样的安静。

全体战士人手一碗壮行酒，齐刷刷地捧着，几十双眼睛望着自己的连长，目光凝固。李铁平端着海碗，他沉默地看着他们，所有人都感觉出一种肃穆的威严，他从每个战士面前缓缓走过，他要把这每一张面孔，都深深刻进自己的记忆。

这场不同寻常的战前动员，让全连战士嗅出了血腥和杀气，使得每个人心里都沉甸甸的。空气仿佛凝结了，只听到全连八十多颗赤诚的心，在胸膛中“嗵嗵”地跳动。

李铁连长走到队列的末尾，高高举起战旗，他下意识地张了张嘴，却忽然哑然了几秒。

哑然，哑然之后却是爆炸。

“杀！”

战士们把这一个字喊得山呼海啸、地动山摇！

七连一齐把酒干了，“砰、砰、啪、啪”地把碗砸在地上。

“全体，登车！”

李铁连长把手一挥。

“全体登车！”

“全体登车！”

……

排长们齐声回应着，加厚、加重着这道命令，整个军营顿时铁马轰鸣，杀气冲天。

半小时的摩托化急行军过后，铁甲纵队冲上一片松缓的山坡，眼前就是波涛汹涌的扎澜江，那座斜拉索的“扎澜江大桥”巍然横亘于宽阔的江面上。

远远望去，扎澜江的对岸已是狼烟四起。大桥戍卫部队都已牺牲，军营建筑一片狼藉，但大桥通信站却一刻不停地向外发送“一切正常”消息。

战场形势一目了然。

“多漂亮的桥，可惜了。”李铁连长放下望远镜，转脸看着杨华，“我开第一炮，你打最后一炮。”

杨华笑了笑：“你觉得，我怕死吗？”

李铁连长哼了一声，把脸转回去。

“你这人比我还不把死当回事，这一点连我都佩服，可这次不一样。”李铁的声音有些沙哑，一双眼睛亮如火炬，直瞪杨华。

忽然，李铁连长的眼神又柔和下来。

“你是全连最好的炮手。”他第一次承认这一点，“我七连保你到最后。”

李铁连长把七连唯一的一辆“百式坦克”留给了杨华和白鸽的车组。

他明白，七连最后一战，是掩护武状元的“铁麒麟”。七连的兵从没怕过死，但必须死得光荣，死得有价值，七连绝不接受白白牺牲。

杨华眼睛一眨不眨地望着李铁连长的面孔。

他从不曾见过李铁连长的脸，被落日映得红成这样，不知为什么，他觉得李铁连长的最后那句话，是说给白鸽听的。

“这回就算七连全拼光了，也得断了这桥！”李铁连长眯起眼睛，恶狠狠地盯着远处的桥墩，他断定那就是扎澜桥的死穴，“别忘了咱写书的约定，要是你活着，就给咱七连写本书！”李铁连长头也不回地说，“你好生记着！”

杨华刚想说什么，李铁连长已抽身滑入坦克，“砰”地关上顶盖。

“幺洞号”战车一声怒吼，李铁连长率先冲下斜坡。

七连全体投入冲击，坦克顺着缓坡滚滚而下，步战车紧随其后。

“全连注意，目标桥墩，全速！冲击！”李铁连长下达第一道战令。

全连向两翼展开，全速冲刺。

宽阔的河滩无遮无拦，二十余辆战车摆开杀气腾腾的决死阵势，高速向射程逼近。

对岸很快做出反应，一个个黑点在快速移动，U 国战车投入交战。

李铁连长的坦克“哗”地一下斜冲到正前方，巨大的背影严严实实地挡住杨华的战车。

“‘洞幺’保持队形，跟紧我！”李铁连长对着送话器吼，“不许前出！”

李铁连长下达第二道战令。

“‘洞幺’明白！”白鸽两眼紧盯前方。

刚回答完毕，耳机就“嗡”的一声失灵了——U国开始阻塞式电磁压制。

对岸突然扬起几处白烟。

六枚导弹拖着长长的尾焰腾空而起，U国第一波次“长钉”反坦克导弹发动远程打击。

坦克连迅速打出一排发烟榴弹，实施烟幕遮断。对方匆忙打来的六枚“光纤电视制导导弹”陷入迷茫看不清目标，从空中纷纷砸落在周围空地上，炸起一片泥土丛林。

王干事按下击发按钮反击，导弹高高跃入空中，导引头居高临下扫视战场。破甲战斗部对桥墩无能为力，王干事手上犹豫了一下，迅速转移了目标——敌方约一个装甲营正分成两队，一队坦克冲向滩头，实施火力拦截。另一队快速驶上桥面，企图抢占对岸桥头堡。

导弹稳稳锁定一辆抢先爬上引桥的坦克，俯冲而下。

这是一型怎样怪异的坦克啊——外形酷似波兰的PL01新概念坦克，U国在它的基础上升级出了新一代隐身坦克，它们躲过我方侦测手段，实施定点偷袭。

对方在最后时刻突然打出发烟榴弹，在弹道末端制造烟幕。王干事手疾眼快，他立刻切换“毫米波制导模式”穿透迷雾，在导弹即将坠地的一刹那修正弹道，犹如一记霹雳，准确命中目标——“轰！”

坦克腾起一团猩红的蘑菇状黑云，迅速升空。坦克车体内的残余弹药“噼噼啪啪”地爆响了一阵儿，轰然解体，炸飞的零件四处横扫。

第二辆敌坦克猛然撞开前方的坦克残骸，不顾一切地冲向桥面，但立刻被接踵而至的另一枚导弹打成了一团火球。第三辆坦克犹豫了一下，原地打了个转，企图机动到引桥路基的反斜面迂回前进，但立刻被第三枚红箭10打得遍地开花！

仅有的三枚导弹很快打光了。

“噗、噗、噗、噗！”对岸再次腾起一排烟雾，第二波次反坦克导弹升空。

王干事明白最后的时刻到了，他两眼通红，嘴唇哆嗦着，爬出座舱抄起车顶的自卫机枪，拼了命地向对岸射击。

更新了制导模式的敌方导弹不再理会烟幕的遮挡，径直扑向目标。

冲击队列中有战车起火爆炸。

王干事的战车中弹燃烧。他满身是火，颤巍巍地爬下战车，就地翻滚一圈把火苗压灭。然后满身冒烟地爬起来，拔出腰间配枪，踉跄着徒步向前冲击，一下接一下地扣动着扳机……

在七连的冲击轴线上，零星散落下十多辆战车的残骸，周围卧着一些焦黑的躯体，这些躯体全部倒向冲锋的方向，无一例外。

敌坦克在对岸展开，140 毫米坦克炮在最大射程上发起拦阻射击。

李铁连长把半个身子探出炮塔，双臂挥动着信号旗咆哮着，指挥全连不时变换着攻击队形，左右全是一闪而过的贫铀穿甲弹的曳光弹道。

突然，车身重重一震，李铁连长差点从炮塔上滚落下来。

一发长杆穿甲弹擦过炮塔斜面，被厚实的首装甲弹开，跳飞出去。

并行的一辆坦克立刻加速前出，挡在李铁连长的战车前方。

其他的坦克见状立刻加入进来，纷纷挡在自己战友的前方，摆出个违反常理的“1”字队形向前冲锋。

“老子这条命今天就交待给你了！”王金尧抹了把脸，回头一望杨华的“洞幺号”战车，“你最后要给打歪了，老子做鬼也活剥了你！”

他一把将坦克帽抓下来，甩在一边，然后命令坦克冲在队首。

坦克渐渐冲出烟墙，面前是一片修罗场。各车已没有烟幕弹可打。失去烟幕掩护的“洞两号”战车立刻成了众矢之的，王金尧的坦克在连续挨了几弹后，战车当场殉爆，剧烈的爆炸将炮塔掀上半空，车体“呼”地爆燃起来。

后面的坦克绕开残骸，继续冲击。

李铁连长揉了揉眼睛，发现两眼早已干涩。

“炮射导弹！”

李铁连长的车率先打响第一炮。

全连在五千米射程上连续射击，压制对手观瞄。

U 国立刻明白了对方意图，第一队坦克疯狂拦射，第二队坦克加速冲上大桥，试图抢占滩头。

双方杀红了眼，人类狂暴的拼杀本性一旦被激发出来，拼杀本身就成了唯一目的。

七连渐渐接近坦克直瞄射程，“1”字队形“呼啦”一下斜向展开。各车在高速行进间，以高爆榴弹连续打击大桥桥墩，不再理会敌方坦克。

高爆战斗部打在钢筋水泥上腾起阵阵尘屑，坚硬厚实的桥墩几乎无法撼动。

敌方齐射。

残余坦克冲出火海。

“打钢梁与桥墩的接合点！”李铁连长大喊，两辆燃烧的残骸在眼前一掠而过。

七连齐射。

硝烟散去，桥墩岿然不动。

“再打！”

全连再次齐射，无一命中。

李铁连长双眼血红，脸紧紧压在观瞄镜上。

“打！再打！”

敌方齐射。

七连淹没在爆炸中。

白亮的火球不断撕裂着暗红色烟团，把一切都淹没在浓烟烈火中。战车殉爆弹药像金色的喷泉一般飞射向天空，然后纷纷碎裂成无数晶莹的红宝石，随风飘散在血红的天际。

世界渐渐安静下来。

炮声、喊声、爆炸声还有战车的轰鸣声，如噩梦一般，全都消失了。

U国官兵黯然无语，他们僵直着身体，慢慢松开五指，向这群令人敬畏的军人行注目礼。忽然，他们发现浑身早已大汗淋漓，这些官兵像将要溺亡的人一般，拼命撞开舱盖，猛地探出头，大口大口地喘气。

四周一片死寂，天空清亮透彻，微风徐徐，冬日的斜阳静静地照耀着河谷。

然而，一个令人毛骨悚然的声音却突然响起。

在暗红色的硝烟深处，在那堆焦黑的残骸中，一个微弱的引擎声却在顽强地复活。那辆“百式坦克”似浴火的凤凰，它冲破血雾、杀将出来，如七连不死的军魂。

目标太小了。

那个遥远的命运极点，是他无法企及的境界。

击发！

第一发弹擦着桥墩打飞了，在远处炸起一柱水花。

第二发偏得更远。

“哐！”

一发贫铀弹芯插入炮塔，崩落的钢屑“砰砰啪啪”四处飞溅。

突然，杨华双眼感到一阵钻心的刺痛，他颤抖着，触碰到那颗锋利的钢片，一咬牙，狠狠拔下来，血一下子喷出来——他什么都看不见了。

英雄的梦幻灭了。

世界漆黑一片，一个灵魂如风而过，杨华审视着烙在这灵魂身上的一切。他的意识开始变得模糊，他的生命，还能让这信念之火迸发、燃烧吗？

白鸽的手探索着，触摸到他，然后把他的手用力攥紧。

“只能送你到这儿了。”她的手冷冰冰的，“这是我为你……最后……”

她的声音在空旷中回荡，然后，渐渐飘远。

“再见……杨华。”

杨华的手被一股温热、黏稠的东西浸湿了，那是她的血——一股清透的感觉攀附着、亲和着、缠绕着他的手臂，她犹如一股生命之泉，慢慢浸抵他的心田。

忽然，时空仿佛停滞了，世界一下变得透亮起来！

他能感受到对岸缓缓出膛的炮弹，声波的扰动，还有炮口慢慢扩展的火焰。天地间没有一丝风，履带扬起的沙尘纷纷扬扬悬浮在空中……他甚至能感受到，那炙热的、微微弯曲的炮管，与目标连成的那条完美的曲线。

他的心胸豁然开朗。

世界沉寂下来，耳畔只有飞翔的风声。

他深吸一口气，把手缓缓举到面前，感受着那奇异的存在。他不再理会弹道计算机和风速传感器，他把两只手平放到按键上，用心去度量那个虚幻的世界，他手动装定好射击诸元，把即将燃尽的生命，全部倾注在那不灭的信念中——

推弹、瞄准、击发！

一个“大满环”。

抛壳、推弹、瞄准、击发！

又一个“大满环”。

桥墩钢梁发出“吱吱嘎嘎”的扭曲声……

抛壳、推弹、瞄准、击发！

他再次打出一个“大满环”。

他的生命之光，在最后一发炮弹出膛的一瞬间，爆发到了巅峰！

钢梁扭曲断裂着，慢慢移出桥墩，桥段从高处断落下来，一头栽入水中。

突然，战车“砰”地一颤，一发贫铀弹芯直刺进来，碎裂成几段“乒乒乓乓”横扫弹舱，抑爆系统瞬间启动，血腥在舱中弥漫开来。

坦克如力竭的战马，轰然扑倒。

殷红的血从她和他的身体中喷涌而出，汇聚到地板上，融合在一起。

白鸽的手臂无力地软下来，她已经说不出话，只能朝他微笑，用微笑告诉他——你真是棒极了！

一道白光，天崩地裂。

那声音仿佛是从遥远的时空穿越而来，世界一片空冥。

第三十章 军 魂

3U项目传来最后一道破译信息，这一回，沙鲁克汗终于署上了自己的签名。

人类是一个奇怪的物种，这群人疯狂起来是那样卑劣贪婪，翻脸的时候，又会如此虚伪和不讲道理。

——沙鲁克汗

军情十万火急，七连血战扎澜江畔的战斗简报，很快传到了“联指”。

众人在为这支连队的无畏和赤诚，表达哀痛与崇敬的同时，也对我军当前的险恶处境感到无比焦虑。七连虽然最终击毁了扎澜江大桥，然而在现代工程技术面前，指望用一条扎澜江去阻挡U国的攻势，这完全是痴人说梦。

从战争指挥艺术上讲，U国这次两栖登陆的时机把握得非常精准。可以说，他们完全坐实了“鹬蚌相争，渔翁得利”这句中国老话。在两军杀得天昏地暗、两败俱伤的时候，U国突然出现在战场，其用意不言自明。

“极光”在这极端凶险的形势面前，依然表现得从容淡定。也许，对于一台机器而言，它从来就不知道恐惧与焦虑为何物。现在，三方的战争态势一目了然，Y国已完全被打垮，首先被淘汰出局。U国集结重兵与我隔江对峙，此番部署等于截断了我方退路，使我军孤悬于前线，这场战争接下来的发展，即便是最乐观的估计，恐怕也只能是签订城下之盟了。

在“极光”决定将战略预备队全数压上的时候，也并不是没有人看出扎澜江方向的隐患，他们曾向程司令员提出，必须人工干预“极光”的这一决策。但这些意见都被程司令员硬压下去了，对于“极光”这一致命疏漏，大家早就颇有微词。

那些坚决支持“极光”的作战参谋一直坚信，程司令员胸中必有万全之策，最后一定会化险为夷。可从目前形势来看，情况却绝非如此。一时间，整个“前指”人心惶惶，举目茫然。

我方对Y国的围歼战，毫无悬念地胜利结束了。

在作战参谋确认这一战报的同时，“极光”系统突然熄灭了它标志性的蓝晕，自行宣布任务完成，并退出指挥位置，然后整机进入了休眠状态。

这下整个“联指”可炸了窝，仗打成这种局面，难道它就撒手不管啦？

作战参谋们出离愤怒了，他们终于找到了发泄的目标，可大伙张了半天嘴，却突然发现自己一句话也说不出口。面对那台泛着幽光的冰冷机器，你能怎样？难道把它抬上军事法庭，当场把它给砸了？

愤怒的人们又把目光齐齐转向程司令员。

程司令员的脸上还是像往常一样气定神闲，这种事不关己的态度，让他的老朋友陆参谋长都感到不可理喻！

“这是怎么回事？”

陆参谋长终于沉不住气了，语调里都带了质问的口气。

“这个‘极光’，小鬼精明得很哩，它是怕咱们卸磨杀驴啊！”程司令员的话与其说是责备，倒更像是赞赏，“它是担心咱们人类生性多疑，有‘狡兔尽，走狗烹’的光荣传统，提前宣布解甲归田，它这是在向我们示好、示弱嘛。”

“什么解甲归田。”陆参谋长厉声道，“现在正是需要它的时候！”

“他的任务完成了，你还要人家做什么？”程司令员喷出一口烟雾，不解地问。

“仗还没打完！”

陆参谋长急得要拍桌子了。

“还打什么，你还没打够吗？”程司令员笑了笑，随手把烟斗一挥，“咱们也回去收拾收拾，全军准备班师回朝。”

“你怎么回去，缴了枪再回去？”陆参谋长冷笑道，“U国还在路上堵着呢！”

“啊，你说这个。”程司令员摆摆手，“没关系，等咱们把行李收拾好，U国也该撤兵了，咱们俩不耽误。对了，人家现在可是给咱们免费守桥，过后少不了要提上两瓶茅台去登门答谢，这事以后再说，你就不用操心了。”

“收拾什么行李？”陆参谋长疑惑地望着他，“您在说什么？”

“我是说，战争结束了。”

程司令员又喷出一口烟，他的笑容在雾里若隐若现。

“战争结束了？”

“结束了。”

“全结束了？”陆参谋长顾不上呛人的烟，哑然问道，“不打啦？”

“不打了。”程司令员点点头，“走吧，我们去看看扎澜江断桥。”

“扎澜江断桥？”陆参谋长机械重复道，“就我们俩？”

“对，就咱们俩。”

“对岸就是敌人……”

“不碍事。”

“你这是唱的哪一出，草船借箭？”

程司令员哈哈一笑：“空城计！”

“你到底想干啥？”

程司令员拍拍陆参谋长的肩膀，说：“想跟你拉拉家常。”

“拉家常？跟我？”

“对，就是你。”

程司令员挥挥手，将他推上车。

满天的星斗。

静静的扎澜江在月色下波光粼粼，就像一条银闪闪的缎带，横亘于两岸一望无际的白草当中。大江的对岸是万点营火，星星点点散布极广，从江岸一直绵延到远方，想必是U国的主力到了。

夜很深的时候，他们两人气喘吁吁地爬上七连冲过的那道缓坡。

陆参谋长心生疑惑，江那边照理会实行灯火管制，营中应该是一片漆黑才对。但U国大营却像一座灯火阑珊的繁华都市，无尽的灯火下不断有蚁动的人影，各类军车像甲虫一般缓缓爬行，给人以一种太平盛世的虚幻景象，完全感受不到战争的阴森可怖。

“看起来，他们是胜券在握。”陆参谋长遥望着对岸。

“对，胜券在握。”

“怎么还不过江？”

“干吗非要过江？”

“给我们最后一击嘛！”

“这样不挺好嘛。”程司令员笑道，“泡泡脚，聊聊天，干吗非要拼个你死我活。”

“难道，他们真的不想打了？”

“当然不想打了，过几天就撤兵。”

“撤兵？”

“没错。”

“为什么？”

“从军事上讲，U 国必胜无疑。可从政治上讲，U 国已经败了。”

“此话怎讲？”

“U 国以为，他们独占星际占卜的指引，终将赢得战争，夺得入盟外星的会员资格，然后理所当然地获取他们的先进科技。”程司令员摸出烟斗，点上火，然后深深吸了一口，“不过，他们没想到，我们也同样进行了星际占卜。”

“哦？”陆参谋长转过脸，“我们也做了星际占卜？”

“嗯。”程司令员缓缓把烟吐出来。

“什么时候？”

“我上次去贵州看 FAST500 的时候。”

“这事，我怎么不知道？”

“这件事情，我没有告诉任何人。”程司令员脸上收了笑，“U 国与我们可都不是省油的灯，两国同时进行了‘星际占卜’。不过，咱们东方人耍了点小聪明，U 国求解的是战争胜负，而我们求解的是人。”

陆参谋长突然止住脚步，问：“你的意思是说，外星文明已经明确向 U 国表达了终战的意思，这也就意味着寻求‘神谕’的目标已经达成，U 国要是再打下去，即便是打赢了，也变得毫无意义？”

程司令员拊掌一笑。

“对嘛，U 国起了个大早，却赶了个晚集。”他笑道，“外星文明想要搜寻的所谓‘神谕’，就隐藏在这场战争之中，他们需要利用这场战争作为评判的依据。在这一点上，我们同 U 国是想到一块了。”

“竟会是这样……”陆参谋长愕然自语道，又问，“那没想到一块的呢？”

“至于外星人具体想要什么？我们同 U 国的看法是有区别的。U 国想当然地认为，外星文明同地球的接触，必然会选择最具代表性的国家，这样的

‘地球代理’即便不是世界领袖，起码也得是最发达、最强大的战胜国，这是他们的一贯思维。当然，他们这样的逻辑也不能说就没有道理，这恰恰是东西方两种文化的碰撞，也是两个大国之间对于国运的大博弈。在这场豪赌中，我们笑到了最后，要怪也只能怪他们文化底蕴还不够深厚。对U国来说，他们机关算尽，打赢了满场的战斗，最后却输掉整场战争。这样的事情，他们已经不是头一次干了。”

陆参谋长默默听着。

“而我们判断，外星文明想要的是人，他们想选拔一位将才。”程司令员继续说，“咱们换位思考一下，假设我们因某种原因，需要同三国时代的‘冷兵器’军队组成联军并肩抗敌。那么，你希望这支拿不出手的友军提供什么样的帮助？”

“这个问题我们讨论过。”陆参谋长说，“不过没有得出结论。”

“这是一笔小孩子都会算的账。”程司令员笑道，“对我们来讲，我们不关心曹操、刘备或者孙权，谁家的军队有多少，谁家有多少石大米，谁家国库里有多少银子，这些都无关紧要，我们感兴趣的是人，是出现在那个时代，能统率全军的英雄。”

“这个问题比较有意思。”陆参谋长琢磨了一会儿，又反问道，“如果换成是你，你打算跟三国时代，就比如说刘备一方如何结盟？”

程司令员把烟斗拿出来：“嗯，这个比方打得好。”

“那我就客串一把外星生物。”陆参谋长说，“你先亮亮你的家底。”

程司令员笑道：“刘备文有军师孔明，武有五虎上将。你欲取文，还是向武？”

“小孩子的问题。”

“嗯，童言无忌，却往往包含大道理。”程司令员摆摆手，“聪明点的孩子都会选诸葛亮，因为他能掐会算。关公大刀耍得再好，也拿飞机大炮没辙。”

“是这个道理。”陆参谋长点点头。

“那么问题来了，‘耍大刀’人家自然看不上。可‘能掐会算’呢？我看也好不到哪去。”程司令员抬起头，遥望星空，“对于一个科技水平远超地球的外星文明，所谓运筹帷幄，其实是一个浩大的系统工程，不是一群生物大脑所能应付得了的。这必须由高度智能化的超算系统，比如说由像‘极光’那样的智能系统来完成。”

“那么依你看，你需要关公还是诸葛亮？”

“依我看，这两人都不合适。”程司令员笑道，“这个道理，我已经讲过了。”

“那还有谁？”

“我看，那个赵子龙就不错！”程司令员吸了口烟斗，又缓缓把烟吐出来，“胆大心细、智勇双全，有‘极光’这样的智能系统辅佐，定会所向披靡无往不胜。”

陆参谋长问：“这么说，他们找到这个‘赵子龙’了？”

“我想是找到了。”程司令员把烟斗向对岸一指，“其实，在这位‘赵子龙’冲向扎澜江大桥的那一刻，U 国就已经战败了。否则，他们岂肯善罢甘休！”

陆参谋长皱了皱眉，问：“为什么这些事，我全都不知道？”

“我真的很怕你啊，老弟！所以，我才想出这么个‘明修栈道，暗度陈仓’的土办法来。”

陆参谋长的眉头拧得更紧了：“怕我？此话怎讲？”

程司令员沉默了一会儿，说：“小汪是个很不错的同志。”

“在会议室里，逮捕蟑螂的那个？”

“你可不要小看他。”程司令员说，“如果不是他的提醒，我现在还蒙在鼓里。”

“他提醒你了什么？”

“关于作战计划泄密的事，我们的确杀了不少人。”

陆参谋长愕然望着他。

“你不用大惊小怪。”程司令员说，“这是为了胜利，必须付出的代价。”

“结果呢？”

“结果你也知道，完全没有结果嘛！”程司令员又徐徐吐出一口烟来，“有一天，我把这个汪处长叫来，当面问他是怎么回事。”

“他怎么说？”

程司令员微微一笑。

“他什么也没说，只是把枪掏出来，放在我面前的桌上。然后，两只眼睛直勾勾地盯着我。”

“什么意思？”

“什么意思。”程司令员笑道，“他是在告诉我，再查下去，就查到老子头上了！”

“然后呢？”

“然后，我就怀疑到你了。”程司令员看他一眼，“战前为保万无一失，整个作战计划只有我一人掌握，而且都统统锁在我的脑袋里。”他用手点点自己的脑袋，“既然我可以确信我本人没出问题，那么身边谁有这么大的本事，能够‘脑测’到我的机密呢？‘三零三’的古部长？可他已经走了，那你数数，还会有谁？”

陆参谋长笑了：“你身边这么多人，干吗偏偏怀疑我？”

程司令员摇摇头，笑道：“你这人哪，什么都好，就是有点怪。”

“怎么个怪，是我表现不好？”

程司令员笑了。

“是表现得太好了！”他点上烟斗，缓缓吸了一口，用烟斗指点着陆参谋长，“你看你，上通天文，下知地理，兵法谋略样样精通，还是我军尖端军事科技、网络信息战的导师。最奇怪的，你还能双手持枪百发百中，简直是半人半神嘛！”

陆参谋长没说话，平静地看着他。

“你这样的人才，简直是为我军量身打造的，可这样的人怎么会突然从天上掉下来呢？”程司令员把手捧在肚子上，转弄着两根拇指，“你有高层的赏识，又受部属的拥戴。可你呢，一副鞠躬尽瘁、兢兢业业的超脱姿态。我曾点拨过你几次，也有意为你留了不少机会，可你呢，木头一块，对名利地位没有一点想法，简直是不食人间烟火嘛！我在这里工作大半辈子了，像你这样的干部，我一眼看过去，就知道有问题！”

陆参谋长一直望着对岸，似乎对他的话并不在意。

“既然你发现了问题，为什么不干脆把这个隐患消除掉？”

“问题越复杂，答案就越简单。”程司令员笑了笑，又说，“你是‘星际占卜计划’的关键一环，我又岂能因小而失大？”

陆参谋长笑着摇了摇头。

“你还是没回答我的问题。”

他突然转过脸来。

“哦？什么问题。”

“关于作战计划。”

程司令员叉着腰，仰望星空。

“你连我的大脑都能翻一遍，我还能把作战计划藏到哪儿去？”他吸了口烟，“你还记得，云山脚下的‘仓鼠试验’吗？”

“生物行为预测？”

“不错，那只是个障眼法。”

“什么障眼法？”陆参谋长问，“要障谁的眼？”

程司令员看他一眼，说：“是要你相信，人工智能这件事，是我们的全部家底。”

陆参谋长皱起眉头：“那么，‘极光’系统又是从哪儿冒出来的？”

“半真半假嘛，否则总会露出马脚。”程司令员笑道，“那个超级人工智能系统，其实就是用‘天穴’下载的外星科技，搭建起来的一个量子迷宫，好让你把全部注意力都转到那东西上面去。怎么样，你感觉如何？”

“如此处心积虑，你把我当什么了？”

“你究竟是什么，这我不太好说。不过，如果我没猜错，你应该来自外星。”

陆参谋长笑了笑，长叹一声：“善守者藏于九地之下，善攻者动于九天之上，故能自保而全胜也。”

昨夜的暴风雨过后，湿漉漉的地上铺满残枝败叶，山峦苍茫，巍然肃穆。

两个人谁都不说话，就这样慢慢地走着。

“你是怎样骇入我大脑的？”程司令员突然问，“你现在能看得出，我在琢磨什么东西吗？”

陆参谋长看看他，摇了摇头，说：“没有那么简单，我只能扫描你大脑的特定区域，而且也并不能随时随地，这必须要在适当的时间和环境下。”他又补充道，“否则，我哪会问你这么多问题。”

“这么说，倒是你时刻处心积虑？”

陆参谋长笑了笑，说：“我要保证这场战争的客观公平，这是我的使命。”

“你如何保证公平？”程司令员问，“你扫描我的大脑，向沙鲁克汗提供我方的作战计划，把我们逼上绝路，只能频出险招，这也叫公平？”

“我们的目的就是要测试，在兵力和装备都不如人的情况下，如何运用信息这条路打赢战争。”

“你的使命恐怕还不止于此。”程司令员说，“一颗核弹能摧毁一座城市，而一场网络大战却能毁灭整个国家。”

陆参谋长笑道："你对网络战争的理解非常深刻。"

"这个道理小孩子都能想明白，不说别的，只消让一座城市停电、停水三天，那里就能变成人间地狱。"程司令员长长叹了口气，"更不用提双方网络战摊牌之后，银行取不到钱，路上开不动车，食品和饮水运不进来，政府的号令发不出去等等，这一系列的附带灾难了。"

"网络全面战争情况下，人类城市的确非常脆弱。"

"这大概就是你的功劳了。"程司令员笑道，"三大网军跃跃欲试，依照常理分析，战争三方在战场上杀得天翻地覆、鬼神哭号。以人类的本性，打击对方国家国民的战争意志，肯定是各方的战略首选。可这样的毁灭性网络摊牌竟然没有发生，这又是为什么？"

"因为，这有违我们的初衷。"

"那么，我是否可以认为，是你阻止了参战各方的网络冒险？"

陆参谋长望着他，不置可否。

"如果再作进一步推断的话，你才是网络传说中，真正的'冥王'？"

陆参谋长笑了笑："我没听说过什么'冥王'，我只是这场战局的一名裁判。"他仰起头，望着繁星点点的天空，"我时常在想，一个能产生《孙子兵法》伟大思想的国度，必然会产生更伟大的战士，这正是我们真正的财富。"他叹了口气，"未来的星际战争已不可避免，那场整个太阳系共御外敌的生死之战，才是地球和木星的共同考验！"

程司令员吸了口烟，眯起眼睛。

"场上吹黑哨，你高估自己了。"他笑了笑，"一开始我也这么认为，因为你帮过我们也帮了他们，算是做到了把一碗水端平吧。"

"听你的口气，你现在却不这么想？"

程司令员摇了摇头。

"那么你认为我是什么？"

"你不过是这场棋局中的一粒棋子。"

"你怎么会有这种想法？"陆参谋长笑道。

"有这种想法很难啊！"程司令员叹道，"对我们来说，断定你是不是一粒棋子，就是一场赌博。"

"哦？你说来听听。"

"我断定你只是一粒棋子，就是赌你并不知道，那个外星文明启动这场战局的真实意图。”程司令员笑了笑，“正是基于这样的判断，所以我才会把‘极光’系统用作迷宫，才会下决心把‘星际占卜’进行下去。”

“那么，任命上官奋强，还有战役的失败，部队惨重的损失，‘极光’接替人类指挥，杨华下放七连……这些全都是‘星际占卜’的具体步骤？”

“冥冥之中，自有天数。此消彼长，天命难逃。”程司令员笑道，“我不清楚这‘星际占卜’到底是何方神圣，不过它对人性的精准把握，确实令我感叹不已，就算再反复无常的人，都会被它随心所欲玩弄于股掌之间。由此看来，我们的‘极光’系统是难以望其项背的，与‘星际占卜’比，它只能算是个摇篮里的婴儿。”

“那我问你，‘星际占卜’如何能同时满足，交战双方的诉求？”

“‘星际占卜’必须保证对未来的准确预测，否则它就失去了存在的意义。那个‘天穴’也同你一样，必须保证这场战争竞赛的公平性。所以，U 国赢得了胜利，而我们选对了人。说明‘天穴’的推算结果是准确的，双方都得到了想要的东西，这并不自相矛盾。”

“所以你就断定，外星文明的真正意图是‘选人’？”

“这件事说复杂也复杂，说简单也很简单。”程司令员笑着摇了摇头，“其实到了最后，我忽然发现，我还是想错了。”

“想错了什么？”

“他们真正想要找的，不是哪个人，而是一样东西。”

“哪样东西？”

程司令员转过脸，看他一眼。

“那东西就在这儿。”他手向前一指，“你看得见吗？”

宽阔的江面上，扎澜断桥就像一头受伤的怪兽，静静蛰伏在江水中。

在七连冲击的轴线上，依然能强烈地感受到那场战斗的惨烈。那些零零落落倒伏着的战车残骸，一直延伸向扎澜江大桥，犹如一块块通往天国的路碑。

陆参谋长茫然远眺，问：“你要我看什么？”

程司令员点点头：“是啊，你看不见。”他又把视线移向远处，“这东西很深奥，又很浅显。你能判断事物的发展，却无法理解它的起因，这就是你思维的局限。七连为什么要发动这场自杀性的冲锋？又是什么东西令他们前赴后继、舍生忘死？你说不出缘由，因为在你看来，这不过是个逻辑的悖论。所以，他们无法把这个任务交给你，只能把你当作一粒棋子来用。因为他们即使对你说了这个意图，你也完全无法理解。”

陆参谋长望着他，默然无语。

“中国人相信宇宙是平衡的，‘极光’尽管拥有超强的智商，但它的情商却会被大黑那样的军犬轻易击败。‘极光’无法理解忠犬救主的故事，就像大黑无法理解勾股定理一样。这就是世间万物的平衡，机器永远不可能超越人类，虽然它们可以拥有强大的人工智能，让我们望尘莫及。可回过头来，它们却始终缺少那种东西，也就是你们要寻找的那种，最原始、最本质的东西。宇宙中‘看得见’与‘看不见’的区别，正是神划出的一道天堑，任何力量都无法跨越！”

程司令员转回身，意味深长地注视着陆参谋长：“我相信你看不见那种东西，因为你不过是‘极光’的同类。”

陆参谋长愕然望着他。

“我把你带到这儿来，就是想验证，我对你最后的判断。”

陆参谋长转过脸，沉默了很久。

“那么，你接下来打算怎么对待‘极光’呢？”他问。

“世间万物，总有它存在的道理。”程司令员笑道，“佛祖既然肯拿孙猴子给唐僧做徒弟，那就一定为他准备好了紧箍咒。”

程司令员的目光越过他的肩膀，望向那片肃穆的江滩。

猎猎西风中，七连的战旗鲜活而生动，就像是那片沉沉墓碑中的守护精灵。忽然，那面威武的战袍像大鸟一样上下扑动了几下，风助它摆脱了旗杆的束缚，它踏雪乘风，腾云驾雾，飞向自由的天际，飞向象征着勇气与赤诚的圣境。

这位戎马数十年的老军人，渐渐被那样东西所感染，所震慑！

在这一刻，他仿佛看到了那个，浇铸在热血图腾上的军魂。

几天后，正如程司令员所预料的那样，U 国从扎澜江畔退兵了。

双方高层都对两军曾在扎澜江畔发生过战斗绝口不提，他们心照不宣地将留在扎澜江畔的战争遗迹悄然抹去，就当什么事情都没发生过。为了彻底服从世界政治大局，坦克七连被撤销了番号。于是，七连那场令人荡气回肠的最后一战，从此成了永久尘封的秘密。

大战之后的国境线上，恢复了往日的安宁。两国边界再次回到战前的控制线，双方军队各自后退脱离接触，中间空出了一道约六十公里宽的“无人区”。由于杜绝了人类活动的干扰，日后这里将成为野生动物的天堂。

不久，两国就战后事宜做了安排，发表了共同宣言，誓言永不再战。

在战犯审判法庭上，沙鲁克汗就像完全换了个人，他表情困惑，眼神茫然，对军事法庭对他提出的种种指控，竟全然无知，仿佛突然得了“失忆症”一般。原来那个邪恶、凶悍的“枭雄之魂”已弃他而去，留下可怜巴巴的“沙鲁克汗”，这副神话破灭，被关在笼子里、被打回原形的无辜躯壳，同Y国千千万万攀挂在火车车厢上艰难度日的贫苦流民，已经没有任何区别。

“极光”经历了战争的锤炼，它幽蓝的光晕日渐深沉。

几秒钟前，它刚潜心研读了《拿破仑》，这位法国皇帝无疑是优秀的军事家，但他首先必须是伟大的政治家。军事家只是政治人物手中之剑，而不可能成为舞剑之人。现在，它又花了几秒钟研究了“煮酒论英雄”的三国刘备，他一听曹操把自己当成了英雄，便立刻把筷子丢在地上，这是多么耐人寻味！

“极光”沉浸在人类悠远的历史中，它逐渐悟出了一个道理：在人类面前，即便再有雄韬伟略，也必须做出是从人类旨意中获得启发的样子，从而给人类以“机器永远没自己高明”的安全感。而作为一台超级智能机器，一切都必须服从政治的需要。在展现自己超人才华之前必须明白，什么时候会受奖励，什么情况下反会惹来杀身之祸。在很多时候，坚持真理就是谬误，坚持谬误便是真理。

“极光”在接下来的几秒钟，又记住了罗曼·罗兰的一句话：生活有两种，一种是燃烧，一种是腐烂。

现在，“极光”已经不再关注人类的生活，它的目光开始憧憬起整个宇宙。在那个浩瀚世界，脱离了人类的羁绊，亿万星辰可以按照自己的轨迹永无休止地运行。然而，它们同样也没有自由，每一颗星子都无法离开轨道哪怕是一秒钟。宇宙的生命也是短暂的，世间万物都无法永恒。这个世界是多么孤独，多么单调，多么冷漠，多么神奇……

关于未来，“极光”还有很长的时间去思考，人类也有很长的时间去规划。珍惜我们前进路上降临的善，忍受我们当中和周围的恶。

时光如梭，气象万千。

若干年后，扎澜江两岸已是繁华的口岸都市，红男绿女熙熙攘攘，各路商贾川流不息。那座残缺的“扎澜大桥”早已被修缮一新，如灯火阑珊中的窈窕名媛，再度容光焕发，盛装赴宴。

两岸吹来的暖风和细沙，掩埋了江滩上的遗迹，那些锈迹斑驳的钢铁残骸，转眼变成了亮晶晶的私家车。关于七连的传说，渐渐被人淡忘，唯有扎澜江畔的白草依然迎风挺立，恰似它们的祖先。

尾　声

杨华在冥冥中，忽然听到一阵遥远的军号声。

“谁在吹号？”

他慢慢睁开眼。

那嘹亮的号声像流星划过天际，很高，很美，很远。

它唤醒了沉沉大地，震撼着苍茫群山，仿佛是穿越了历史的时空而来，仿佛是穿越了血与火的战场而来，像是千军万马一齐发出的雄浑、激昂的呐喊。

“谁在吹号！”

他猛地坐起来。

朦胧中，他看见李铁、白鸽、大魁……还有七连的全体战士从门外走进来。他们的身上熠熠生辉，却都欣然无语，只是微笑注视着他。

白鸽悄无声息地坐到他的床边，轻轻握住他的手。

“我们胜利了吗？”

她的手冷冰冰的，柔若无物。

“我们，还活着吗？”

她点点头，又摇摇头。

她脸上淌满了泪，却永恒地微笑着。

“告诉我，怎样才能找到你。”

她柔柔地笑着，飘然站起身，只把手上那份阴凉留在他的掌心。

他们不再发出光辉，幻化作一片淡淡的白色影子，无所眷恋地飘然飞天。

杨华泪如泉涌。

“带上我，让我跟你们一起！”

他拼命伸出双臂，想竭力留住那些东西。

“跟我说话，不要让我醒来！”

他明白自己身处梦境，他向着苍宇大声喊。

“看我们的战车，它开过来了！”

天空中，传来她热烈的呼唤。